Das Buch

Ein einfaches Mädchen, wohlerzogen und mit 30 Jahren noch bei ihren Eltern lebend, findet ihre erste und einzige große Liebe in dem Bankräuber Hermann Wittorff. Gisela Werler wird zur ersten Bankräuberin Deutschlands. Die Öffentlichkeit feiert sie als die »Banklady«. Als deutsches Pendant zu »Bonnie & Clyde« überfallen die beiden gemeinsam etliche Sparkassen im Raum Hamburg, bevor sie in einer dramatischen Verfolgungsjagd und Schießerei schließlich gefasst werden. Trotz Haftstrafen bleiben sie bis an ihr Lebensende ein Paar.

Claudia Kühn hat die faszinierende Geschichte der Bankräuberin aus Liebe in einem mitreißenden Roman nacherzählt und lässt die 1960er-Jahre in einem neuen, coolen Licht leuchten.

Die Autorin

Claudia Kühn ist in Berlin geboren und studierte an der Humboldt Universität in Berlin Germanistik und Kulturwissenschaft. Seitdem schreibt sie Drehbücher, Romane und Hörspiele. Banken hat sie noch keine ausgeraubt. »Banklady« ist ihr erster Roman für Erwachsene.

KiWi
1344

Claudia Kühn

Banklady

ROMAN

Kiepenheuer & Witsch

MIX
Papier aus verantwortungsvollen Quellen
FSC® C083411
www.fsc.org

Verlag Kiepenheuer & Witsch, FSC® N001512

1. Auflage 2013

Basierend auf einem Drehbuch von Kai Hafemeister
und Christoph Silber zum Film *Banklady*

Umschlaggestaltung: Rudolf Linn, Köln
Umschlagmotiv: © Studiocanal GmbH
Gesetzt aus der Dante
Satz: Buch-Werkstatt GmbH, Bad Aibling
Druck und Bindearbeiten: CPI – Clausen & Bosse, Leck
ISBN 978-3-462-04564-2

Gisela hat Angst.

Der weiße VW Käfer rast über die regennasse Landstraße. In der Ferne jaulen Martinshörner. Blaulicht kreist durch die Dämmerung. Sie kommen näher. Immer näher.

Giselas Augenlider zittern. Ihre Hände in den dünnen Handschuhen liegen wie zwei tote Fische auf dem Lenkrad. Wie hypnotisiert starrt Gisela auf den immer dunkler werdenden Horizont. Bald ist es Nacht, denkt sie. Dann kann sie schlafen. Endlich schlafen. Gisela schließt die Augen.

»Gib Gas, verdammt«, brüllt Hermann.

Gisela schreckt auf. Konzentriert sich auf die Straße vor ihr. Aber sie kann nichts mehr sehen. Ist die Frontscheibe beschlagen? Sie wischt mit einer Hand hektisch über das Glas. Es wird nicht besser.

Im Rückspiegel blitzen Lichter auf. Die Scheinwerfer des Polizeiwagens blenden sie. Auch sie verschwimmen unscharf.

Endlich begreift Gisela. Die Brille ist beschlagen. Sie hat immer noch die Fensterglas-Brille auf. Schnell reißt sie sich das schwarze Monstrum von der Nase und schmeißt es nach hinten in den Fond. Noch einmal schaut sie in den Rückspiegel. Jetzt sind es schon vier Scheinwerfer.

Wir schaffen es nicht, denkt sie. Wir haben verloren. Und

das bedeutet Gefängnis. Sie wird den Himmel Jahre nicht sehen. Weder den nebelverhangenen, noch den blauen und erst recht nicht den Himmel über Capri.

Der Käfer schlittert in eine steile Kurve. Gisela stiert auf die kahlen Bäume, auf die sie zuschießen. Sie umklammert das Lenkrad. Einfach geradeaus fahren. Dann ist alles vorbei. Die Angst. Die Kälte. Einfach alles.

Hermann greift ihr ins Lenkrad, reißt es herum.

Gisela sieht ihn an. Sein Gesicht zeigt keine Regung. Entschlossen umklammert seine Rechte die Thompson.

Wie weiß seine Hand ist, denkt Gisela. Wie der dünne Raureif, der draußen auf den Feldern liegt. In einer Woche ist Weihnachten.

Hermann presst seine Lippen zu einem schmalen Strich zusammen. Gisela weiß, dass er Schmerzen hat, auch wenn er nichts sagt. Das mag sie an ihm. Nicht nur das.

Gisela atmet die kalte, klare Winterluft tief ein. Etwas Giftiges dringt zu ihr durch.

Der schwarze runde Fleck an Hermanns Schulter ist größer geworden. Sein Pullover qualmt.

»Du brennst«, sagt Gisela.

Die schwelende Synthetik frisst sich in Hermanns Schulter. Er flucht. Hektisch versucht er, sich den Pullover über den Kopf zu zerren. Gisela schaut in den Rückspiegel. Sie kommen immer näher. Gisela lässt den Motor aufheulen.

Vor ihnen blinken Lichter. Was ist das? Fahren sie in eine Falle? Gisela starrt nach vorne. Ein paar Schuppen. Ein Haus. Eine offene Bahnschranke. In weiter Ferne hupt ein Zug. Also nur ein Bahnübergang. Ein ganz gewöhnlicher Bahnübergang. Gisela atmet auf.

Plötzlich hämmern Einschläge auf das Blechdach des Autos. Gisela zuckt zusammen und lässt für einen Augenblick das Steuer los. Der Wagen schlingert über die Straße. Sie wird gegen Hermanns verbrannte Schulter geschleudert.

Riesige Hagelkörner prallen von der Frontscheibe ab. Auch das noch. Gisela bringt das Auto wieder auf die Spur und steuert es auf den Bahnübergang zu. Inmitten des Hagels erkennt sie eine Silhouette. Ein Mann lässt die Bahnschranke herunter. Jemand versucht, ihn daran zu hindern. Sie kämpfen. Einer geht zu Boden. Dann hängt die Schranke tief genug, um ihnen den Weg zu versperren. Der Mann stellt sich mitten auf die Straße. Hermann hantiert immer noch mit seinem Pullover herum. Seine selbst getrimmte Thompson rutscht aus dem Bauchgurt. Sie knallt auf den Boden.

Der Mann auf der Straße zieht eine große Waffe aus dem Halfter und richtet sie auf den weißen Volkswagen.

Die Hagelkörner rattern wie ein Maschinengewehr auf das Blech.

Gisela atmet nur noch stoßweise.

Sie rast auf den Mann zu. Auf die Mündung seiner Waffe. Sie kann die Kugel bereits fliegen sehen, sie hört, wie sie die Scheibe zertrümmert und ihr mitten in die Stirn kracht.

Aber noch hat er nicht geschossen.

Gisela krallt die Hände ums Lenkrad.

Nur noch vierzig Meter.

Dreißig Sekunden Leben.

Jetzt erkennt Gisela den Mann, der immer noch unbeweglich an derselben Stelle steht, die Mündung des Gewehrs starr auf sie gerichtet. Es ist Kommissar Fischer.

Endlich hat sich Hermann den angekohlten Pullover vom Leib gezerrt und greift nach der Thompson. Er verheddert sich. Flucht lautstark.

Gisela und der Polizist starren sich an. Sie kann jetzt sogar seinen Finger am Abzug erkennen. Warum drückt er nicht ab?

Gisela könnte in ihn hineinrasen. Ihn und ihre Träume unter dem Käfer begraben. Aber sie reißt das Steuer herum.

Der Wagen fliegt fast im rechten Winkel von der Landstraße, kippt auf die Seite. Zwei Räder drehen sich in der Luft. Hermann klammert sich mit einer Hand an der Tür fest. Mit der anderen hält er seine Thompson. Da knallt der Käfer zurück auf die Erde und rattert holpernd über das Feld.

Ein Schuss zersplittert die angespannte Stille.

Im Rückspiegel sieht Gisela, wie Kommissar Fischer auf sie zielt.

Noch einmal reißt sie das Auto herum. Die Tasche auf dem Rücksitz knallt gegen die Scheibe. Die Verschlüsse springen auf. Geld flattert wild durch den Wagen. Tausende von Scheinen. Mindestens.

Noch ein Schuss. Die Heckscheibe zerspringt. Glassplitter schießen um sie herum. Gisela geht in Deckung. Zu spät. Eine Scherbe schneidet ihr in den Hals. Aber Gisela spürt den Schmerz nicht. Sie schaut auf die vielen Scheine. Wie Schmetterlinge flattern sie einer nach dem anderen aus dem Wagen heraus. Hermann versucht, so viele wie möglich wieder einzufangen.

Hinter ihr zerkracht etwas. Erschrocken schaut Gisela sich um. Ein Polizeiauto ist in die halb heruntergelassene Bahnschranke gerast. Rauch steigt auf.

Plötzlich ist Giselas Angst weg. Gelassen steuert sie den Wagen über den Acker. Sie spürt Hermanns anerkennenden Blick. Sie werden es schaffen. Ja. Sie schaffen es, denkt sie.

Vor ihnen blinken Reflektoren auf. Eine Straße. Jetzt trennen sie nur noch wenige Meter von der Freiheit.

Auf einmal färbt sich das Licht im Auto blau. Der zweite Polizeiwagen, ein schwerer Bus, folgt dem weißen VW Käfer über das Feld. Er bleibt stecken. Polizisten springen heraus. Schießen ihnen wütend hinterher. Kein einziger Schuss trifft.

Gisela gibt Vollgas und rast auf die rettende Straße zu. Nur noch zwischen den beiden Pappeln durch ... Dann sind sie frei.

Da blockieren die Räder.

»Runter vom Gas«, schreit Hermann.

Aber Gisela reagiert zu spät. Der Motor heult auf und die Räder verlieren im Morast ihre Haftung. Der Wagen bricht aus, kreiselt und kracht mit der Fahrerseite gegen einen Baum. Gisela knallt gegen das Lenkrad. Etwas Warmes läuft ihre Stirn herunter.

Für einen Moment ist es ganz still.

Die Pappel hat Giselas Tür eingedrückt. Alles ist verbogen. Gisela lehnt sich zurück. Es ist vorbei.

»Da drüben im Wald hast du eine Chance«, flüstert Gisela.

Hermann hat seine Autotür schon geöffnet. Dann erst sieht er Gisela an. Er beugt sich rüber und versucht, sie aus dem Sitz zu heben. Sieht Giselas verrenktes Bein.

»Hau schon ab. Eins, fix und weg.«

»Und du?«

Gisela sieht Hermann tief in die Augen.

1.

Gisela konnte ihren Blick nicht abwenden.

Vor ihr lag ein traumhafter Mittelmeerstrand. Palmen, türkisblaues Meer, schneeweißer Sand. Wenn sie sich ein bisschen anstrengte, spürte sie die wärmende Sonne auf ihrer Haut, hörte das Meer rauschen und oben, im unendlich blauen Himmel, kreisten die Möwen.

Gisela atmete tief ein. Was für ein Paradies. Lediglich die hübsche Blondine, die nur mit einem Bikini und einem unechten Strahlen durch den weichen Sand sprang, störte ihre Träume.

Und dann diese Stimme, die überhaupt nicht in ihre himmelblaue Welt passte: »Du wirst nicht fürs Glotzen bezahlt!«

Gisela fuhr erschrocken zusammen. Mühsam riss sie ihren Blick von der Wandtapete, die auf einer großen Pappe direkt vor ihrem Arbeitsplatz aufgezogen worden war und für eine italienische Fluglinie warb. Das Plakat verdeckte einen kleinen Teil der riesigen Tapetendruckmaschine.

Hier in der Halle gab es keine Fenster. Es war laut und dunkel, die Luft war stickig, es roch nach feuchtem Papier und schwerem Maschinenöl. Gisela war wie meistens für das Ende der Fertigungskette, den Trockenraum, eingeteilt. Im Trockenraum schnitt man die getrocknete Tapete vom Band und rollte sie anschließend auf.

Gisela musste sich nicht umsehen, um zu wissen, wer hinter ihr stand: Fanny, die Vorarbeiterin.

Fanny tippte mit einem Schuh rhythmisch auf den Boden. Sie war sauer.

Gisela wusste, dass sie nicht zu weit gehen durfte. Langsam drehte sie sich um.

Fanny mit ihren glänzenden, auftoupierten Haaren, ihren lackierten Nägeln und ihrem sanft wiegenden Hinterteil, hatte die Arme in die üppigen Hüften gestemmt und sah Gisela verächtlich an. Es stand ihr deutlich ins Gesicht geschrieben, was sie über sie dachte. Es war das Gleiche, was jeder über sie dachte, sogar Gisela selbst: dass sie, die Fade, die Ungelernte, es als Gnade betrachten durfte, hier arbeiten zu dürfen. Und, dass Gisela es nur Fannys Nachsicht zu verdanken hatte, wenn das auch weiterhin so blieb.

»Du bist müde, Schätzchen. Soll dich jemand ablösen? Ich vielleicht?« Fanny lächelte falsch.

Das klang nett, aber es war nicht so gemeint. Ihre zarten Hände mit den rot lackierten Nägeln konnten Telefonhörer, Papiere und Zigaretten halten, aber schon lange keine Tapeten mehr schneiden und rollen.

Wortlos wandte sich Gisela wieder ihrer Arbeit zu. Sie griff nach dem scharfen Papiermesser. Vor ihr hatte sich inzwischen ein beachtlicher Haufen bunt bedrucktes Papier aufgetürmt. Mit einem Arm hielt sie die unendliche Papierschlange nach oben und begann hastig eine Bahn abzutrennen. Die fertige Tapetenrolle legte sie links neben sich.

Die erste Bahn war immer die schwerste. Man musste einen Rhythmus finden, um gerade und ohne abzusetzen zu schneiden. Am besten dachte man dabei an gar nichts. Am besten war man ganz leer. Aber solange Fanny hinter ihr stand und ihr Parfüm von ihrem glamourösen Dasein als

Vorarbeiterin und Geliebte des Chefs zeugte, war sie nicht leer, sondern ängstlich und wütend.

Gisela versuchte, sich trotzdem zu konzentrieren und eine saubere Bahn zu schneiden.

Ratsch. Sie zerschnitt das türkisblaue Meer, zertrennte den Fuß der Blondine, ein Blatt von der Palme, und schließlich zerfiel auch der Himmel in Streifen. Einrollen und neben sich aufstapeln.

Ratsch, die Blondine, das Palmblatt, der Himmel.

Einrollen. Stapeln. Ratsch. Einrollen. Stapeln.

Fanny stand immer noch hinter ihr.

Gisela versuchte, eine Bahn nach der anderen zu schneiden, ohne sich in den Himmel, zu den Palmen und ans Meer zu träumen.

Wahrscheinlich würde Fanny so lange hinter ihr stehen bleiben, bis sie den gesamten Mittelmeerhaufen ohne Ausschuss abgearbeitet, gerollt und aufgestapelt hatte. Wahrscheinlich stand sie schon längst auf der Abschussliste und Fanny wartete nur darauf, dass sie einen Fehler machte.

Fannys schweres Parfüm lag wie eine betäubende Decke über Gisela. Ihr Messer glitt schnell durch das Papier und fraß sich gierig weiter. Es dauerte einen Moment, bis der Schmerz Gisela erreichte.

Das Messer steckte in ihrem Daumen.

Erschrocken zog Gisela die Hand zurück. Durch ihre schnelle Bewegung klaffte jetzt im Gesicht der Tapeten-Blondine ein großer Riss. Es dauerte nur noch einen Bruchteil von Sekunden und aus dem Daumen strömte Blut. Das Blut ergoss sich über die Tapete und färbte die Haare der Blondine rot.

Ohne ein Wort stöckelte Fanny davon. Ihr gestärkter, seidig-glänzender Rock raschelte wie die Tapetenpapierschlange. Sie öffnete die Tür zu ihrem Glashäuschen, der einzige Ort in der Fabrik, wo man keine Schürze tragen musste, wo ein Telefon stand und man sogar rauchen durfte.

Wenige Augenblicke später kam sie zurück und reichte Gisela ein Pflaster.

Gisela war überrascht über Fannys Hilfsbereitschaft. Ihr Finger pochte und immer neues Blut quoll in ihre Schürze. Gisela riss das Pflaster mit den Zähnen auf.

»Die Bahn zieh ich dir vom Lohn ab.« Fanny hatte sich bereits umgedreht.

Plötzlich wallte Wut in Gisela hoch. »Wenn ich mit dem Chef rummachen würde, könnte ich dir auch jeden Tag eine Bahn abziehen«, sagte sie leise.

Fanny blieb stehen und sah Gisela herausfordernd an. »Wie war das?«

Gisela überlegte, ob sie den Satz wiederholen sollte. Schweigend drückte sie sich das Pflaster auf die Wunde.

»Aufladen, dalli, dalli.«

Gisela senkte den Kopf. Das Aufladen und Rausschieben der schweren Tapetenrollen auf dem Transportwagen war eigentlich nicht ihre Aufgabe. Schon gar nicht mit einem blutenden Finger. Das wusste Fanny so gut wie sie. Aber jetzt war es besser, das zu tun, was die Vorarbeiterin sagte. Außerdem war es eine gute Gelegenheit, für einen Moment rauszukommen.

Heide, die neben ihr an der Maschine arbeitete, kam und brachte ihr ein Taschentuch.

»Danke. Geht schon.«

Das Pflaster hielt die Blutung auf und Gisela wischte den Rest Blut an Heides Taschentuch ab. Dann griff sie einen großen Packen gerollter Tapeten und schleppte ihn zu dem bereitstehenden Rollwagen. Immer wieder holte sie neue Rollen, so lange, bis der Wagen voll bepackt war.

Mit gesenktem Kopf zog Gisela den Wagen an den Kolleginnen vorbei. Sie spürte, dass alle gespannt darauf warteten, was als Nächstes passieren würde.

Doch Fanny schien zufrieden mit dem Ausgang der Auseinandersetzung, drehte sich um und rauschte zurück in ihren Glaskasten. Dann setzte sie sich an ihren aufgeräumten Schreibtisch und öffnete demonstrativ eine neue Zigarettenschachtel.

Als Gisela den großen Raum mit offenem Rolltor, der sich an die Fabrikhalle anschloss, erreicht hatte, keuchte sie vor Anstrengung. Sie zog den Wagen bis zur Laderampe, ließ die Deichsel auf den Boden krachen und lehnte sich an die Wand.

Gisela schloss die Augen und dachte noch einmal an das azurblaue Meer. Ihr Finger pochte nun noch stärker als vorhin. Es war schwer, dieses Pochen zu ignorieren.

»Mensch, die schweren Dinger zieh ich doch raus, Mädchen«, sagte eine Stimme hinter ihr.

Gisela zuckte mit den Schultern.

Uwe, der Fahrer der Tapetenfabrik, stand neben ihr und lächelte freundlich. Er hatte bereits alle unverheirateten Arbeiterinnen der Tapetenfabrik freundlich angelächelt und versucht, bei ihnen zu landen. Aber weil Uwe keinen richtigen Arsch in der Hose und auch sonst wenig zu bieten hatte, lächelte keine zurück.

Seit ein paar Wochen war Gisela an der Reihe. Uwes Annäherungsversuche waren plump und blieben auch den anderen nicht verborgen. Die Frauen lästerten schon. »Na, hat der Uwe dir seinen Laster schon in die Toreinfahrt …?«, hatte Reni erst gestern gesagt und dabei ihre schmal gezupften Augenbrauen so weit nach oben gezogen, dass sich Falten in ihre Stirn gruben.

Die Frauen hatten sich gar nicht mehr eingekriegt vor Lachen. Doch das war Gisela egal. Die würden schon wieder aufhören. Auch wenn Uwe ihr nicht wirklich gefiel – alles an ihm war viel zu klapprig –, fühlte sie sich geschmeichelt. Die meisten Männer übersahen sie einfach.

Trotzdem hatte sie keine richtige Lust, mit ihm anzubandeln. »Ich schaff das schon alleine.«

Aber so leicht ließ sich Uwe nicht abwimmeln. Er packte einfach mit an, und sie hievten die Tapetenrollen gemeinsam in die Transportkartons. Uwe würde sie später auf den Laster verladen.

»Rauchste eine mit?«, fragte er Gisela und holte eine Schachtel aus seiner Hosentasche. Sorgsam glättete er die zerknickte Zehn-Zigaretten-Schachtel, ehe er ihr eine anbot.

Gisela sah die unverputzte Wand vor ihr. Jemand hatte darauf mit ungelenken Buchstaben »Rauchen verboten« geschrieben.

Aber wenn draußen so ein hässliches Regenwetter wie heute war, scherte sich niemand um das Verbot. Man achtete lediglich peinlich genau darauf, die Zigarettenkippen nirgendwo herumliegen zu lassen.

Gisela nahm eine von Uwes Zigaretten. Vielleicht war das wirklich der richtige Augenblick, eine zu rauchen. Ihre erste.

Uwe inhalierte den Rauch tief. Dabei rutschte sein Adamsapfel den langen Hals einmal herauf und wieder herunter.

Gisela atmete vorsichtig ein und hatte Mühe, nicht gleich loszuhusten. Es schmeckte bitter und nicht wirklich gut. Vor allem war der Rauch kalt. Das hatte sie nicht erwartet. Aber sie versuchte, die Zigarette so elegant zu halten wie Fanny, die Asche mit einem Schnipsen abzuklopfen und sie dann mit ihren groben Schuhen sorgsam über den Boden zu verteilen.

Mit dieser Zigarette hatte sie zum ersten Mal die große, weite Welt eingeatmet. Schade, dass ihr vom Rauch ein wenig übel war.

»Hast du heute Abend Zeit?«, fragte Uwe und strich dabei sein schütteres Haar glatt, wie um ihr zu zeigen, dass er sich dafür extra fein machen würde.

Gisela lächelte. Frech drückte sie die halb aufgerauchte Zigarette genau auf die Mitte des o in »Verboten«, steckte den Rest in ihre Kitteltasche und schüttelte den Kopf. Sie bückte sich, um die auf dem Boden liegende Deichsel wieder aufzunehmen und den Wagen zurück in die Maschinenhalle zu ziehen. Bestimmt wurde sie schon vermisst. Hinter sich hörte sie Uwe seufzen. »Ich wollte was mit dir bereden.«

Gisela drehte sich noch einmal um. Bereden? Was wollte Uwe mit ihr bereden? Sie sah ihn an und wartete, was er zu sagen hatte.

»Wir gehen ins Thalia. Da läuft *Marnie*.«

Gisela war lange nicht im Kino gewesen. Erst recht nicht im schicken Thalia. Trotzdem zögerte sie.

Uwe seufzte noch einmal. »Und danach Essen? Bei Müllers im Schellfischposten.« Er schlug also noch ein paar Mark drauf.

Gisela staunte, was man mit einem kleinen Zögern alles bewirken konnte. Kino und anschließendes Essen, das war mal ein Angebot. »In Ordnung. Um acht an der Schlachterei Jäger.«

Zurück in der Fabrikhalle sahen ihr die anderen Frauen neugierig entgegen. Wahrscheinlich ahnten sie, warum das Rollenabladen ein wenig länger gedauert hatte. Auch Heide sah sie fragend an. »Du siehst aus wie ein weißes Hemd«, sagte sie. »Geht's dir nicht gut?«

»Klar geht's mir gut«, antwortete Gisela abweisend.

Heide war beleidigt und ging ohne ein weiteres Wort an ihren Arbeitsplatz zurück.

Gisela stopfte die zerrissene, blutige Bahn in den Abfall und ging wortlos wieder an die Arbeit. Bis zum Schichtende verschnitt sie sich heute kein weiteres Mal.

Beim Aufräumen trödelte Gisela. Sie hatte keine Lust beim Umziehen dem Spott der anderen ausgesetzt zu sein.

Doch ein paar Frauen standen immer noch am Waschbecken und schrubbten sich die Hände, als sie in die Umkleide kam.

»Ah, unser Unschuldslamm.« Else fixierte Gisela, dann zwinkerte sie ihr zu.

»Von wegen.« Reni knöpfte aufreizend ihre Kittelschürze auf und wackelte mit ihrem üppigen Busen. Dabei lächelte sie vielsagend in die Runde.

Die beiden waren fertig und verließen kichernd den Raum. Auch Fanny war schon ausgehfein angezogen und kam auf Gisela zu.

Gisela wich instinktiv einen Schritt zurück.

Aber Fanny war nicht auf Streit aus. Sie legte ihr fürsorglich und ein wenig herablassend die Hand auf die Schulter: »Lass dir von Uwe keinen Braten in die Röhre schieben, bevor …« Sie nahm ihre Hand wieder von Giselas Schulter und hielt sie ihr demonstrativ hin. An ihrem schlanken Ringfinger blitzte ein schicker Ring mit einem rubinroten Stein.

Gisela nickte mechanisch. Der Ring war schön. Und das Rot leuchtete vielsagend an ihrem weißen Finger. Es passte gut zu Fannys Haarfarbe.

Als Fanny zu ihrem Spind ging, sah Gisela automatisch

nach unten auf ihre Hände. Das Pflaster war inzwischen schmutzig und auch die andere Hand war rau und mit Schnitten übersät.

Gisela zog sich erst die braune Weste und dann die geblümte Kittelschürze aus. Als sie sich auch den dünnen grünen Pullover über den Kopf gezogen hatte, betrachtete sie ihre Unterwäsche, so als sähe sie sie zum ersten Mal und hätte sie nicht selbst gekauft und bereits unzählige Male gewaschen. Der grobe Stoff diente lediglich zum Bedecken ihrer Nacktheit, eine Augenweide war er nicht. Im Spiegel über dem Waschbecken beobachtete Gisela, wie Fanny sich vor ihrem Spind die vollen Lippen mit einem knallroten Lippenstift nachzog.

Fanny krachte die Tür zum Spind achtlos zu und verschwand ohne ein weiteres Wort aus dem Raum.

Eine Weile lauschte Gisela auf die sich schnell entfernenden Schritte, dann öffnete sie den Spind.

Alles roch nach Fanny. In einer Ecke lag eine zusammengeknüllte Präsentpackung. Gisela holte sie vorsichtig heraus. Der feinste Perlonstrumpf in Deutschland, *Arwa grande dame – entworfen für die bestangezogensten Frauen der Welt*, las Gisela. Sie las den Satz immer und immer wieder. Tatsächlich kam Fanny diesem Versprechen schon ziemlich nahe.

Gisela fröstelte und fühlte Wut und Beschämung in sich aufsteigen. Sie zerknüllte die Verpackung und pfefferte sie in den Schrank zurück. In der oberen Ablage lag ein Frauenjournal und darauf eine leere Schachtel Zigaretten. Vom Cover lächelte ihr Senta Berger in einem himmelblauen, perlenbestickten Kleid entgegen.

Draußen regnete es noch immer. Gisela hatte keinen Schirm dabei. Es war schließlich Juli und sie hatte den Regen satt.

Trotzdem blieb sie an dem Kiosk gegenüber der Tapetenfabrik stehen. Er war mit bunten Zeitungen aus aller Welt dekoriert.

Sonst eilte Gisela stets daran vorbei. Sie war immer pünktlich: zur Arbeit, zu Hause, zu den Betriebsfesten und zu den seltenen Verabredungen, die sie hatte.

Heute betrachtete sie jedes Titelblatt ganz genau. Sie spürte, dass der Verkäufer sie streng beäugte. Gisela versuchte, ihn zu ignorieren. Am Ende kaufte sie ein Frauenjournal und eine Schachtel Zigaretten und ließ beides in ihre geblümte Einkaufstasche fallen. An der Stadthausbrücke stieg sie in die S-Bahn. Bis Altona waren es vier Stationen. Sonst beobachtete sie immer die Leute, die ein- und ausstiegen, heute war sie in ihre Zeitschrift vertieft.

In einem Lebensmittelgeschäft in der Bergstraße erledigte Gisela den täglichen Einkauf. Die Verkäuferin war neu. Sie schielte und machte eine säuerliche Miene, als Gisela sie fragte, ob sie ihr den Hering doppelt in Zeitungspapier einwickeln konnte.

»Wenn's dann so genehm ist«, sagte die Verkäuferin und reichte Gisela genervt den doppelt eingewickelten Hering. Gisela ließ die Flasche Milch, den Hering und die Kartoffeln in die Tasche gleiten und passte auf, dass sie die Zeitschrift und die Zigaretten nicht zerdrückten.

»Schönen Abend«, wünschte Gisela und öffnete die Ladentür.

»Selber«, antwortete die Verkäuferin ein wenig besänftigt.

Der Krieg war schon eine ganze Weile vorbei, aber in den Straßen klafften noch immer große Löcher. Hier und da stand noch eine Ruine, manche Häuser fehlten ganz. Auch in der Lornsenstraße. Aber Gisela sah nicht hin. Sie eilte ohne aufzublicken an dem Hausloch Nummer 26 vorüber und öffnete rasch die Tür eines grauen stuckverzierten Hauses aus der Gründerzeit schräg gegenüber. Der dunkle Hausflur der Nummer 31 roch nach Wäsche und Kartoffeln. Aus Gewohnheit drückte sie auf den Lichtschalter im Flur, obwohl die Glühlampe schon vor einer Woche den Geist aufgegeben hatte. Also stieg sie die abgetretenen Treppen im Dunkeln nach oben.

In der Beletage wohnten die Stegers. Die Stegers, dachte Gisela und rümpfte innerlich die Nase über Frau Stegers Vornehmgetue, über ihre Hüte, die sie größer erscheinen lassen sollten und die sie zu knappen Mäntelchen mit Pelzbesatz trug. Vor allem aber darüber, dass sie darauf bestand »Frau Doktor« genannt zu werden. Und das, obwohl ihr Mann lediglich ein kleiner abgearbeiteter Allgemeinmediziner war, der Gisela immer auf den Hintern schielte, was »Frau Doktor« ganz besonders in Rage brachte.

Im zweiten Stockwerk wohnten die Müllers. Herr Müller war Postbote und seine Frau war zu Hause und kümmerte sich um ihre Tochter, die nachts manchmal so laut weinte, dass Gisela, deren Schlafzimmer über dem des Mädchens lag, aufwachte und nur schwer wieder einschlafen konnte. Dann schlug sie mit ihren Hausschuhen wütend auf den Boden. Danach konnte sie erst recht nicht mehr einschlafen. Sie lag in ihrem Zimmer und starrte an die dunkle Decke, so lange, bis ihr die Augen flimmerten.

Inzwischen hatte Gisela ihre Wohnungstür erreicht. Davor saß die spindeldürre grau gescheckte Katze der Studentin, die oben in der Dachkammer hauste. Die »Rote«, wie man sie hier im Haus nannte, kam immer erst nachts nach Hause, weil sie nebenbei kellnerte. Sie verließ sich darauf, dass die Katze sich schon irgendwo etwas zu essen suchen würde. Sie hatte weiße blinde Augen und ernährte sich von allem, was sie kauen konnte. Gisela mochte sie nicht, sie wusste nicht einmal ihren Namen. Aber weil sie nun einmal da war, strich sie ihr manchmal übers Fell. Dafür war die Katze ihr treu ergeben und wartete immer sehnsüchtig auf Giselas Schritte im Treppenhaus.

»Kusch, Maunz.« Gisela schob sie mit dem Fuß sanft von der Eingangstür weg. Dann holte sie den Wohnungsschlüssel aus ihrer Jackentasche und schloss die Tür auf. Hier war sie zu Hause. Seit beinahe 31 Jahren.

Im düsteren Flur zog sie die Jacke aus und lauschte auf die Geräusche aus der Küche. Es war alles wie immer. Das Radio dudelte einen Schlager vor sich hin, ansonsten war es still. Bevor Gisela in die Küche ging, versteckte sie die Zeitschrift und die Zigaretten unter ihrem Schal auf der Hutablage.

Sie hoffte, dass ihr Vater heute einen von seinen guten Tagen hatte. Solche gab es nämlich, manchmal sogar ein paar davon hintereinander. Dann kämmte er sich die Haare, rasierte sich und ging blass und ein bisschen zittrig nach unten auf die Straße. Doch wenn er an dem Nichts vorbeikam, was vom Haus seiner Eltern übrig geblieben war, war der gute Tag meist schon wieder vorbei. In diesem Haus hatte sein Vater eine eigene Maschinenschlosserei besessen. Die Bombe, die es zerstört hatte, hatte ihm die Eltern, das Zuhause und das Auskommen genommen. Das konnte er nie verwinden.

Robert Werler saß in seinen grauen Unterhosen in der Küche, hatte ein schales Ratsherren Pilsner in der Hand und sah ihr ärgerlich entgegen. »Wo kommst du denn jetzt erst her?«, fragte er Gisela mürrisch.

Seit zwanzig Jahren empfand ihn Gisela als einen Fremdkörper in ihrem Haushalt. Seitdem er abgerissen und abgemagert, mit einem Stumpf statt einem Bein, vor der Tür gestanden und sich als ihr Vater vorgestellt hatte. Eingeschlichen hatte er sich, sich vom wenigen, was sie hatten, das meiste genommen. Und immer noch saß er hier, vertrank eine Menge seiner 348 Mark Invalidengeld, die er nach seinem Herzmuskelriss bekam, und befahl der immer kleiner werdenden Familie, was sie zu tun und zu lassen hatte. Gisela fragte sich oft, warum sie nicht, wie ihre Schwester, einfach die Koffer packte. Aber dann dachte sie an die müden Augen ihrer Mutter, an die dringend benötigten 40 Mark Haushaltsgeld, und blieb. »Ich war einkaufen«, entschuldigte sich Gisela, obwohl sie das jeden Tag machte und sonst trotzdem früher zu Hause war. Ihre Mutter kam mit dem ewig sorgenerfüllten Blick aus dem Badezimmer und brachte die abgesplitterte Emaille-Schüssel mit warmem Wasser, in dem ein bleiches Irgendwas schwamm. Vor langer Zeit war das mal ein Stück Seife gewesen.

Der Vater hatte immer wieder Schmerzen und das tägliche Waschen erleichterte ihn für kurze Zeit.

»Das hackt wie Teufel.« Er wollte nicht, dass die Mutter das Bein wusch. Das lag bestimmt nicht nur an ihrer groben Art, sondern vielleicht auch daran, dass er sich dann erst recht wie ein Krüppel fühlte.

Also half Gisela dem Vater, die Beinprothese abzulegen. Sie wickelte die Binde ab und wusch das, was der Krieg von seinem Bein übrig gelassen hatte. Die ausgeblichene Haut des Stumpfes roch säuerlich. Eigentlich machte Gisela das nichts aus. Aber heute sah sie das Bein beim Waschen gar nicht an, sondern beobachtete, wie sich das Pflaster von ihrem Daumen langsam löste. Die Seife brannte in ihrer frischen Wunde.

Während sie den Stumpf abtrocknete und ihn mit einer frischen Binde umwickelte, sah sie auf die Uhr, die laut vor ihr an der Wand tickte. In einer halben Stunde musste sie los.

»Wo hast du dich denn diesmal wieder bescheißen lassen?« Die Mutter funkelte Gisela böse an.

Eigentlich war sie ein sanftmütiger Mensch. Aber ihr Zorn konnte so schnell und heftig auflodern wie ein trockener Weihnachtsbaum.

»Ich lass mich nicht bescheißen. Ich war wie immer in der Bergstraße.« Gisela versuchte ruhig zu bleiben. Sie hatte die Frage längst erwartet.

»Aber da sind nur zwei Heringe in der Zeitung.« Die Mutter hielt mit jeder Hand einen Hering hoch, sodass Gisela und der Vater sie sehen konnten.

Gisela drückte den Stumpf in die Prothese und erklärte fast flüsternd den fehlenden Hering. »Ich hab eine Einladung ins Kino. Und danach gehen wir essen.«

Nur das Ticken der Uhr war zu hören.

Dann machte die Mutter eine heftige Bewegung. Die volle Milchflasche fiel auf den Steinfußboden und zersplitterte. Wie festgefroren stand die Mutter am Küchentisch und sah schuldbewusst auf die Scherben. Die Prothese des Vaters knarrte.

Gisela bückte sich und begann die Scherben vom Boden aufzulesen.

»Pass auf, dass du dich nicht schneidest«, sagte die Mutter leise. Der Vater sah schweigend auf Gisela herab. »Dass dich mal einer einlädt, so wie du rumläufst.« Gisela senkte verletzt den Blick.

»Auf jeden Topf passt ein Deckel.« Die Mutter blickte vorwurfsvoll zum Vater und bückte sich, um Gisela beim Auflesen der Scherben zu helfen. Ihre Knochen knackten.

Die vielen Laufmaschen in den Strumpfhosen bildeten ein eigenartiges Muster auf ihren Beinen.

Schweigend lasen sie gemeinsam die letzten Scherben auf.

Gisela warf sie klirrend in den Mülleimer. Mühsam erhob sich auch die Mutter und reichte Gisela einen Lappen. »Mach dir nichts draus. Weißt ja, wie er ist.« Die Mutter war Gisela ins Badezimmer gefolgt, wo sie den schmutzigen Lappen auswusch.

Gisela nickte. Sie wunderte sich selbst, dass die Bemerkungen ihres Vaters immer wieder ins Schwarze trafen. »Und«, fragte die Mutter neugierig, »ist es was Ernstes?«

Gisela starrte auf das graue Milch-Wasser-Schmutz-Rinnsal, das unermüdlich in den Abfluss lief. Dann schaute sie in den Spiegel. »Was soll denn das sein, was Ernstes?« Gisela war genervt.

»Kino und Essen ist ja mal 'n Anfang.«

Gisela konnte die Hoffnung auf einen Schwiegersohn deutlich aus ihrem Tonfall heraushören. »Ist aber kein Anfang«, fügte Gisela schnell hinzu. »Ist nur Kino und Essen. Und wer weiß, ob's überhaupt noch was wird. Ich bin spät dran.«

Die Mutter schwieg und holte ein neues Pflaster aus dem Medizinschrank.

Uwe stand schon seit zwanzig Minuten vor dem Schaufenster der Schlachterei Jäger und hielt Ausschau nach Gisela. Inzwischen war ihm kalt, denn er hatte – trotz des anhaltenden Regens – seine leichte Popelinehose angezogen. Die war weniger abgenutzt als seine Cordhose. Seine Arme staksten aus der Jacke wie abgeschälte Äste. Mit der rechten Hand umklammerte er einen abgeschabten Koffer.

Inzwischen glaubte Uwe nicht mehr, dass Gisela noch kommen würde. Es war um acht. Gleich fing der Film an. Die Schlachterei war schon geschlossen und die Schlange am Kassenhäuschen hatte sich längst aufgelöst. Die Grindelallee leerte sich langsam. Uwe steckte sich noch eine Zigarette an. Es war die letzte. Seine Hände zitterten etwas. Weil es so feucht ist, dachte er und wusste, dass das nicht stimmte.

Als er aufsah, näherte sich eine schmale, dunkle Gestalt.

Gisela? Uwe war sich nicht sicher. Er ging ihr ein paar Meter entgegen.

Es war Gisela. Ohne ihren Arbeitskittel sah sie fremd aus. So, als seien sie sich noch nie begegnet.

Unsicher, wie sie sich begrüßen sollten, reichte Uwe Gisela die Hand.

»Ich hatte noch zu tun«, entschuldigte sich Gisela für ihr spätes Kommen. Sie war verlegen.

»Wir können gleich reingehen. Ich hab die Karten schon gekauft«, sagte Uwe und dachte, dass *Der Schlaufuchs* mit Jean-Paul Belmondo vielleicht doch die bessere Wahl gewesen wäre als *Marnie.*

Aber Gisela schien nicht unzufrieden mit seiner Wahl. Sie sagte jedenfalls nichts.

Drinnen war das Licht schon aus und die Leute zischten sie böse an, als sie sich auf ein paar übrig gebliebene Plätze in einer der hinteren Reihen drängelten.

Nach mehreren gescheiterten Versuchen, seinen Koffer sicher und bequem unterzubringen, hatte Uwe ihn zwischen sich und Gisela abgestellt. Dann versuchte er seinen Arm um Gisela zu legen. Aber Gisela schien schon der Vorspann derart zu fesseln, dass sie so weit nach vorn rutschte, wie es ihr der unbequeme Stuhl erlaubte. Uwes Annäherungsversuch bemerkte sie gar nicht.

Als Marnie von dem Firmeninhaber beim Stehlen erwischt wurde, öffnete Gisela ihr abgenutztes Samttäschchen und holte die Schachtel Zigaretten heraus. Sie bot Uwe keine an.

Uwe versuchte bis zum Ende des Films nicht noch einmal den Arm um sie zu legen. Auch ihn faszinierte das Mädchen auf der Leinwand, aber gleichzeitig stieß es ihn ab.

Als er danach mit Gisela über dieses merkwürdige Mädchen sprechen wollte, zuckte sie nur mit den Schultern und ließ sich mit den anderen Besuchern vor das Kino spülen.

Draußen hatte es endlich aufgehört zu regnen. Die Luft war frisch und roch nach Sommer.

Auf dem Weg zum Schellfischposten versuchte Uwe mit seinem Arm noch einmal Giselas Schulter zu erobern. Sie sagte nichts dazu und ließ es geschehen.

Uwes Arm reichte weit über Giselas Schulter. Er wusste nicht genau, was er mit seiner Hand anfangen sollte, wagte aber nicht, in Giselas Haar zu fassen oder sie am Nacken zu streicheln.

Uwe versuchte mit Gisela im Gleichschritt zu gehen, weil jede Störung bedeuten könnte, dass Gisela nicht weiter so vertraut mit ihm laufen wollte. Darüber vergaß er, auf die Straße zu schauen, stolperte und wäre beinah lang hingeschlagen, hätte ihn Gisela nicht gehalten.

Erst jetzt sahen sie einander an.

Gisela lachte nicht, sie lächelte nicht einmal.

Doch gerade das gab Uwe Mut. Bevor er seinen Arm von ihrer Schulter nahm, um die Tür zum Schellfischposten zu öffnen, strich er ihr über die Haare.

Gisela spürte, dass er feuchte Hände hatte und dabei leicht zitterte.

»Jetzt essen wir was Schönes, Kleine.« Uwe drückte die Klinke nach unten.

Aus der heruntergekommenen Kneipe schwoll ihnen verrauchte Luft und ein ohrenbetäubender Lärm entgegen. Es war voll und der Zigarettenrauch brannte ihnen in den Augen.

Nur mit Mühe ergatterten sie zwei Plätze, gleich neben der Toilettentür. Ständig riss sie jemand auf und knallte sie wieder zu. Die Spülung übertönte sogar den Lärm in der Kneipe.

Uwe musste dicht an den Tisch heranrücken, damit ihm die Tür nicht in den Rücken schlug. Den Koffer stellte er neben seinem Stuhl ab und hielt ihn am Griff fest.

Gisela sah sich scheu um und stellte schnell fest, dass es in der ganzen Kneipe keine Frau gab. Außer der Wirtin und die war fast schon ein Kerl. Die Männer glotzten Gisela unverhohlen an und rätselten, in welcher Beziehung sie zu Uwe stand.

»Mach uns mal zwei Kurze«, sagte Uwe zur Wirtin und nahm die Karte entgegen. Er schaute kurz hinein und bestellte für sie beide Matjes. »Aber von dem frischen.«

Schon stand der Schnaps auf dem Tisch. Uwe kippte ihn runter und schüttelte sich. Es fiel ihm schwer, das Gespräch mit Gisela zu beginnen, auf das er sich den ganzen Tag schon vorbereitet hatte. Noch einmal ging er seinen Satz im Kopf durch. Atmete tief ein, hob die Stimme und …

»Zwee lütten Hering«, unterbrach ihn der kurzatmige Kellner und servierte den Salzhering mit Zwiebelringen auf zwei verschmierten Tellern.

Gisela starrte auf den dreckigen Daumen des Kellners, der tief in der Sahnesoße steckte.

Kaum war der Kellner wieder weg, fasste sich Uwe ein Herz. »Ich hab ja gesagt, dass ich was mit dir bereden will.«

Gisela hörte ihm nicht zu. Sie schaute unentwegt auf den Teller mit dem Daumenabdruck.

»Stimmt was nicht?«

Gisela schüttelte den Kopf und begann vorsichtig zu essen. Dabei achtete sie peinlich genau darauf, dass ihre Gabel nicht mit dem Daumenabdruck des Kellners in Berührung kam.

Uwe bemerkte, wie Gisela im Essen herumstocherte. Kurzerhand nahm er ihren Teller und tauschte ihn mit seinem aus.

Gisela hob den Kopf und lächelte ihn an.

Das war der Startschuss für Uwe. Er schob den Schnaps dicht zu ihr hin und forderte sie mit einem Kopfnicken auf, zu trinken.

»Ich hab jetzt ’n Nebenverdienst, als Taxifahrer. Da kann ich was zurücklegen. Ich spar auf ein Häuschen, draußen an der Elbe. Dort, wo sie die neue Siedlung hochgezogen haben.«

Gisela nahm den Schnaps und nippte vorsichtig daran. Er brannte und trieb ihr die Tränen in die Augen. Sie sah zur Seite und bemerkte, dass Uwe, seitdem sie hier waren, den Koffer nicht losgelassen hatte.

Uwe dagegen war ganz in seine Rede vertieft. Mit der Hand am Koffer, versuchte er ihr ihre Zukunft so farbenfroh wie möglich zu schildern.

»Mit Vorgarten und Waschmaschine. Da musst du nicht mit der Hand waschen.«

Gisela kaute stumm und beobachtete Uwe, wie er versuchte, den Hering nur mit der Gabel durchzutrennen. Warum ließ er den Koffer nicht einfach los und benutzte das Messer?

»Dir kauf ich einen Fernseher und mir ’ne Minibar und …«

Uwe stockte und sah hoch, weil er bemerkte, dass Gisela ihn beobachtete. Er sah sie fragend an.

Gisela räusperte sich. »Das ist wirklich nett von dir, Uwe …«

Uwe legte die Gabel weg und streckte die nun frei gewordene Hand nach ihrer aus. Dann hob er ihre rechte Hand ein Stückchen vom Tisch in die Höhe. Er betrachtete das frische Pflaster, die vielen Schnitte und die kleinen Narben vom Papiermesser.

»Du willst doch nicht dein Leben lang Tapeten schneiden und das schwere Zeug schleppen? Und allein nach Hause gehen? Oder?«

Die Toilettenspülung rauschte. Wieder ging die Toilettentür auf und Uwe rückte noch näher an den Tisch heran. Er ließ Gisela nicht aus den Augen. Ihre Hände lagen jetzt aufeinander. Uwes Hand war noch immer feucht, aber hier in der Kneipe fühlte sich das irgendwie richtig an.

Gisela nahm ihren Schnaps und kippte den Rest mit einem Zug runter. Das Zeug brannte. Als würde man ein Stück von der Sonne abbeißen, dachte Gisela und lächelte.

»Dein Nebenverdienst … reicht der auch für weiter weg?«

Uwe grinste. »Wie weit weg denn?«

Gisela zögerte, bevor sie antwortete: »Capri.«

Uwe griff nach seinem Schnapsglas und kippte es, um dann erst zu merken, dass es schon leer war. Er schnipste mit dem Finger und bestellte Nachschub. »Weißte, was das kostet?«

Gisela hatte keine Ahnung. Aber billig war ihr Traum bestimmt nicht. Sonst wär's ja kein Traum. »Wenn schon, denn schon.«

Uwe sah Gisela interessiert an. Ihre Lippen glänzten vom

Schnaps. Sie sah ihm geradewegs in die Augen. »Da muss ich noch 'ne Weile malochen.« Dabei sah er erst hinter sich, um den neuen Schnaps entgegenzunehmen, und dann auf den Koffer.

Gisela nickte und trank das zweite Glas Schnaps mit einem Zug leer. »Was ist denn dadrin?« Sie zeigte mit dem Kopf auf den Koffer.

»Das ist das andere, worüber ich mit dir reden wollte.« Uwe trank seinen Schnaps ebenfalls aus und aß das letzte Stück Hering.

Auch Gisela aß ihren Hering auf und wartete, was Uwe noch zu sagen hatte. Doch Uwe schwieg.

»Können wir zu dir gehen?«

Gisela zog ihre Hand unter seiner weg und schüttelte den Kopf.

»Nicht was du denkst.« Uwe sah sie so treuherzig an, dass Gisela lachen musste.

Im muffigen Hausflur der Lornsenstraße 31 war die Glühlampe immer noch kaputt. Selbst Gisela brauchte jetzt einen Augenblick, um sich zu orientieren. Sie kam selten abends so spät nach Hause. Leise flüsternd stieg sie mit dem schwankenden Uwe Stufe für Stufe nach oben. Bei der Roten spielte Musik, bei Müllers waren hinter der Wohnungstür noch gedämpfte Stimmen zu hören. Sonst war es still.

Gisela schloss die Tür auf und betrat vorsichtig den Flur. Uwe folgte ihr leise. Gisela lauschte. Alle schienen zu schlafen. Sie machte das Flurlicht nicht an, blieb stehen, griff im Dunkel hoch zur Hutablage und tastete unter ihren Schal. Das Frauenjournal lag noch da. Beruhigt ließ sie den Schal wieder fallen.

Leise öffnete Gisela ihre Tür. Als Uwe im Zimmer stand, schloss Gisela die Tür und machte das Licht an.

Giselas kleines Reich, das eher eine größere Abstellkammer neben der guten Stube ihrer Eltern als ein richtiges Zimmer war, lag nun in unbarmherzigem Licht vor ihnen. Die senffarbene Couch neben dem kleinen Kachelofen, davor ein abgeriebener braungeblümter Sessel mit einem wackligen Tischchen. Das schmale Bett mit dem Spiegel über dem Nachttisch, das alte Röhrenradio von Stegers und der Kleiderschrank mit den schiefen Türen. Nichts war neu. Alles lebte hier ein zweites oder drittes Leben. Gisela konnte sich noch so viel Mühe mit dem Putzen geben, es würde immer ärmlich aussehen.

Neben der Couch stand eine Stehlampe, deren geblümter Kunststoffschirm eingerissen war. Gisela schaltete die Lampe an und löschte das blendend helle Oberlicht.

Jetzt sah es hier beinahe gemütlich aus.

Gisela zog die Jacke aus und setzte sich auf die Couch.

Unbeholfen folgte ihr Uwe. Er stellte seinen Koffer neben das Bett und nahm neben Gisela Platz. Seine Jacke ließ er an. Bestimmt nicht nur, weil es hier drin noch kühler als draußen war. Hier in der Stille des schäbigen Zimmers, ohne die vielen Menschen um sie herum, fiel es ihm offensichtlich schwer, Gisela näher zu kommen, und noch schwerer, ihr Gespräch fortzusetzen oder ein neues zu beginnen.

»Ganz nett hast du's.«

Das sagte Uwe sicher nur, um überhaupt etwas zu sagen. Er sah beunruhigt auf die Tür, die in das elterliche Wohnzimmer führte. Gisela zuckte mit den Schultern. Sie konnte ihrem Zimmer wenig Nettes abgewinnen. Es hatte alles, was sie brauchte, und nichts, was sie sich wünschte. »Was willst du mit mir bereden?«

»Hast du einen Aschenbecher?«

Gisela stand auf und öffnete das Fenster. »Am besten, du rauchst hier raus.«

Sie hockten sich beide auf das Fensterbrett und sahen auf den engen Hof mit dem windschiefen Schuppen, in dem eine Werkbank, Fahrräder und ausrangierte, kaputte Sachen standen. Die dürre Katze strich zwischen den Mülltonnen herum und miaute.

Umständlich holte Uwe eine neue Schachtel Zigaretten aus seiner Hosentasche und zündete erst Giselas und dann seine an.

Die Glut leuchtete im Dunkeln. Die Enge und die unbequeme Haltung zwang sie näher zusammen.

»Wär schon gut, wenn du hier bald ausziehst.«

Wieder zuckte Gisela mit den Schultern. Sie hatte noch nie darüber nachgedacht.

»Du kannst es dir ja mal überlegen«, sagte Uwe, als könnte er ihre Gedanken lesen.

»Was genau?«

»Das.« Uwe legte Gisela die Hand aufs Knie und sah sie verliebt an.

Gisela warf ihre Zigarette aus dem Fenster, stand auf und ging zurück zum Sofa. Uwe folgte ihr, beugte sich zu ihr runter und küsste sie unvermittelt auf den Mund. Gisela lehnte sich zurück. Sie ließ sich küssen und sah Uwe dabei an.

Als Uwe ihre geöffneten Augen bemerkte, beendete er abrupt seinen Kuss und richtete sich wieder auf. Dabei kam er ungeschickt an die Stehlampe, die mit einem dumpfen Schlag umfiel.

Jetzt saßen sie im Dunkeln.

»Die Wände sind dünn hier.« Gisela flüsterte automatisch.

Wenige Augenblicke später öffnete sich auch schon die Tür. »Gisela? Alles in Ordnung?« Die Mutter wartete Giselas Antwort nicht ab, sondern schaltete das Oberlicht ein. »Oh.« Verlegen sah sie auf Uwe.

»Das ist Uwe.« Gisela stand auf und stellte ihren nächtlichen Besuch vor. »Meine Mutter, Margaretha Werler.« Sie wies auf die Mutter, die verlegen durch die Brille blinzelte und den Gürtel ihres Nachtmantels fester zuzog. Sie hatte ihr Haarnetz nicht um. Die dünnen, strähnigen Haare lagen wie ein Kranz um ihren Kopf. Ihr linker Hausschuh hatte vorn ein Loch, der große Zeh schaute heraus.

»Ich wollte euch nicht stören.«

»Nicht schlimm, ich wollte sowieso gerade gehen.« Uwe stand nun ebenfalls auf, vielleicht um ihr die Hand zu reichen. Da die Mutter in Nachtkleidung war, wagte er aber nicht, sich ihr weiter zu nähern. Er beließ es bei einem kurzen Kopfnicken, knetete unentschlossen seine Hände und entschied sich für eine schnelle Flucht. »Bis morgen.« Er nickte Gisela kurz zu und ging.

Wenige Sekunden später hörte Gisela die Wohnungstür zuschnappen.

Die Mutter stand hilflos an der Tür. »Ich …«, setzte sie an.

»Geh doch wieder schlafen, Mutter.«

Die Mutter nickte und verließ ohne ein weiteres Wort das Zimmer.

Gisela bückte sich, um die Stehlampe aufzuheben. Da erst bemerkte sie, dass Uwe seinen Koffer vergessen hatte.

Gisela holte eine weitere Zigarette aus ihrer Schachtel, zündete sie sich am Fensterbrett an und sah auf den Koffer. Sie schnipste die noch glühende Zigarette aus dem Fenster, sah der Glut nach und verließ das Zimmer.

Im Badezimmer saß Giselas Mutter auf einem Schemel und putzte sich mit ihrem Taschentuch die Brille. Offensichtlich hatte sie auf ihre Tochter gewartet. Sie setzte die Brille wieder auf und zerknüllte das Taschentuch in ihren abgearbeiteten Händen. »Warum sagst du nicht Bescheid, dass du deinen Freund mit nach oben bringen willst?«

»Das ist nicht mein Freund. Das ist Uwe.« Gisela sah die Mutter nicht an.

»Es wäre doch schön für dich.« Die Mutter redete weiter, als hätte sie gar nicht gehört, was Gisela gesagt hatte. »Auch wenn du mir fehlen würdest.«

Es kam selten vor, dass die Mutter über Gefühle sprach. Gisela unterbrach das Waschen und hätte sie dafür am liebsten in den Arm genommen.

Aber die Mutter machte diesen Impuls mit dem nächsten Satz gleich wieder zunichte. »Lass dir bloß nicht gleich was Kleines andrehen. Mir reichen schon die beiden Gören von deiner Schwester.«

»Ich bin müde, Mutter.« Gisela hatte nicht mehr die geringste Lust, mit ihrer Mutter über den Abend, Uwe und die Kinder ihrer Schwester zu sprechen.

Doch die Mutter blieb einfach sitzen.

Erst als Gisela sich auf die Toilette setzte, stand sie schließlich auf und verließ seufzend das Bad.

Vom Deckenlicht beleuchtet stand der Koffer da, wie auf einer Bühne. Gisela näherte sich vorsichtig, als sei er ein lebendiges Wesen, etwas, das sie erst zähmen musste, bevor sie es berühren durfte. Dann umfasste sie entschlossen den Griff, den auch Uwe den ganzen Abend über festgehalten hatte, so als brächte sie ihn dadurch in ihre Gewalt. Sie legte den Koffer auf ihr Bett und betrachtete ihn. Er war braun und unscheinbar, lediglich durch zwei einfache Schnappschlösser gesichert.

Den Koffer weiterhin im Blick, begann Gisela sich auszuziehen. Erst ihren grünen Rock, dessen ausgebeulter Reißverschluss sich schwer öffnen ließ, und den grünen leichten Pullover, den sie sonst nur am Sonntag anzog, dann die blickdichte Strumpfhose und schließlich noch ihre grobe Unterwäsche. Sie zog das Nachthemd unter ihrem Kopfkissen hervor und streifte es schnell über. Ihre Nacktheit war durch die Anwesenheit des Koffers gestört.

Die Schlösser des Koffers sprangen klackend auf. Gisela hielt die Luft an, doch dann überlegte sie es sich noch einmal anders.

Beinahe zärtlich strich sie mit einer Hand über den Koffer und schob ihn unter ihr Bett. Sie löschte das Licht und zog die Decke bis unters Kinn. Aber einschlafen konnte Gisela nicht.

Sie versuchte sich in die Blaue Grotte nach Capri zu träumen. Aber heute schien ihr Traum noch weiter weg als sonst. Immer drängelte sich der fremde Koffer dazwischen. Es war, als atmete er unter ihrem Bett, als breitete er sich aus und forderte sie unentwegt auf, seiner Existenz in ihrem Zimmer Rechnung zu tragen.

Schließlich gab Gisela auf. Sie machte ihre Nachttischlampe an und holte den Koffer wieder unter dem Bett hervor. Dann ließ sie die Schlösser aufschnappen und öffnete den Koffer.

Gisela blieb der Atem weg.

Vor ihr lagen vier große Bündel mit Fünfzigmarkscheinen.

Gisela starrte das Geld an. Zärtlich berührte sie die Scheine und überschlug blitzschnell im Kopf, wie viel Geld das war. Es war die größte Summe, die sie je auf einen Schlag gesehen hatte.

Sie schob es beiseite. Eine Maske kam zum Vorschein. Eine schwarze Maske. Ihr Herz schlug ihr bis zum Hals.

Auf dem Bett lag jetzt eine ganze Geschichte ausgebreitet, der nur noch ein winziges Detail fehlte.

Gisela setzte sich vorsichtig die Maske auf.

Als sie sich vor den Spiegel stellte und sich darin betrachtete, erschrak sie. Eine Unbekannte stand ihr gegenüber. Selbst das vertraute geblümte Nachthemd bekam durch die schwarze Maske ein gespenstisches Aussehen.

Sie riss die Maske wieder vom Kopf und stopfte sie in den Koffer zurück. Nachdem sie die Geldbündel wieder ordentlich an ihren ursprünglichen Platz gelegt hatte, knallte sie den Deckel des Koffers zu.

Dann stand sie unschlüssig mit dem Koffer im Zimmer. Wo sollte sie ihn verstecken? Unter dem Bett würde ihn bestimmt jemand entdecken. Blieb nur noch der Kleiderschrank.

Gisela räumte ihre unbenutzte Aussteuerwäsche beiseite und schob den Koffer darunter. Er war trotzdem noch zu sehen. Ganz unten im Schrank gab es ein Sockenfach, eine Art Schublade, die sich von oben öffnen ließ. Also räumte sie die Strümpfe raus und stellte den Koffer hinein. Er passte. Sie schloss das Fach und betrachtete den Schrank von außen. Schließlich holte sie noch ein Geschirrhandtuch heraus und breitete es über dem Koffer aus. Zuletzt stapelte sie einen Berg Handtücher auf die Schublade.

Am nächsten Morgen lag das Frauenjournal auf dem Küchentisch. Giselas Kopf schmerzte und der Finger puckerte immer noch. Nicht weit von ihr lag ein Koffer mit Geld und einer schwarzen Maske.

Der Vater war noch im Bett. Die Mutter brühte ihr im

Nachthemd einen Kaffee auf. »Gehste heute Abend wieder aus?«

»Weiß nicht.«

»Lad den jungen Mann doch am Sonntag zum Essen ein. Du gehst früh mit mir in die Kirche und dann kochen wir Nierchen.«

»Mal sehen.« Gisela stellte die leere Tasse in die Spüle und wusch schweigend den Kaffeesatz aus.

In der Fabrik war alles wie immer. Die riesige Tapetendruckmaschine stand noch still und wartete auf die Arbeiterinnen, ehe sie anfing zu fauchen und zu stampfen.

Als die Arbeit begann, gab es für Gisela keinen Koffer mehr, kein Capri, keine Blaue Grotte. Es gab nur noch die Tapete, das Messer und den wachsenden Stapel Rollen. Aber die schwarze Maske ließ sich nicht aus Giselas Kopf vertreiben.

Die schwarze Maske bewirkte, dass Giselas Messer straffer und schneller durch die Tapete schnitt. Sie bewirkte, dass ihr Kopfschmerz nicht mehr spürbar war und auch das Puckern im Finger nachließ. Sie bewirkte, dass Gisela, als Fanny mit ihrem Parfüm, den goldenen Ohrclips und ihrem eleganten moosgrünen Seidenplisseerock an ihr vorüberwehte, ruhig weiterschnitt und sich nicht einmal nach ihr umdrehte.

»Heute holt der Uwe die Tapeten«, sagte Fanny hinter ihr.

Vielleicht war das als kleine Wiedergutmachung gemeint, aber Gisela drehte sich nicht zu Fanny um. Sie arbeitete einfach weiter. Die schwarze Maske war stärker.

Fanny sagte nichts, wartete noch einen Moment, dann ging sie.

Wenig später sah Gisela aus dem Augenwinkel, dass Uwe mit dem Rollwagen auf sie zukam. Er ging langsam, wirkte matt und niedergeschlagen.

Gisela wusste, dass er darauf wartete, dass sie sich umdrehte. Aber sie konnte nicht innehalten. Die schwarze Maske füllte allen Raum in ihr aus.

Doch Uwe schien Zeit zu haben. Er wartete so lange, bis Giselas Hände zitterten und sie unbedingt eine Pause von der tiefen Schwärze in ihrem Kopf brauchte.

Als sie sich zu ihm umdrehte, sah sie die Verunsicherung in seinen Augen. Sie dachte daran, dass dieser Uwe das fehlende Detail in der Geschichte war, die sich gestern auf ihrem Bett ausgebreitet hatte, und verzog ihren Mund zu etwas, was man als Lächeln verstehen konnte.

Dieses Etwas schien ihn noch mehr zu verwirren.

Also nickte Gisela ihm beruhigend zu.

Uwe lächelte erleichtert zurück, nahm ihre fertigen Rollen und schichtete sie auf den Wagen. »Danke, Gisela.« Er hatte das so laut gesagt, dass es alle hören konnten. In diesem »Danke« lag etwas sehr Vertrautes, Uwe meinte damit auf keinen Fall lediglich den fertig gestapelten Tapetenberg. Es war seine Art, den anderen mitzuteilen, dass Gisela und er nun ein Paar waren.

Jetzt hörte Gisela doch auf zu arbeiten. Sie war genervt, denn sie wäre gerne gefragt worden, ob auch ihr das recht war.

Aber als Gisela sah, wie Uwe mit den schweren Tapeten beinahe dahintänzelte, sah, dass seine Müdigkeit plötzlich wie weggefegt war, sah, dass er ihr eine Kusshand zuwarf, obwohl ihn alle anstarrten, als sei er geistesgestört, war auch ihre Genervtheit verflogen.

Gisela blickte zu Heide, die Uwe kopfschüttelnd einen Vogel zeigte.

Aber Gisela zuckte bloß mit den Schultern. Nur sie kannte Uwes Geheimnis. Nur sie. Niemand sonst hier wusste, was

Uwe in seinem zerkratzten Koffer mit sich herum- und dann direkt in ihr Zimmer getragen hatte. Sie teilte etwas ganz und gar Verbotenes mit ihm.

Das gab ihr Macht und ließ Uwe plötzlich attraktiver erscheinen als je zuvor.

Schon im Treppenhaus hörte Gisela lautes Schreien und Pochen. Sie blieb stehen und lauschte. Noch konnte es von überall herkommen. Aber jede Treppenstufe, die sie weiter nach oben stieg, gab ihr mehr Gewissheit: Der Lärm kam aus ihrer Wohnung.

Gisela schloss mit zittrigen Fingern die Tür auf. Im Flur stand Susanne, ihre kleine Nichte, und sah Gisela erschrocken an.

»Was ist denn hier los?«

»Wir spielen.« Die blonden Haare, die Susanne sonst immer zu zwei akkuraten Zöpfen geflochten trug, standen zu allen Seiten ab. Sie ging ein paar Schritte zurück und stand jetzt mit dem Rücken vor Giselas Zimmertür.

»Wo ist Katja?«

Susanne zuckte schuldbewusst mit den Schultern.

Gisela durchfuhr es wie ein Blitz. Der Koffer!

Schnell lief sie zu ihrer Zimmertür. Susanne drehte sich ebenfalls zur Tür um und sah sie dabei ängstlich an.

Gisela versuchte die Tür zu öffnen, aber jemand stemmte sich von innen dagegen. Gisela sah Susanne vorwurfsvoll an und versuchte, die Tür aufzudrücken. Sie öffnete sich einen kleinen Spalt. Dahinter war ein Keuchen zu hören.

»Mach auf«, sagte Gisela wütend, obwohl sie wusste, dass Katja sie nicht hören konnte.

Katja drückte weiter mit aller Macht gegen die Tür.

Wortlos stemmte sich Gisela nochmals dagegen. Sie öffnete sich Stück für Stück, immer ein bisschen weiter, bis Katja endlich aufgab und zur Seite sprang. Die Tür krachte weit auf.

Gisela fiel in ihr Zimmer. Die Schranktür war geöffnet und Giselas wenige Habseligkeiten lagen auf dem ochsenblutrot lackierten Fußboden verstreut. Ihr wattierter Hausmantel, die Perlon-Unterröcke und ihre abgetretenen Sommerschuhe. Auf dem Bett lag das Frauenjournal, auf das Sofa hatte ihr die Mutter einen großen Stapel Wäsche gelegt, den Gisela noch bügeln sollte, ehe sie zurück in die Schränke sortiert werden konnten.

»Wir haben Prinzessin gespielt.« Susanne war Gisela ins Zimmer gefolgt und stand jetzt kleinlaut vor ihr.

Katja hatte sich unter Giselas Bett versteckt. Hier lag sie immer, wenn sie etwas ausgefressen hatte.

Gisela stand auf, ging schnell zum Schrank und sah kurz nach unten. Die Schublade mit dem Koffer hatten sie offenbar nicht entdeckt. Gisela war erleichtert. Dann bückte sie sich und sah unter das Bett.

Katja starrte sie mit vor Angst geweiteten Augen an. Sie trug Giselas Konfirmationskleid und hatte ihre dunklen Haare wie Senta Berger zur Seite gekämmt. Gisela reichte ihr die Hand. Zögernd rutschte Katja unter dem Bett hervor.

»Ihr habt hier nichts zu suchen.«

Giselas Nichten standen mit hängenden Köpfen vor ihr.

»Ab in die Küche. Gleich gibt's Essen.«

Katja hatte sich inzwischen aus dem Kleid geschält und hängte es an die Türklinke. Wortlos verließen die beiden Mädchen das Zimmer, während Gisela schon dabei war, die Sachen wieder in den Schrank zu räumen. Ihr Herz schlug immer noch wie wild.

Sie atmete tief durch, ehe sie in die Küche ging.

Katja und Susanne saßen bereits am Tisch. Ihr Vater wartete mit dem Bier in der Hand auf sein Bad. »Wo ist Mutter?«

»Wird schon irgendwo sein.« Sein Haar war noch glatt gekämmt. Offensichtlich war er heute mal wieder draußen gewesen.

»Ich mach erst einen Brei, und dann wasche ich dein Bein.«

Der Vater sagte nichts. Auch Susanne schwieg.

Gisela band sich eine Schürze um und setzte einen Topf mit Milch auf den Herd. Das Klappern des Topfes war das einzige Geräusch, das in der Küche zu hören war.

Da klingelte es. Hatte die Mutter den Schlüssel vergessen?

Gisela eilte in den Flur und öffnete die Tür.

»Tachchen.« Uwe wackelte verlegen mit den Schultern. Irgendjemand stand noch hinter ihm. Jemand, der kleiner war als Uwe, dafür aber fast doppelt so breite Schultern hatte.

Gisela beugte sich vor, um zu sehen, wer dieser Jemand war.

Da tauchte er schon hinter Uwe auf.

»Wunderbaren Tag, schöne Frau.« Der Mann streckte seine breite Hand nach ihr aus. Die blauen Augen lachten Gisela an.

Dieser Blick verschlug Gisela die Sprache. »Schöne Frau« hatte noch nie jemand zu ihr gesagt. Aber die Hand schwebte immer noch vor ihr. Er konnte also niemand anderes meinen.

»Ja oder nein, das kann das Glück für dich sein, es reicht dir heute seine Hand, schlag ein!«, rezitierte der blonde Mann das Motto der Fernsehlotterie, als Gisela immer noch zögerte, ihm ihre Hand zu reichen.

Gisela lächelte, wischte ihre Hand an der Schürze ab und ergriff seine. Sie war warm und fest. »Guten Tag, Herr ...?«

»Wollen Sie nicht einfach Peter zu mir sagen?«

Gisela wollte ihre Hand wieder zurückziehen. Aber Peter hielt sie fest, führte sie langsam an seine Lippen und küsste sie sanft. Dabei schaute er ihr in die Augen.

Gisela vergaß beinahe zu atmen.

Peter lächelte sie fragend an. Er wartete auf eine Antwort.

Aber Gisela hatte seine Frage vergessen. Sie dachte kurz nach. »Ach, ob ich Peter zu Ihnen sage? Ja. Gut. Wenn's Ihnen recht ist.«

Peter lächelte sie immer noch an. »Und Sie? Wie heißen Sie?«

Gisela sah ihm in die Augen. Sie hätte ihm stundenlang in die Augen sehen können. Aber sie riss sich los. »Meine Milch kocht über.« Gisela drehte sich um und knallte den beiden Männern die Tür vor der Nase zu. Im Flur riss sie ihre Schürze ab und warf sie auf die Hutablage. Dann schaute sie in den Spiegel. Schade, dass sie keinen Lippenstift besaß. Sie biss sich mehrmals kräftig auf die Lippen, zupfte sich das Haar zurecht und richtete ihre Bluse. Sie holte tief Luft und öffnete die Wohnungstür erneut.

Peter und Uwe starrten Gisela an. Uwe war sichtlich verwirrt. Und Peter grinste.

»Gefällt mir hier im Hausflur. Wenn ich 'n Stuhl hätte, könnte ich mich sogar setzen.«

»Entschuldigen Sie, kommen Sie doch bitte rein.«

Uwe machte einen Schritt auf die Tür zu, aber Peter war schneller. Hintereinander betraten sie Giselas Wohnung.

Gisela sah den beiden Männern nach. Aber Augen hatte sie nur für einen.

An der Küchentür standen ihre beiden Nichten und starrten sie wie eine Erscheinung an. Es roch stark nach verbrannter Milch.

»Geht doch bitte schon in mein Zimmer und nehmt Platz.« Gisela wies auf ihre Tür. Dann wandte sie sich den Mädchen zu. »Macht ihr den Brei?« Ihr Ton ließ keine Widerworte zu.

Susanne nickte und zeigte ihrer Schwester in Gebärdensprache, was Gisela gesagt hatte.

Noch etwas fiel Gisela ein: »Stellt Großvater noch eine zweite Flasche Bier hin.«

Wieder nickte Susanne. Aber die beiden Mädchen bewegten sich nicht von der Stelle.

»Nu macht schon, dass ihr in die Küche kommt.« Gisela war ärgerlich. »Und dass du mir nicht lauschst«, fügte Gisela noch streng für Susanne hinzu.

Dann erst ging sie in ihr Zimmer.

Die beiden Männer standen immer noch unschlüssig im Zimmer herum. Sie wussten nicht, wohin sie sich setzen sollten. Das Sofa und der Sessel waren vollständig mit gewaschener Wäsche bedeckt. Natürlich hatten die beiden jedes Wort gehört. Uwe schien das peinlich zu sein. Er sah zu Boden. Aber Peter grinste Gisela ganz offen an.

»Tschuldigung, hier sieht's heute furchtbar aus.« Gisela stürzte erst zum Bett und strich die Tagesdecke glatt, dann weiter zum Sofa, schob die Wäsche zusammen, sodass darauf wenigstens Platz für eine Person war.

Peter hatte in der Zwischenzeit seine Lederjacke ausgezogen und legte sie einfach auf den Wäscheberg obendrauf. Obwohl es nicht gerade warm war, trug er darunter ein kurzärmliges, himmelblaues Haiwaiihemd mit Palmen. Gisela blieb mit dem Bügelbrett in der Hand stehen und starrte ihn an.

»Wir haben uns zu entschuldigen, dass wir eine Dame so

überfallen.« Er sah sich im Zimmer um. Dann schien er gefunden zu haben, was er suchte. Er ging auf das Radio zu, das auf dem Boden neben dem Spiegel stand, und bückte sich, um es einzuschalten. Er drehte sich zu Gisela um: »Ist gestattet?«

Gisela nickte stumm.

Peter wechselte den Sender so lange, bis er ein Lied gefunden hatte, das ihm gefiel. *Schöner fremder Mann*, sang Connie Francis und Peter lächelte und drehte die Musik lauter. Dann ging er strahlend zu Gisela. Instinktiv wich sie ein Stück zurück. Doch das hielt Peter nicht auf, ihre Hand zu nehmen. »Na aber Fräulein, warum denn so schüchtern, ich beiße doch nicht.« Er nahm Gisela das Bügelbrett ab und stellte es an die Wand. Dann zog er sie zu sich heran. Sie waren fast gleich groß.

»Ich kann nicht …« Gisela wollte sich Peter entwinden.

»Klar kannst du.« Peters Tonfall ließ ihr keine Wahl. Er begann mit ihr zu tanzen. Es war eng im Zimmer und so blieb nicht viel Platz für Abstand.

Uwe hatte sich neben die Wäsche aufs Sofa gesetzt und beobachtete die beiden eifersüchtig.

Gisela bewegte sich steif und verschüchtert.

»Aus den Hüften muss das kommen, hast doch hübsche«, dirigierte Peter.

Gisela starrte gebannt auf die vor ihr schwebenden Palmen und auf Peters Hände, die ihren Körper berührten und an seinen pressten, als sei es das Normalste der Welt.

»Hier … hier sitzt der Rhythmus«, fuhr Peter unbeirrt fort und ließ seine Hand sanft um ihre Hüfte kreisen.

Plötzlich war Gisela seine Nähe zu viel. Sie wand sich aus seiner Umschlingung und stellte das Radio leiser. Dann quetschte sie sich neben Uwe auf das Sofa. »Sie haben doch sicher einen Grund, mich zu besuchen.« Kaum dass sie saß, bereute Gisela schon, das Tanzen unterbrochen zu haben.

Peter antwortete nicht, sondern sah sich im Zimmer um, als hätte er es eben erst betreten.

Gleich wird er wieder gehen, dachte Gisela und suchte verzweifelt nach einem Grund, ihn zum Bleiben zu bewegen. »Darf ich vielleicht etwas anbieten?« Gisela knetete ihre Hände, während sie überlegte, was das sein sollte. Sie hatte dem Vater heute kein neues Bier mitgebracht und so lange wie er jetzt bereits in der Küche saß und auf das Bad und das Abendessen wartete, würden die drei letzten Flaschen bestimmt schon ausgetrunken sein.

Peter nickte. »Na, geht doch, Mädchen. Vielleicht ne Milch?« Er grinste, während er sich auf das säuberlich glatt gestrichene Bett setzte.

Gisela grinste nicht zurück.

»Besser als Milch ist nur noch Rotwein. Ein Rotspon wär schön.« Peter wusste offensichtlich genau, was er wollte.

»Rotspon …« Gisela hatte keine Ahnung, was Rotspon war.

»Also, nur wenn es keine Umstände macht. Wir können auch …« Peter machte Anstalten, wieder aufzustehen.

Gisela sprang hektisch vom Sofa auf. »Nein«, sagte sie so bestimmt wie sie nur konnte. »Es macht gar keine Umstände.« Dabei überlegte sie fieberhaft, wo sie um diese Zeit noch Wein und dann auch noch genau diesen herkriegen sollte. »Ich muss nur kurz … in den Keller.«

»In den Keller?« Uwe sah Gisela fragend an.

Die nickte. »Ich bin gleich wieder zurück.«

Gisela rannte beinahe aus ihrem Zimmer. Leise öffnete sie die Küchentür. Ihr Vater saß im Sessel und schnarchte. Die Mutter brachte wohl die beiden Mädchen zu ihrer Schwester zurück. Das machte sonst immer Gisela.

Erleichtert schlüpfte Gisela in ihre Straßenschuhe und rannte ohne Jacke nach draußen. In ihr sang der Schlager weiter: *Schöner fremder Mann … du bist lieb zu mir … schöner fremder Mann und ich träum von Dir …*

Im Lebensmittelmarkt in der Bergstraße gab es Wein. Das wusste Gisela von ihren täglichen Einkäufen. Doch die unfreundliche Verkäuferin hatte die Ladentür eben abgeschlossen.

Gisela sah sie flehend an. Die Frau zuckte mit den Schultern und zeigte auf die Wanduhr. Dann drehte sie sich um, ohne sich auf eine weitere Diskussion einzulassen. Die Lichter im Laden erloschen.

Verzweifelt stand Gisela davor und drückte sich die Nase am Schaufenster platt. Hier würde sie nichts mehr bekommen. Aber wenn dieses Geschäft geschlossen hatte, hatte alles geschlossen. Wo sollte sie jetzt noch diesen Rotspon herbekommen?

Mit hängenden Schultern lief Gisela die Straße zurück und erreichte die Kneipe an ihrer Ecke, deren Tür sich gerade öffnete. Lärm dröhnte heraus, dem ein torkelnder Betrunkener folgte. Gisela musste grinsen, als sie sah, wie er die vor ihm stehende Straßenlaterne umarmte.

Sie atmete tief ein und betrat die Eckkneipe. Hier war es auch nicht anders als im Schellfischposten, und diesmal war sie wirklich die einzige Frau. Sie ging, ohne sich weiter umzusehen, zur Theke. »Verkaufen Sie mir eine Flasche Rotspon?« Gisela hatte so leise gefragt, dass sie ihre Frage noch zweimal wiederholen musste, ehe der Wirt sie verstand.

Er sah sie prüfend an und holte eine Flasche aus seinem obersten Regal. »Das wird aber teuer, Mädchen«, sagte er und wickelte sie in eine alte Zeitung.

Gisela nickte. Das war ihr egal. Geld spielte heute mal keine Rolle.

Während Gisela die Treppen hochsprang, dachte sie immer wieder: Hoffentlich ist er nicht weg. Hoffentlich ist er nicht weg.

Leise schloss sie die Wohnungstür auf und lauschte an ihrer Zimmertür.

»Von wegen naiv, Mann, du Dösbaddel! Die holt doch gerade die Polente«, hörte sie Peter sagen und ein paar eilige Schritte Richtung Tür machen.

Noch bevor sie einen Schritt zurückgehen konnte, wurde die Tür geöffnet und Peter und Gisela standen direkt voreinander.

Gisela schwitzte und hatte einen hochroten Kopf. Sie hob die Flasche Rotspon hoch. »War ganz hinten im Regal.«

Peter ließ sich nichts anmerken. Er ging wieder ins Zimmer zurück und begutachtete fachmännisch die Flasche, während Uwe nervös zwischen Gisela und Peter hin und her sah.

»Könnt ich sterben, für den Tropfen.« Einen Augenblick schien er wirklich alles um sich herum zu vergessen.

Gisela sah den geöffneten Schrank, die Unordnung im Zimmer. Sie schluckte, holte aber ohne etwas zu sagen zwei verschiedene Gläser und eine Tasse aus ihrem Nachttisch und stellte sie auf das Tischchen. Dabei fühlte sie Peters ungenierten Blick auf ihrem Hintern.

»Sag mal, hübsche Frau, du hast doch dem Uwe letztens schöne Augen gemacht. Und da hat er vor Aufregung gleich was bei dir vergessen. Haste das noch?«

Gisela sah in den offenen Schrank. Uwe schien sich immer unwohler zu fühlen. Er scharrte mit den Füßen verlegen auf dem Boden herum.

Gisela ging zum Schrank und schob die Wäsche beiseite, öffnete das versteckte Fach im Schrankboden, holte den Koffer heraus und legte ihn auf ihr Bett.

Im Zimmer war es mucksmäuschenstill. Gisela drehte sich hocherhobenen Hauptes wieder den Männern zu. Sie konnte sehr wohl Geheimnisse bewahren. In diesem Augenblick fühlte sie sich wie eine von ihnen.

»Bist ja eine richtig Schlaue.« Peter schnalzte anerkennend mit der Zunge.

Gisela lächelte und nahm all ihren Mut zusammen. »Und … was hab ich davon?«

Selbst Gisela kam diese Frage unglaublich vor. Aber auch wenn sie innerlich bebte, versuchte sie cool zu bleiben.

»Wie viel willste denn haben? Zwei Prozent?« Peters Fingerknöchel knackten.

War das der Beginn oder das Ende einer Verhandlung? So greifbar, wie Peter jetzt vor ihr stand, schien Gisela auch die Versuchung, etwas für sich zu fordern. Und einmal vielleicht sogar mehr zu fordern, als man ihr hinwarf. Ich will dich, dachte sie und sagte: »Ich will fünf Prozent.« Sie fühlte, wie ihr das Blut in die Wangen stieg.

Peter lachte auf. Aber es war kein fröhliches Lachen. Er wurde sofort wieder ernst. Dann kam er ihrem Gesicht sehr nah. Gisela stockte der Atem. Sie hatte keine Ahnung, was Peter vorhatte.

Er hob seine Hand und griff nach ihrem Kinn. »Du willst also fünf Prozent? Fünf Prozent wovon?«

»Von dem, was in dem Koffer ist.« Gisela merkte, wie das Blut jetzt in ihr gesamtes Gesicht rauschte.

Peter lächelte wieder. »Hörste Uwe, so naiv isse also gar nicht. Mumm haste, Mädchen … also gut fünf. Weißte denn wie viel im Koffer ist?«

Gisela nickte. »Fünf Prozent, das sind 150 Mark.«

Peter nickte und sah Gisela an. »Rechnen kannste also auch. Das geht von Uwes Anteil ab.«

Er sah zu Uwe, der ihm nicht widersprach. Sein Kopf hatte die gleiche Farbe wie der von Gisela.

Jetzt erst ließ Peter Gisela los. Er ging zum Tischchen, holte ein Taschenmesser aus der Hose, öffnete den Wein, schenkte ein und verteilte die Gläser. Er hob sein Glas, gab Gisela eins. Uwe goss sich inzwischen selbst die übrig gebliebene Tasse voll.

Gisela war so glücklich über den Verlauf der Verhandlung, dass sie ihr Glas sofort zum Trinken ansetzte.

»Nicht so fix. Einen guten Schoppen genießt man erst mit der Nase!«

Gisela nahm erschrocken das Glas wieder vom Mund. »Oh, Entschuldigung.«

Peter roch genussvoll, Gisela sah ihm dabei aufmerksam zu. Nachdem er einen Schluck getrunken hatte, stellte er das Glas geräuschvoll auf den Tisch. »Jetzt, wo wir im Geschäft sind, darf ich noch um einen weiteren Tanz bitten?« Er gab Uwe ein Zeichen, das Radio wieder lauter zu stellen. Dann zog er Gisela zu sich heran und tanzte mit ihr.

Marmor, Stein und Eisen bricht, sang Drafi Deutscher aus dem Radio und Peter sang mit. Er wirbelte Gisela so herum, dass sie beinahe hinfiel. Im letzten Augenblick hielt er sie fest und schaute an ihr herab.

»Und sag jetzt nicht schon wieder Entschuldigung.«

Uwe nippte an seiner Tasse und schaute den beiden Tänzern unfroh zu.

Als das Lied zu Ende war, machte Peter das Radio aus, leerte sein Glas in einem Zug und ging zum Koffer. Die Schlösser schnappten auf. Er zählte das Geld und nickte. Es fehlte nichts. Dann nahm er drei Scheine aus einem Bündel und überreichte sie Gisela.

Gisela strahlte Peter an. Aber Peter hatte nur noch Augen für den Koffer. Er schloss ihn wieder, nahm ihn in die Hand, verbeugte sich vor Gisela und ging.

Uwe stand noch einen Moment unschlüssig im Raum. Dann nickte er Gisela zu und folgte Peter.

Gisela blieb alleine in ihrem Zimmer zurück.

Erst als die Schritte im Treppenhaus nicht mehr zu hören waren, atmete sie wieder aus. Ihr war ein bisschen schwindlig. Sie setzte sich auf das Bett und betrachtete ihr Zimmer: alles war unverändert. Nur das Geld in ihrer Hand bestätigte, dass nichts mehr so war wie vorher. Sie stand auf und legte zwei von den drei Scheinen in die Schublade im Schrank.

In dieser Nacht weinte das Mädchen in der Wohnung unter ihr. Gisela wachte auf und konnte nicht wieder einschlafen.

Am nächsten Morgen fühlte Gisela sich wie erschlagen. Sie hatte Ringe unter den Augen und ihre Zunge lag ihr wie ein schwerer, trockener Lappen im Mund. Ihr Kaffee stand schon auf dem Tisch. Die Mutter war nicht in der Küche und auch nicht im Bad. Das war Gisela recht. Sie hatte keine Lust zu reden. Erst recht nicht über das, was gestern Abend passiert war.

In der Fabrik waren die Wände noch grauer, die Luft noch abgestandener und das Lächeln der Kolleginnen noch fader als sonst. Alle zehn Minuten sah Gisela auf die Wanduhr und hoffte, dass der große Zeiger ein Stück vorangekommen war. Aber es schien, als hätten sich Bleie an ihn gehängt.

Auch Uwe ließ sich nicht blicken. Gisela kam sich wie ein

Fisch auf dem Trockenen vor. Sie spürte den Schweiß auf ihrer Stirn und meinte, die Tropfen auf die Tapetenbahnen schlagen zu hören. Wenn sie nicht aufpasste, würde sie sich heute wieder verletzen.

»Aber du hast gesagt, wir warten erst noch ne Weile ...«

Gisela drehte sich um. Das war Uwe. Er telefonierte leise am Wandtelefon, das die Angestellten hier nur in Notfällen benutzen durften.

Wie hatte er es geschafft, dass Fanny ihn dort telefonieren ließ? Sie stand in einem schicken roséfarbenen Kleid neben ihm. Die Farbe des Kleides betonte das Rot ihres Haares. Als Gisela nicht aufhörte zu ihr zu starren, kam sie mit schnellen Schritten auf sie zugestöckelt.

»Tropf deinen Schweiß nicht auf die Tapeten. Ich brauch nachher oben im Verkauf noch fünf Rollen von den rot-grünen. Und glotz nich so, sondern gib Gas, Schnecke.« Schon stöckelte sie wieder davon.

Gisela legte sich fünf Rollen von den rot-grünen auf die Arme und ging ihr auf der Stelle hinterher.

Als Gisela das Telefon erreichte, legte Uwe den Telefonhörer auf und sah sie nervös an. »Das war Peter, nicht?«

Uwe schwieg.

Aber das hielt Gisela nicht ab, gleich die nächste Frage anzuschließen: »Ihr habt doch was vor. Wie lange macht'n ihr das schon?«

»Das geht dich gar nichts an.«

In Gisela arbeitete es fieberhaft. Auf diese Tour kam sie nicht an Uwe ran. Also musste sie sich etwas anderes einfallen lassen. Sie lächelte und sagte: »Ich hab übrigens noch einen Roten im Keller.«

Uwe entspannte sich gleich ein wenig. »Morgen Abend hätt ich Zeit.«

Gisela holte tief Luft und fragte: »Und Peter?«

Uwe nickte, als hätte er ihre Frage erwartet. »Der war hinter dem Koffer her, nicht hinter dir. Aber ich komm gern morgen Abend.«

Uwe umarmte sie ungelenk, dann ging er.

Gisela sah ihm nach. Sie hatte nichts erreicht.

An diesem Tag beschloss Gisela, nicht wie gewohnt nach Hause zu gehen, nicht einzukaufen und auch nicht den Stumpf des Vaters zu waschen.

Stattdessen stand sie dicht gepresst an einer Hauswand und wartete, dass Uwe die Fabrik verließ. Dann folgte sie ihm.

Als er stehen blieb und sich suchend umsah, versteckte sie sich schnell in einer Hauseinfahrt. Die letzten Meter war sie gerannt, jetzt musste sie ihre Atmung erst einmal beruhigen. Als sie wieder auf die Straße schaute, sah sie Peter aus einem VW Käfer steigen und die Straße überqueren. Er reichte Uwe kurz die Hand und ging zielstrebig weiter. Uwe tänzelte ihm unsicher hinterher.

Gerade als Gisela ihr Versteck verlassen wollte, sah Peter sich um. Schnell presste sie sich wieder an eine Hauswand. Beinahe erwartete sie, dass er sie gesehen hatte und aus ihrem Versteck zerrte. Aber als nichts passierte, schlich sie den beiden weiter hinterher.

Doch Giselas Sicherheit war mit einem Schlag verflogen. Die Leute schienen sie alle anzustarren. Vielleicht sollte sie umkehren?

In diesem Augenblick blieben die Männer stehen. Genau vor einer Bankfiliale.

Dann ging alles ganz schnell. Peter griff mit einer Hand in sein Jackett und öffnete mit der anderen die Tür.

Uwe blieb draußen.

In dem Augenblick, als Peter die Bank betreten wollte, wankte Uwe davon, direkt auf Gisela zu, die sich schnell hinter ein Gebüsch bückte. Peter drehte sich um und rief Uwe nach: »Hey, was soll der Blödsinn?«

Uwe antwortete nicht, sondern blieb genau vor Giselas Gebüsch stehen und übergab sich.

»Na Mahlzeit.« Peter war sauer.

Uwe holte umständlich ein kariertes Stofftaschentuch aus seiner Hose. »Ist doch erst mein zweites Mal ...«, sagte er entschuldigend, mehr zu sich als zu Peter.

Peter zuckte mit den Schultern. »Ja und? Ist auch erst mein drittes. Los jetzt!«

Doch Uwe schüttelte den Kopf und würgte wieder.

Inzwischen war Peter bei ihm und packte Uwe an der Schulter.

Gisela musste hier weg, ehe Peter sie entdeckte. Obwohl sie sich nichts sehnlicher gewünscht hatte, als ihn wiederzusehen, wusste Gisela, dass ihm ein Treffen hier hinter dem Busch und vor der Bank bestimmt nicht gefallen würde.

Als Uwe das nächste Mal würgte, drehte sie sich um, schlich erst hinter dem Gebüsch heraus und rannte dann die Straße hinunter.

Schon nach kurzer Zeit hörte sie schwere Schritte hinter sich. Das konnte nur Peter sein.

Gisela rannte noch schneller, bog um eine Ecke, sprang durch ein Tor in ein halb verfallenes Haus und durchquerte den dunklen Hausflur. Eine Tür führte in den Hinterhof. Sie öffnete die Tür und stand in einem von hohen Brandmauern umgebenen Hof.

Da betrat Peter den Hausflur und öffnete ebenfalls die Tür zum Hof. In der Hand eine Waffe.

Gisela starrte ihn mit aufgerissenen Augen an, wie das Reh seinen Jäger.

Peter kam langsam auf sie zu. Ihre Blicke trafen sich, er senkte die Pistole und lächelte. »Was wünscht Madame denn jetzt? Zehn Prozent?«

»Was ich mir wünsche? Ich wär gern ein Mann. Wie du. Das wünsch ich mir«, sagte Gisela atemlos. »Dann würde ich mir nämlich nehmen, was ich brauche.«

Peter grinste. Inzwischen hatte er sie erreicht. Er strich ihr mit der Waffe über die Brust und beugte sich zu ihr runter. Gleich würde er sie küssen.

Gisela schloss die Augen und riss sie einen Moment später wieder auf. Dann haute sie ihm eine runter.

Peter lachte.

Gisela stand vor ihm und wartete, bis er damit aufhörte. Sie sagte wütend: »Ich jedenfalls hätt' nicht gekniffen.«

Peter sah sie nachdenklich an.

Sie hielt seinem Blick stand, aber sie zitterte, obwohl es gar nicht kalt war.

»Vielleicht nicht gekniffen, aber ins Höschen geschifft. Das hättest du.«

»Was weißt du denn von mir? Nichts.« Aus einem Impuls heraus küsste sie ihn.

Peter sah sie überrascht an, dann drückte er sie von sich, ohne ihre Schultern loszulassen. Dabei sah er ihr tief in die Augen. »Der Uwe ist ein Weihnachtsmann, der die Nerven verliert, wenn's ernst wird. Ich muss verrückt sein, aber ich geb dir einen Versuch. Morgen Mittag. In die Bank gehst du allein rein. Und wenn's gut läuft, machen wir halbe-halbe.«

Gisela nickte wie in Trance.

Peter hielt ihr die Waffe hin. Gisela starrte wie gebannt darauf. Daran hatte sie nicht gedacht.

Peter bemerkte ihren Blick und fragte: »Weißt du, wie man damit umgeht?«

»Ich hab schon ein paar Mal auf dem Dom an der Schießbude gestanden.«

»Gestanden oder geschossen?«

»Gestanden.«

»Dann weißte also nicht, wie man damit umgeht.«

»Doch«, sagte Gisela leise. »Mein Vater hat ein Gewehr unter den Dielen im Wohnzimmer versteckt. Wenn er betrunken genug ist, holt er es manchmal raus. Irgendwann hat er es mir dann gezeigt.«

»Gut. Die Kunst ist, dass die in der Bank glauben müssen, dass du im Notfall auch wirklich schießt. Verstanden?«

Gisela nickte.

»Dann zeig mal.« Peter sah sich um. Das Haus schien unbewohnt. Der Hof war voller zurückgelassener Dinge, die alle nicht mehr gebrauchsfähig, kaputt und verwittert waren. In einer Ecke lag unter einem Sessel, dem die Lehne fehlte, eine leere Bierflasche. Peter stellte die Flasche auf den Sessel, kam zu Gisela zurück und reichte ihr die Waffe.

Der Griff fühlte sich rau an, wie mit Sandpapier bearbeitet.

»Das ist ein Trommelrevolver.« Peter zeigte ihr, wie man den Revolver entsicherte und lud. Sie sollte den Arm ausstrecken und ein Auge schließen, um das Ziel besser fixieren zu können. Er stellte sich dicht neben sie und korrigierte. »Ganz ruhig, locker lassen. Immer beidhändig. Kein Kintopp, nicht aus der Hüfte oder so. Sonst glaubt dir kein Schwein, dass du das Ding benutzen kannst.«

Gisela korrigierte ihre Haltung so lange, bis Peter zufrieden war. Sie empfand eine Mischung aus Stolz und Furcht. Aber der Abzug war leicht gedrückt. Das Knallen des Revolvers hallte laut in den Mauern wider. Die Flasche ging nicht zu Bruch. Sie wackelte ein bisschen, dann fiel sie um.

Peter nickte und näherte sich ihrem Gesicht. Er roch nach frischem Bohnenkaffee. Gisela wünschte sich, er würde sie küssen.

Da hörten sie Uwe draußen in den Hausflur hineinrufen: »Peter?«

Gisela und Peter erstarrten. Als Uwe keine Antwort bekam, entfernten sich seine Schritte.

Peter machte eine unmissverständliche Kopfbewegung zur Tür: »Und kein Wort zu Uwe, kapiert?« Als er die Haustür öffnete, umgab ihn das Abendlicht wie eine Gloriole.

Gisela blieb noch lange im Hausflur stehen. Sie lehnte an der Wand und betrachtete jede einzelne der unzähligen himmelblauen Fliesen. Ihre Hände streichelten die verschwenderischen floralen Muster.

Gisela dachte an den Sommer, der endlich richtig beginnen sollte, und an das Meer, was so geheimnisvoll blau schimmerte und sich bestimmt so kühl anfühlte wie diese Fliesen. Und an morgen. Sie war aufgeregt – vor Angst und vor Freude.

Erst als eine Frau mit schweren Einkaufstüten die Tür öffnete, schreckte Gisela auf und verließ den Hof. Das Haus war also doch noch bewohnt.

Ihre Eltern waren gerade beim Abendbrot. Gisela erwartete Vorwürfe, aber niemand sagte etwas. Wortlos schob die Mutter Gisela eine Scheibe Brot hin. Der Vater trank sein Bier und sah Gisela an, als würde er sie zum ersten Mal sehen.

Gisela erwiderte seinen Blick nicht. Stumm schmierte sie sich Butter aufs Brot, nahm den Teller und verließ die Küche. An der Tür blieb sie stehen. Mit der freien Hand nestelte sie das Portemonnaie aus ihrer Tasche und holte 50 Mark heraus. Sie legte den braunen Schein mit dem Lübecker Holstentor nach oben auf den hellgrünen Resopaltisch und strich ihn glatt. Ihre Eltern starrten den Schein an.

»Gleich für den ganzen Monat?«, fragte die Mutter überrascht.

»Für diese Woche.« Gisela genoss den ungläubigen Gesichtsausdruck ihrer Eltern.

Als sie die Küchentür hinter sich geschlossen hatte, fühlte sie sich frei.

Am nächsten Tag schien die Sonne. Gisela war am Vormittag einkaufen gewesen. Beim Bezahlen mit ihrem letzten Fünfzigmarkschein hatte sie erst ein bisschen gezögert, ihn dann aber, im Vertrauen auf ihr heutiges Vorhaben, selbstbewusst über den Verkaufstresen geschoben.

Sie wollte schön für Peter aussehen. Mit klopfendem Herzen hatte sie nach ihm Ausschau gehalten. Als er endlich kam, hatte er ein angespanntes Gesicht und beachtete ihr verändertes Äußeres nicht weiter.

»Ich hab schon ein Auto ausbaldowert. Du stehst Schmiere.«

Gisela hatte genickt und war Peter gefolgt. Nichts erinnerte mehr an die Nähe, die sie gestern verbunden hatte.

Verunsichert betrachtete sie jetzt ihr Spiegelbild im Schaufenster einer Drogerie. Sie schminkte die Lippen nach, zupfte an ihrem gepunkteten Kopftuch und schob die nagelneue große Sonnenbrille mit den dunklen Gläsern zurecht. Den hellen Trenchcoat hatte sie passend zum Tuch ausgesucht. An ihrer Hand glitzerte ein Ring mit einem blauen Stein. Passend zu ihren Augen.

In der Spiegelung der Scheibe konnte sie sehen, wie Peter sich vor die Tür eines weißen VW Käfers stellte. Mit einem langen, gebogenen Draht öffnete er das Kippfenster und fasste mit der Hand ins Innere des Autos. In Windeseile hatte er die Fahrertür geöffnet.

Giselas Hände wurden bereits beim Zusehen feucht. Vor Aufregung berührte sie den blauen Stein des Ringes und drehte ihn mechanisch am Finger hin und her.

In der Spiegelscheibe sah sie, wie sich ein Mann mit brauner Aktentasche näherte. Er taxierte sie. Sie schien ihm zu gefallen.

Schön und begehrenswert war sich Gisela noch nie vorgekommen. Das war eine völlig neue Erfahrung. Sie sonnte sich darin. Aber dann sah der Mann zu Peter. Gisela bemerkte seinen misstrauischen Blick und wurde nervös.

Jetzt blieb er stehen.

Giselas Herz schlug bis zum Hals. Blitzschnell zog sie den Ring vom Finger und warf ihn so auf den Boden, dass er dem Mann direkt vor die Füße rollte. Das leise Klirren lenkte ihn von Peter ab. Er bückte sich, hob den Ring auf und reichte ihn Gisela.

»Ihr Ring, junge Frau.«

Gisela lächelte ihn an. »Oh, vielen Dank!«

Der Mann lächelte zurück. Peter schien er jetzt ganz und gar vergessen zu haben. »Verlobt oder verheiratet?«

Gisela überlegte einen winzigen Augenblick. »Weder noch. Aber trotzdem danke.«

Sie wandte sich wieder der Spiegelscheibe zu.

Der Mann blieb noch einen Augenblick stehen. Als Gisela ihn aber nicht weiter beachtete, lupfte er seinen Hut in die Spiegelung der Scheibe und ging. Gisela beobachtete ihn noch, bis er hinter der nächsten Straßenecke verschwunden war.

Inzwischen saß Peter schon im Auto und winkte Gisela zu sich heran. »Einsteigen, Fräulein!« Er öffnete ihr von innen die Beifahrertür und reichte ihr eine Ledertasche. »Da ist mein Operationsbesteck drin. Gib mir mal ne kleine Kneifzange raus.« Peter wies mit dem Kopf auf die Tasche, die sie jetzt auf ihrem Schoß hielt.

Gisela wühlte in der Tasche und reichte ihm eine Zange.

»Das ist eine Rohrzange!«

Gisela wühlte weiter.

Irgendwann griff Peter genervt nach einer kleinen Zange. »Mädchen, der Uwe hat erzählt, dein Vater ist Bauschlosser. Das hier is ne Kneifzange! Wenn du mit mir arbeiten willst, musste das lernen.«

Peter kappte mit der Zange den Isoliermantel von den herausgerissenen Drähten des Anlassers. »Wenn heute was schiefgeht, dann kennste mich nicht. Kapiert? Hast mich nie gesehen … Schraubenzieher!«

Diesmal reichte ihm Gisela das richtige Werkzeug. Dabei starrte sie ihn unverwandt an. Sah den Revolver in seiner Jackentasche.

Peter betrachtete konzentriert die Drähte. Schließlich drückte er mit der Zange zwei Drähte zusammen, rutschte ab und rammte sie sich in den Daumen. »Mist.«

Gisela sah das hervorquellende Blut.

»Is nix«, sagte Peter mit zusammengebissenen Zähnen, als Gisela ihm ein Taschentuch reichte. Er wickelte es um den Daumen. Schnell saugte es sich mit Blut voll. Dann versuchte er es wieder.

In dem Moment, als der Motor ansprang, war Peters

Bissigkeit verschwunden. Er lächelte Gisela aufmunternd an.

Eigentlich mochte sie Autofahren nicht besonders. Ihr Schwager Bernd – der Einzige in ihrer Familie, der ein Auto besaß – fuhr ruppig und ohne Gefühl für das richtige Maß zwischen Beschleunigung und Bremsen. Ständig war er gestresst und schnauzte jeden an, der an seinem Fahrstil etwas zu bemängeln hatte.

Bei Peter war das anders. Er schien sich beim Autofahren zu entspannen. Er fuhr schnell, ohne zu schnell zu fahren, und hatte dabei noch Zeit, sie immer mal wieder anzulächeln.

Gisela konnte nicht zurücklächeln. Erst jetzt dachte sie daran, was sie in der Bankfiliale erwartete. Auch Peter wurde mit jedem Meter, den sie sich Eidelstedt näherten, wieder angespannter.

»Biste bereit?«, fragte Peter, nachdem er den Wagen mit einigem Abstand vor der Bank geparkt hatte.

Sie nickte. Antworten konnte sie nicht.

»Kriegst ja kaum Luft vor Angst.«

»Ich hab keine Angst«, antwortete Gisela ein wenig zu heftig, setzte die große Sonnenbrille auf und zog die dünnen, weichen Lederhandschuhe an. Gefühlsecht waren die, hatte ihr die Verkäuferin versichert.

Peter sah sie prüfend an. Dann holte er den Trommelrevolver aus der Jackeninnentasche und hielt ihn ihr hin. Der Revolverlauf war kürzer als gestern. »Ich hab's in der Garage auf Handtaschengröße zurechtgestutzt.«

Gisela nahm den Revolver. Heute wog er nicht mehr so schwer in ihrer Hand. Ohne ein weiteres Wort steckte sie ihn in die Handtasche.

»Ganz ruhig bleiben, Mädchen. Das klappt schon. Ich steh hier draußen mit laufendem Motor und warte auf dich.«

Gisela atmete tief durch und öffnete die Wagentür. Sie wollte gerade aussteigen, da sagte Peter: »Noch kannste zurück. Mit einem Bein im Knast ist nicht so 'n tolles Leben, wie du denkst.«

Aber Gisela hatte sich längst entschieden: »Ich wüsste einfach gerne, was das ist, Leben.« Sie stieg aus dem Auto und stöckelte zur Bank. Die schwere Tasche baumelte an ihrem Handgelenk.

Vor der Banktür der gelb verklinkerten Eidelstedter Volksbank blieb Gisela stehen. Ihr schwindelte. Die Sonne schien sie plötzlich so zu blenden, dass alles kippte. Ihr war übel, sie würgte. Da erinnerte sie sich an Uwe. Sie wollte mutig sein. Sie wollte nicht schwach erscheinen, vor allem nicht vor Peter.

Aber die Tür der Bank war verschlossen. Gisela rüttelte an der Türklinke, dann lief sie zum Schaufenster. Da stand es schwarz auf weiß.

Sofort flackerte wieder Angst in ihr auf. Gisela sah nach rechts und nach links. Beobachtete sie schon jemand?

Das Zurückgehen war noch schwieriger als das Aussteigen. Gisela saß wieder neben Peter im Auto. »Mittagspause.« Sie sprach nach vorn, Richtung Scheibe. Sie wollte Peter nicht ansehen.

»Himmelkimme. Das kommt davon, wenn man sich zu lange im Schaufenster anglotzt.«

»Dann warten wir eben. Jede Mittagspause ist mal vorbei. Auch hier in Eidelstedt.« Gisela versuchte, ihn zu besänftigen.

Peter schüttelte den Kopf. »Wir hatten genug Kindergeburtstag, Schätzchen.«

Gisela fühlte die Enttäuschung wie eine Lawine in sich hochfluten. Tränen liefen ihr die Wange herunter.

»Nicht flennen. Wir drehen jetzt erst mal ne Runde.«

»Ich interessier mich nicht für Eidelstedt«, sagte Gisela und weinte noch mehr.

»Kann ich verstehen. Hier stinkt's nämlich.« Peter drehte das Fenster herunter und ließ frische Luft herein.

Gisela konnte nichts Besonderes riechen und zuckte mit den Schultern.

»Hier wird Lack, Firnis, Essig, Dünger und Fisch hergestellt.«

Gisela nickte bloß. In Altona stank es auch. Hier ragten aber hinter den Neubauten große, alte Bäume auf. Die sah sie in Altona eher selten.

Peter redete wie ein Fremdenführer. »Und das dort ist der Sola-Bona-Park. Der hat seinen Namen von der Villa, die im Park steht: *Sola bona quae honesta* steht da über der Tür. Weißte was das heißt?«

Gisela schüttelte den Kopf. Auch das interessierte sie nicht.

»Das heißt«, Peter grinste Gisela an und legte den vierten Gang ein, »nur die Dinge sind gut, die anständig sind.«

Gisela sah Peter fragend an.

»Den Spruch hat ein Priester angebracht, der dort eine Gastwirtschaft betrieben hat. Die musste bald wieder schließen, weil dadrin Sachen passiert sind, die gar nicht anständig waren.«

Peter konzentrierte sich wieder auf die Straße.

»Fahr zurück.«

»Wie Madame wünschen.« Aber Peter fuhr einfach geradeaus weiter.

»Fahr zurück«, sagte Gisela noch einmal mit mehr Nachdruck.

»Gleich. Noch schnell einen kleinen Abstecher in die Koppelstraße.«

Gisela traute ihren Augen nicht. Sie hielten direkt vor der Polizeiwache!

Peter bemerkte Giselas fragenden Blick. »Wir machen's ab jetzt besser ganz genau.« Er sah auf die Uhr und lenkte das Auto wieder Richtung Ortszentrum. Als sie wieder an der Bank waren, sah Peter noch mal auf die Uhr. »Neun Minuten haste in der Bank, Mädchen, dann sind die Peterwagen da. Also beeil dich, aber überstürz auch nichts!«

Gisela holte erneut Luft und verließ zum zweiten Mal das Auto. Inzwischen hing das Schild nicht mehr im Fenster.

In der Bank war es kühl. Gisela schloss die Tür und schaute sich um. Oben an der Decke hing ein runder Sicherheitsspiegel, über den sie die gesamte Filiale einsehen konnte. Hinter einer langen Kassentheke saß eine gähnende grauhaarige Sekretärin mit dicker Brille an der Schreibmaschine. An der Theke standen zwei Kassierer. Der ältere von ihnen wischte sich gerade noch etwas Ketchup aus dem Mundwinkel. Der zweite stellte einen Aschenbecher auf die Theke. In einer Sitzecke füllte ein dicker, stark schwitzender Mann schwerfällig eine Überweisung aus. Er murmelte dabei jede Zahl wie ein Mantra vor sich hin.

Gisela entschied sich für den Schalter, der näher an der Tür lag. Eine Uhr hing genau über dem Kopf des jungen Kassierers und ruckte mit einem lauten Klicken eine Minute weiter.

»Sie wünschen?« Der Kassierer setzte ein professionelles Lächeln auf. Insgeheim beäugte er neugierig ihre dunkle Sonnenbrille.

Gisela zögerte. Sie betrachtete das große Wandbild hinter ihm. Es zeigte einen Bauer und seine Frau bei der Getreideernte. Während der Bauer stolz in den Raum sah und seine

Sense präsentierte, band die Frau mit niedergeschlagenen Augen die Ähren zu einem Bündel.

Inzwischen wurde der Kassierer ungeduldig. »Wie kann ich Ihnen helfen?«

Gisela starrte wie gelähmt auf das Wandbild. »Meine Dame?« Das weckte Gisela schließlich auf. Es erinnerte sie an Peter. »Ich will Geld.« Sie sprach leise.

»Abheben? Einzahlen? Überweisen?« Der Kassierer schürzte leicht genervt seine volle Unterlippe.

»Ich will alles Geld, was sie haben.« Gisela traute sich nun schon etwas lauter zu sprechen.

Jetzt hatte sie die volle Aufmerksamkeit des Kassierers. Er sah sie interessiert an und zwinkerte ihr zu. Als sie nicht darauf reagierte, fing er an zu lachen und entblößte dabei große gelbe Zähne, die einen auffälligen Kontrast zu seinem ebenmäßigen Gesicht bildeten.

Gisela atmete tief ein, öffnete die Tasche, holte mit zitternder Hand den Revolver heraus und zielte auf den Kassierer. »Entschuldigen Sie, aber das ist ein Überfall.«

Der Kassierer runzelte die Augenbrauen und sah auf ihre krampfhaft hochgehaltene Waffe und dann zu seinem älteren Kollegen. »Ist das eins von deinen Mädchen?«, fragte der Ältere.

Gisela wusste nicht, was sie machen sollte. Der forschende Blick der beiden Männer verunsicherte sie. Wieder ertönte ein lautes Klicken der Uhr. Ihre Spannung ließ nach und der Revolver sank in ihrer schweißnassen Hand ein wenig nach unten.

Der ältere Kassierer näherte sich Gisela. »Ich werd verrückt. Ilse! Bist du das?«

Ich hab noch drei Sekunden, dachte Gisela, dann ist alles vorbei. Sie schloss für einen Moment die Augen und atmete tief durch. Dann packte sie den Revolver mit beiden Händen und sagte mit lauter, fester Stimme: »Geld her, und zwar dalli, dalli!«

Mit einem Schlag kippte die Situation. Der junge Kassierer senkte den Blick und packte einen Berg Scheine auf den Tresen. Gisela hielt ihm ihre weit geöffnete Handtasche entgegen, damit er die Geldscheine gleich dort hineinpacken konnte.

In der Bank war es ganz still. Da unterbrach ein Klacken der Schreibmaschine die Stille. Gisela wandte sich ruckartig zu der Sekretärin um. »Und Sie nehmen bitte ebenfalls die Arme hoch.«

Die Sekretärin hob die Arme. Dabei sah sie Gisela überrascht und fast ein wenig bewundernd an. Alle warteten angespannt darauf, was als Nächstes passieren würde. Auch der dicke Mann war schwer atmend von seinem Stuhl aufgestanden und hatte unaufgefordert die Arme erhoben.

»Mehr haben wir nicht. Heute ist Zahltag und die meisten Leute haben das Geld schon vor der Mittagspause abgeholt«, sagte der junge Kassierer beinahe entschuldigend zu Gisela.

Gisela hatte sich noch nie so wichtig gefühlt. Sie stopfte das restliche Geld in ihre Tasche. »Auf Wiedersehen.« Leichten Herzens verließ sie die Bank.

Als sich die Banktür hinter Gisela schloss, traf sie das helle Sommerlicht wie ein Gewehrschuss. Einen Moment lang kam ihr alles ganz unwirklich vor. Sie sah sich nach Peter um, aber der weiße VW Käfer war nirgendwo zu sehen. Gisela knickten die Beine ein. Auch auf der Straße keine Spur von Peter. Lediglich eine alte Dame steuerte geradewegs auf die Bankfiliale zu und starrte entgeistert auf Giselas Arm.

Gisela bemerkte ihren Blick und erinnerte sich erst in diesem Augenblick daran, dass sie die Waffe immer noch in der Hand hielt. Sie stürzte los und rannte die alte Frau beinahe um.

Hinter ihr hörte sie die Alte schimpfen.

Gisela rannte weiter, Richtung Sola-Bona-Park. Peter, dachte sie immer wieder seinen Namen, Peter, Peter. Sie bekam keine Luft mehr, alles drehte sich, ihre Handtasche fiel zu Boden. Sie hob sie wie in Trance wieder auf, in der anderen Hand hielt sie immer noch den Revolver. Sie wusste plötzlich nicht mehr, wo sie war.

Da, von ganz weit entfernt, ein Pfiff. Plötzlich war Peter im Käfer neben ihr. Gisela riss die Tür auf und sprang in das rettende Auto. Erleichtert warf Gisela ihm die Waffe wie ein glühendes Brikett in den Schoss.

»Du kannst mir gerne das ungesicherte Ding da in den Schoß knallen, aber dann musst du alleine fahren. Dann bin ich nämlich tot.«

Peter gab Gas und Gisela saß starr, wie abwesend da. Ihr war, als sei sie in einen dunklen See gesprungen und würde jetzt mühsam nach oben schwimmen. Dahin, wo Licht war. Dahin, wo man atmen konnte. Neben Peter.

»Alles in Ordnung?«

Gisela hatte die Oberfläche erreicht. Sie berührte vorsichtig ihre volle Handtasche. Das also hatte sie aus dem See mitgebracht.

»Wie war die Ernte?«

Gisela zuckte mit den Schultern. Für sie hatte das nach unglaublich viel Geld ausgesehen. Aber sie schwieg und öffnete die Tasche, drehte das vollgestopfte Maul in Peters Richtung. Mit einer Hand fummelte er die Scheine aus der Tasche.

»Mein lieber Scholli. Das ist …«

Gisela drehte die Tasche wieder zu sich und sah selbst hinein. »Stimmt was nicht?«, fragte sie irritiert.

»Und wie das stimmt!«

Gisela nickte und presste die Lippen aufeinander. Sie betrachtete sich im Außenspiegel. Ihr Kopftuch war verrutscht und gab den Blick auf ihre dunkelbraunen Haare frei. »Ich brauch fürs nächste Mal eine bessere Verkleidung.«

»Alles, was du willst, meine Schöne!« Jetzt sah er Gisela an. Sein Blick war der gleiche wie gestern. Er begehrte sie.

In dem Moment hörten sie die Martinshörner. Gisela riss sich das Kopftuch und die Sonnenbrille ab.

Peter sah wieder angestrengt in den Spiegel und prüfte, ob die Polizei sie bereits verfolgte. Aber hinter ihnen war die Straße frei. Die fuhren jetzt wohl erst mal zur Bank.

Gisela musste würgen.

Peter strich ihr übers Haar. »Tu dir keinen Zwang an. Ist nicht mein Wagen.«

In dem alten Perückenladen war es dunkel. Gisela brauchte eine Weile, um sich an das schummrige Licht zu gewöhnen. Sie hatte Lippenstift aufgetragen – dunkelrot – und war komplett neu eingekleidet. Ein champagnerfarbenes Kleid, oben schmal und nach unten weit, sodass der schwere Stoff bei jeder Bewegung um ihre Beine schwang. Darüber ein kurzes Jäckchen mit einer zartroten Bordüre und großen doppelreihigen Knöpfen. Die roten krokoledernen Pumps mit dem hohen Pfennigabsatz hämmerten auf den alten Dielen ihren ganz eigenen Takt. Sie war schon immer größer als die anderen Mädchen und Frauen um sie herum gewesen, aber mit den hohen Schuhen kam sie sich selbst riesig vor. Man konnte sie nicht mehr so einfach übersehen.

Die Türglocke hatte geklingelt, aber bisher war noch niemand im Laden erschienen. So hatten sie Zeit, sich in Ruhe umzusehen. Auf Holzköpfen, die in einer Reihe nebeneinander aufgestellt waren, konnte man die verschiedensten Perücken bewundern. Lange, kurze, blonde, braune.

Eine Diele knarrte. Der Perückenmacher kam in den Laden geschlurft. Er lächelte nicht, sondern sah eher ärgerlich aus. Vielleicht, weil sie ihn bei der Arbeit gestört hatten.

»Ich würde gerne eine Perücke probieren.« Gisela stellte ihre Einkaufstüten mit dem Trenchcoat und den anderen Sachen von heute Morgen ab.

Sie fürchtete einen kurzen Moment, dass der Mann sie fragen würde, wofür sie denn eine Perücke brauchte. Aber ihre Sorge war unbegründet.

Er fixierte kurz ihr Gesicht, dann drehte er sich um und fuhr mit dem Zeigefinger das Regal mit den hölzernen Köpfen entlang. An einem Kopf mit einer schwarzen Pagenschnittperücke stoppte er. Sorgsam nahm er die Perücke vom Kopf. Dann kam er hinter seinem Verkaufstresen hervor. Er war winzig und zart. Selbst neben Peter sah er aus wie ein Zwerg.

Der Perückenmacher bat Gisela, sich auf den dunkelgrünen Samtsessel zu setzen, der den Laden wie ein Thron schmückte. Lautlos trat er hinter sie und stülpte ihr die Perücke mit einem routinierten Griff über die Haare. Aus einer Ladenecke rollte er einen silber-gerahmten Standspiegel vor Gisela. Sie rückte mit dem Sessel nach vorn, um sich genauer sehen zu können. Es war Gisela, die sich ihr entgegenbeugte, und gleichzeitig war es eine Fremde.

Vor ihrer Nase hing ein weißes Schild: Gisela konnte den Preis im Spiegel erkennen: 200 Mark.

200 Mark? Gisela schüttelte den Kopf. So viel Geld konnte man doch nicht für eine Perücke ausgeben!

Der Perückenmacher schien ihr Kopfschütteln als Missfallen zu verstehen und setzte ihr die Perücke wieder ab.

Die nächste Perücke, die er für sie aus dem Regal holte und ihr aufsetzte, war noch teurer.

»Toll siehste aus.« Peter sah Gisela bewundernd an.

Das Lob von Peter spornte Gisela an. Sie stand auf und betrachtete noch einmal alle ausgestellten Perücken. Der Perückenmacher verschwand in seiner Werkstatt und kam mit zwei Sondermodellen wieder. Einer schwarzbraunen Langhaarperücke und einer wasserstoffblonden Perücke im Marilyn-Stil.

»Das ist sie.« Gisela zeigte auf die blonde Perücke.

Sie nahm sie dem Perückenmacher aus der Hand und setzte sie auf. Peter pfiff. »Die nehmen wir.« Er sah gar nicht erst auf das Preisschild und Gisela sah gar nicht erst in den Spiegel. Sie konnte die Wirkung ihrer Verwandlung in Peters Augen sehen.

»Ich möchte Sie nur darauf aufmerksam machen, dass das ein sehr aufwendig gearbeitetes Modell ist. Aus einer neu entwickelten Synthetikfaser.«

Peter zuckte mit den Schultern. »Ist sein Geld wert.«

Beeindruckt sah Gisela zu, wie Peter 800 Mark auf die dunkle Ladentheke blätterte. Das waren beinah zwei Monatsgehälter.

Vor dem Laden hätte Gisela Peter gerne wieder geküsst, so wie sie ihn vor wenigen Tagen im dunklen Hausflur geküsst hatte. Aber hier auf der Straße war es hell. Und Peter, dessen Augen eben beim Anblick von Gisela mit der blonden Perücke so gestrahlt hatten, wirkte jetzt abweisend. »Die Perücke geht vom Spesenkonto. Da zahlste auch deinen Anteil rein.«

Gisela nickte. »Noch ein Glas Rotspon?« Vielleicht konnte

sie damit die bevorstehende Trennung wenigstens ein bisschen hinauszögern.

Peter sah auf die Uhr und schüttelte den Kopf. »Wir gehen jetzt beide brav nach Hause.« Anscheinend hatte Gisela keine Chance. »Und den Weg dahin findest du auch?« Peter grinste, aber seine Augen blieben kalt.

Gisela nickte und schluckte die Enttäuschung runter. Sie erhielt die Hälfte des Geldes: 1550 Mark. Eine Ausnahme fürs erste Mal, hatte ihr Peter erklärt. Sonst teilten sie immer durch drei, auch wenn Uwe nicht dabei war. Er bekam ein Drittel, damit er den Mund hielt.

Gisela hatte neue, todschicke Anziehsachen, die teure Synthetik-Perücke, und sie hatte, weil sie heute in der Bank so mutig gewesen war, die Hoffnung, Peter bald wiederzusehen. Das war schließlich schon viel mehr, als sie das letzte Mal gehabt hatte.

Gisela nahm nicht die S-Bahn. Sie wollte mit ihren neuen Sachen gesehen werden. Und das wurde sie.

Wie ein Mannequin auf einem endlosen Laufsteg übte sie zu gehen und dabei ihre Hüften, »die schönen«, zu schwingen. Wenn sie aus dem Takt kam, versuchte sie es wieder. Der Weg war weit.

In der Kneipe an ihrer Ecke nahm sie noch ein Gläschen Rotspon. Der Wirt erkannte sie nicht wieder. Die Männer johlten und riefen, sie solle sich an ihren Tisch setzen. Aber Gisela lächelte freundlich und winkte ab. Sie war bereits vergeben.

Mit wunden Füßen kam sie zu Hause an. Aus Gewohnheit drückte sie auf den Schalter im Hausflur. Jemand hatte die Glühlampe ausgewechselt. Das Licht leuchtete wieder.

In der Wohnung war es still. Gisela meinte sogar das leise Schnarchen ihrer Eltern zu hören. Sie zog die schmerzenden Schuhe aus, nahm sie in die Hand und schlich auf Strümpfen in ihr Zimmer. Ihre Tür knarrte leise. Sie warf die Handtasche und ihre neue Jacke auf das Sofa. Als sie zu ihrem Bett sah, schrie sie leise auf.

»Du weckst noch das ganze Haus auf.« Ihr Vater erhob sich mühsam vom Bett. Die Sprungfedern quietschten.

Gisela knipste die Stehlampe an und wischte sich den letzten Lippenstift ab. »Was machst du denn hier?«

»Ich hab auf dich gewartet.«

Gisela nickte und fiel ein wenig in sich zusammen, als sie bemerkte, wie der Vater sie, ihre Neuausstattung und die Tüten in ihrer Hand abschätzig musterte. Bis eben hatte sie sich so schön wie noch nie gefühlt. Jetzt kam sie sich verkleidet vor.

»Kommst neuerdings ganz schön spät nach Hause.« Der Vater setzte sich in ihren Sessel und goss sich den Rest ihres Rotspons in die Tasse. Gisela bot er nichts an.

»Ich wollte eigentlich ins Bett«, versuchte Gisela ihren Vater zum Gehen zu bewegen.

»Da kommste doch gerade her.« Er sah Gisela provozierend an.

Aber Gisela ließ sich nicht darauf ein, schwieg und wartete, was ihr Vater ihr zu sagen hatte.

»Du warst heute nicht auf der Arbeit.«

Gisela war sich nicht sicher, ob der Vater sie das fragte oder ob er es wusste. »Ich hab mir mal freigenommen. Hab viel zu viele Überstunden.«

Er nickte und nippte kurz am Wein. »Gut.« Er schwieg eine Weile und trank den Wein schließlich in einem Zug aus. »Gestern waren hier zwei Männer. Einer ist Uwe, von der Arbeit. Und er ist nicht dein Freund, sagt deine Mutter.«

Er sah Gisela an und wartete, ob sie etwas dazu sagen wollte. Aber sie wollte nicht. Also sprach er weiter. »Ich hab mich mal erkundigt. So eine Flasche kostet fast 10 Mark. Mutter hast du 50 Mark gegeben. Das sind insgesamt 60 Mark. Das ist ne Menge Geld. Und das –«, er machte eine unbestimmte Geste auf ihre neuen Sachen und die Einkaufstüten, »– musste ja auch bezahlt haben. Willste mir darüber was erzählen?«

Gisela schüttelte unmerklich den Kopf.

»Würdeste's denn der Polizei erzählen?«

Gisela sah ihren Vater an und sagte nichts.

Jetzt schwieg auch er.

Nach einer Ewigkeit stand der Vater schließlich auf. Seine Augen waren gerötet. Alt und müde sah er aus. Er kam auf Gisela zugehumpelt, seine Prothese quietschte. Dicht vor ihr blieb er stehen. »Solange du unter unserem Dach wohnst, gelten meine Regeln.« Das war einer von diesen abgenutzten Sätzen, die er inzwischen auch schon seinen Enkelinnen vorbetete.

Gisela nickte. Sie hatte Übung, diese Art von Sätzen einfach zu überhören, öffnete ihre Handtasche und holte einen Fünfzigmarkschein heraus. »Das hier hat seine eigenen Regeln.« Trotzig sah sie ihren Vater an und reichte ihm das Geld.

Er betrachtete es lange, ehe er es nahm. Dann sah er Gisela in die Augen. »Wenn ich dich jemals auf der Davidwache abholen muss, dann setzt es Prügel.«

Gisela brauchte einen Moment, um ihre Wut runterzuschlucken. »Damit hab ich nichts zu tun«, Gisela war außer sich, dass ihr Vater ihr zutraute, im Rotlichtviertel zu arbeiten.

»Dann ist ja gut. Dann ist ja gut«, sagte der Vater zweimal

und verließ ihr Zimmer. Doch bevor er die Tür ganz schloss, murmelte er noch: »Und trotzdem siehste mit dem Krokodilszeug aus wie ne Nutte.«

Das schwarze Telefon stand auf einem Stuhl mitten in einem halb dunklen Raum. Es schrillte.

Kommissar Konstantin Fischer schlief tief und fest. Er veränderte seine Schlafposition nur leicht.

An der Wand stand ein neuer Schrankkoffer, seine Anziehsachen lagen ordentlich gefaltet darauf. Auf dem Nachttisch ein akkurater Stapel mit englischen Fachbüchern über Kriminalistik.

Das Telefon hörte auf zu schrillen.

Kurze Zeit später klingelte es wieder. Diesmal so ausdauernd, dass Fischer aufwachte. Mit geschlossenen Augen griff er unter das Bett und zog einen Spazierstock hervor. Mit dem gebogenen Griff des Stockes zog er den Stuhl ans Bett heran und nahm den Telefonhörer ab. »Fischer.«

Aus der Telefonmuschel drangen stakkatoartige Sätze an sein Ohr. Der Kommissar verzog schmerzvoll sein Gesicht, hörte zu und war plötzlich hellwach. Er sprang aus dem Bett und schlüpfte in seine präzise davor ausgerichteten Hausschuhe.

Während des Telefonats zog sich Fischer hastig mit einer Hand an und rief irgendwann energisch zwischen die nicht aufhörenden Anschuldigungen: »Ich wollte sowieso gerade los …«

Am Waschbecken nahm er einen Schluck Wasser mit

Aspirin, riss den adretten beigen Trenchcoat vom Kleiderhaken und schloss sein Zimmer zweimal ab.

Im Treppenaufgang zog er sich im Laufen den Mantel über. Unten angekommen, warf er zuerst einen Blick zur Rezeption, die gegenüber der Eingangsdrehtür lag.

Dort saß ein hübsches brünettes Mädchen und las in einem Lehrbuch. Sie schaute auf, als sie Fischers Schritte hörte, und lächelte.

Fischer lächelte zurück: »Morgen, Eva. Mit dem Wecken hat es ja nicht so gut geklappt.«

Eva schlug sich die Hand vor den Mund. »Oh. Das tut mir leid.« Mit vor Schreck und schlechtem Gewissen geweiteten Augen sah sie Fischer so ehrlich reumütig an, dass er ihr gar nicht böse sein konnte.

»Ist schon in Ordnung.« Fischer legte ihr seinen Schlüssel auf die Theke, trank einen Schluck Kaffee aus ihrer Tasse, sah kurz auf ihre Hand und drehte seinen Kopf so, dass er in ihr Lehrbuch schauen konnte. »Keine Bange. Die Prüfung schaffst du mit links.«

»Ich hab doch gar keine Bange.«

Fischer nahm ihre Hand in seine und schaute auf ihre Fingernägel. »Dann musst du ja auch nicht knabbern.«

Eva senkte beschämt ihre Augen und entzog Fischer ihre Hand.

Fischer wollte gerade gehen, da fiel ihm noch etwas ein. »Hat der Makler schon angerufen?«

Eva schüttelte den Kopf und errötete.

Fischer nahm vorsichtig ihr Kinn in seine Hand und sah ihr in die Augen. »Er hat angerufen.« Er beugte sich über den Tresen und tat so, als wolle er Eva einen Kuss geben.

Eva lächelte und schloss ihre Augen, da sagte Fischer: »Du bist am süßesten, wenn du lügst.«

Beleidigt riss Eva die Augen auf. Aber Fischers Grinsen versöhnte sie gleich wieder.

»Bis wann hast du heute Dienst?«

Eva nahm sich für die Antwort einen winzigen Moment Zeit. »Ich hab heut Dienst, bis Sie wieder da sind«, sagte sie dann kokett.

»Das hört sich gut an.« Fischer drehte sich lachend um und ging nach draußen, das grelle Sonnenlicht traf ihn wie ein Schlag.

Die Bank in Eidelstedt hatte sich bereits in einen Bienenschwarm verwandelt. Vor der grauhaarigen Sekretärin, deren Gesicht inzwischen weiß und rot gefleckt wie frische Blutwurst war, saß der Polizeiassistent und fragte alle Standardfragen zum wiederholten Mal. Fischers bulliger Chef, Kaminsky, vernahm mit einer Zigarre im Mundwinkel den jungen Kassierer. Neben ihm standen noch zwei weitere Uniformierte und grinsten.

»Und woher wollen Sie wissen, dass es kein Mann war?«

»Bei diesen Beinen.«

»Verstehe, der Kenner spricht.« Kaminsky paffte den Rauch aus und dachte darüber nach, was der Kassierer ihm da gerade gesagt hatte. Fischers Eintreten entging ihm nicht. Aber er tat so, als würde er ihn nicht bemerken. Dabei beobachtete er aus dem Augenwinkel ganz genau jeden seiner Schritte.

Fischer bemerkte, dass Kaminsky ihn übersehen wollte, und nahm sich Zeit, den Tatort zu begutachten. Er lief zum Eingang und checkte den Sicherheitsspiegel, dabei holte er ein Schreibheft heraus und machte sich Notizen. Als er damit vorerst fertig war, stellte er sich direkt neben Kaminsky und räusperte sich.

Mit einer herablassenden Geste winkte ihn sein Chef

zu sich heran. »Stehen die bei Scotland Yard immer so spät auf?« Er wartete erst gar nicht auf eine Antwort, sondern sprach einfach weiter. »Was sagen Ihre neuen Methoden zu diesem Tatort?« Dabei musterte er Fischer herablassend.

Fischer sah seinen Chef überrascht an. In den vier Wochen, die er hier in Hamburg war, hatte er ihn noch nie nach seiner Meinung gefragt. Warum ausgerechnet heute?

»Na was jetzt? Ihre Einschätzung zum Tatort bitte. Und wenn's geht, noch in der nächsten Stunde.«

In Fischer arbeitete es. Seine Schläfen pulsierten. Er mied Kaminskys jovialen Blick und sagte: »Spurensicherung schon durch?«

»Die sind Frühaufsteher.« Dabei wurde sein Blick auf Fischer noch etwas herablassender.

Fischer sah noch einmal kurz in seine Notizen. »Ja also … keine Gewaltanwendung. Kein Einbruch. Ein Überfall. Der Täter war an diesem Schalter.« Fischer zeigte auf den Schalter, von dem aus man den ganzen Raum beobachten konnte.

Kaminsky unterbrach ihn mit einer Handbewegung, als wolle er einen schweren Eichenstamm mit einem Handkantenschlag auseinanderbrechen. »Schon mal falsch!« Er machte eine genüssliche Pause. »Nicht: der Täter.«

Fischer verstand nicht, was Kaminsky meinte.

Also klärte ihn Kaminsky mit zusammengekniffenen Augen auf: »Nicht der Täter, sondern die Täter*in*.«

Die anderen Beamten verkniffen sich das Lachen.

Fischer sah in die Runde. Wollten die ihn auf den Arm nehmen? »Eine … Frau?« Fischer überlegte kurz, ob er Kaminsky und seinen Kollegen einen Leitsatz aus der *Soziologie des Verbrechens* zur Häufigkeit der weiblichen Täterschaft zitieren sollte. Aber er wusste von seinem Ruf, der besserwisserische Streber zu sein, und verkniff sich eine Bemerkung in dieser Richtung. Stattdessen wartete er geduldig, bis Kaminsky weitersprach.

»Sie haben richtig gehört. Eine Täterin. Mit bemerkenswerten Beinen. Und Sie dürfen sie einfangen. Darin sollen Sie ja gut sein. Wenn das klappt, kriegen Sie danach auch einen richtigen Fall.«

Kaminsky klopfte Fischer auf die Schulter. »Kruse wird Ihnen assistieren.« Er wies mit dem Kopf auf einen blutjungen, pockennarbigen Beamten, der Fischer linkisch zulächelte, und ließ ihn stehen.

Fischer sah ihm nach. Vor der Tür der Sparkasse hatte sich eine große neugierige Menschenmenge versammelt. Hausfrauen, Schulkinder, Rentner, unter ihnen ein Reporter. Großzügig verteilte Kaminsky die Sahnebonbons, die er immer tütenweise in seiner Aktentasche dabeihatte, an die aufgeregten Kinder.

»Ist es wirklich eine Täterin?«, schallte die ungläubige Frage des Reporters bis in die Bank hinein.

»Das wird mein Kollege, Kommissar Fischer, mit Ihnen besprechen«, hörte Fischer seinen Chef antworten.

Samstags schlief Gisela immer bis in die Puppen. Dann trank sie einen Kaffee und half der Mutter beim Aufräumen und beim Einkauf.

Heute war sie schon früh wach. Sie sah lange auf die neuen Anziehsachen, die sie ordentlich auf einen Bügel gehängt hatte. Irgendwann stand sie auf und überzeugte sich, dass das Geld noch im Schrank war.

Das gab ihr die Gewissheit, dass gestern wirklich das passiert war, woran sie seit dem frühen Morgen unablässig denken musste. Trotzdem blieb ein Moment der Unsicherheit zurück.

Gisela fiel ein, dass ihre Schwester heute Geburtstag hatte. Sie war gemeinsam mit den Eltern zum Kaffeetrinken in Sankt Pauli eingeladen.

In der Küche saß ihr Vater und las Zeitung. Er nickte ihr kurz zu. Gisela wusste, dass er ihr nicht ein einziges Blatt abgeben würde, bevor er nicht die letzte Zeile der Nachrichten gelesen hatte. Seitdem ihm im Hafen gekündigt worden war, war das tägliche Zeitunglesen seine Verbindung zur Welt. Es gab nichts, was er nicht gelesen hatte, und kein Thema, über das er nicht bereit war, einen heftigen Streit vom Zaun zu brechen.

Heute war er still.

Gisela setzte sich zu ihm an den Küchentisch und trank mit vorsichtigen Schlucken ihren aufgebrühten Kaffee. Obwohl sie beinahe vor Neugier platzte, wartete sie geduldig, bis der Vater die Zeitung weglegte.

Als Gisela dann die Schlagzeile auf der Titelseite sah, hätte sie sich beinahe den heißen Kaffee über den Schoß gegossen. Sie sah vorsichtig zu ihrem Vater, um zu prüfen, ob er ihre Aufregung bemerkt hatte. Aber er sah weder zu ihr hin, noch sagte er etwas.

Gisela nahm die Zeitung mit in ihr Zimmer. Sie bedauerte, dass der Rotspon leer war, und beschloss, nachher neuen zu kaufen. Auf ihrem Sessel las sie die Titelseite zum zweiten und zum dritten Mal: *Die Banklady mit den hübschen Beinen.* Darunter prangte eine Schwarz-Weiß-Zeichnung, die eine Frau mit langen Beinen, Sonnenbrille und einer Pistole in der Hand zeigte.

Gisela sah immer wieder auf die Zeichnung. Erst die Unterschrift: *Bankraub in Eidelstedt* gab ihr die Gewissheit, dass wirklich sie damit gemeint war. Immer und immer wieder las sie den Artikel durch und überlegte dabei, wie sie es beim nächsten Mal anstellen würde, dass die Kassierer sie sofort ernst nahmen.

Dann stand sie auf und betrachtete ihre Beine vorm Spiegel. Sie summte das Caprilied vor sich hin und raffte den knielangen Rock etwas nach oben. Ihre Beine waren ihr bis zu dieser Schlagzeile noch nie besonders lang vorgekommen. Aber bisher hatte sie sie auch noch nie demonstrativ gezeigt. Dass sogar die Zeitung schrieb, dass an ihr etwas schön war, kam Gisela unglaublich vor.

Anneliese öffnete mit geröteten Augen die Tür. Sie trug noch ihre Hausschürze und die dunklen Haare hingen ihr ungepflegt ins Gesicht. Giselas neues Kleid und die roten Schuhe schien sie gar nicht zu bemerken. Auch die Flasche Rotspon, die Arwa-Grande-Dame-Strumpfhose und eine große Schachtel Feodora-Pralinen nahm sie ohne große Begeisterung an.

»Die Pralinen nimmst du wieder mit«, war ihr einziger Kommentar. »Ich krieg meine Röcke nicht mehr zu.« Sie bat die Familie in das enge Wohnzimmer an den Kaffeetisch, wo sie die Mädchen bereits in ihren Sonntagskleidern erwarteten. Giselas Schwager war nicht da.

Niemand traute sich zu fragen, was los war.

Lieblos verteilte Anneliese die Kirschtorte auf die Teller mit dem abgeschabten Goldrand und schenkte mit einem Schwaps den Kaffee aus. Ihrem Vater stellte sie einen Klaren neben die Kaffeetasse.

»Hast du einen Aschenbecher?«

Anneliese stellte Gisela wortlos einen hin. Gisela zündete sich eine Zigarette an.

Ihre beiden Nichten ließen sie nicht aus den Augen. Als sie fertig geraucht hatte, stand sie wieder auf. Sie hatte weder Lust auf Kaffee und Kuchen noch auf dieses aufgeladene Schweigen.

Bis gestern hatte sie Anneliese um das Leben, das sie führte, mit eigener Wohnung, Kindern, Mann und Auto, beneidet. Selbst den Geburtstag hatte sie ihr immer ein paar Tage voraus. Heute hatte Gisela Mühe, hier atmen zu können.

»Komm«, sagte sie zu Susanne, die ihr Stück Kuchen schon längst aufgegessen hatte, »ich spiel mit euch.«

Susanne nahm Katja an die Hand und zog sie vom Wohnzimmertisch in das winzige Schlafzimmer, in der alle vier schliefen. Ihre wenigen Spielsachen lagen auf einem kleinen Teppich vor ihren Betten.

»Was ist passiert?«, fragte Gisela Susanne, die sonst immer ununterbrochen plapperte und heute auffällig in sich gekehrt war, während Katja die Karten austeilte.

Susanne zuckte mit den Schultern. »Nichts.«

Aber das Nichts war so unheilvoll aufgeladen, dass sich Gisela jetzt sicher war. Sie beschloss erst einmal, nicht weiter nachzufragen, nahm ihren Kartenstapel auf und sortierte die Karten.

Die beiden Mädchen starrten Gisela immer noch unverwandt an. »Du siehst aus wie eine Prinzessin«, sagte Susanne schließlich.

Gisela nickte.

Katja gewann.

Dann machten sie Kunststücke: Ihr liebstes war, sich mit einem randvoll gefüllten Glas Wasser auf den Boden zu legen, aufzustehen und dabei keinen einzigen Tropfen zu verschütten. Darin waren die Mädchen Meisterinnen. Gisela hatte bald überall Wasserflecke auf dem Kleid. Die Mädchen schütteten sich aus vor Lachen.

Als die Wohnungstür aufging und ihr Schwager im Türrahmen des Schlafzimmers stand und auf Giselas nass gespritztes Kleid starrte, verstummte Susanne wieder.

Bernd hatte seinen schmutzigen Blaumann an und roch nach Schmiere, Schweiß und Alkohol. Um nicht zu schwanken, lehnte er sich an den Türrahmen und zündete sich dabei eine Zigarette an. »Weißt du schon, dass sie auf eine Idiotenschule kommt?« Dabei sah er so abschätzig auf Katja, dass die beschämt ihren Kopf senkte. »Sie ist also blöd im Kopf«, fügte er noch hinzu. »So blöd wie deine ganze Familie. Und so behindert wie dein Vater.«

Gisela schwieg. So hatte sie ihren Schwager noch nie erlebt. Sonst war er eher duckmäuserisch und still. Wenn er betrunken war, wurde er manchmal ein bisschen lauter, aber seine Familie hatte er bisher immer aus dem Spiel gelassen.

Auch Susanne sah ihren Vater erschrocken an und Katja wimmerte leise, so als hätte sie jedes Wort verstanden.

»Katja ist auch deine Tochter«, sagte Gisela leise.

»So? Woher willste das denn so genau wissen? Warste dabei?« Bernd sah Gisela herausfordernd an.

Gisela wandte sich von ihrem Schwager ab und streichelte Katja über den Kopf. Aber das Mädchen krümmte sich unter ihrer Berührung, als hätte sie Schmerzen.

Bernd war immer noch nicht fertig. »Wie siehste überhaupt aus? Biste unter die feinen Leute gegangen?«

»Ich …« Gisela sprach nicht weiter, sie hatte keine Lust

auf Streit. »Ich hab eine Flasche Rotspon mitgebracht. Die kannst du gerne aufmachen und einen Schluck trinken.«

»Rotspon? Was soll denn das sein?«

»Das ist Wein«, erklärte sie und streichelte mechanisch Katjas Kopf. »Und gib der Anneliese auch was ab. Sie hat ja schließlich Geburtstag.«

»Weißte was, Klugscheißerin«, sagte ihr Schwager und drückte seine Zigarette am Türrahmen aus, »ich hau einfach ab. Dein Rotzeugs kannste wieder mitnehmen.«

Im Wohnzimmer saßen ihre Mutter und Schwester wie erstarrt da. Sie hatten wahrscheinlich jedes Wort mitgehört. Nur ihr Vater schlief im Sessel. Vom Rotspon war inzwischen nicht mehr viel übrig.

Gisela goss den Rest in die Kaffeetassen und reichte ihrer Schwester eine Zigarette. Anneliese sog den Rauch tief ein und sagte dann: »Er hat recht.«

»Womit?«, fragten Gisela und die Mutter gleichzeitig.

»Sie ist nicht seine Tochter.«

Die Mutter schlug sich erschrocken die Hände vors Gesicht, als wolle sie nichts sehen und nichts hören. Wahrscheinlich würde sie gleich zu beten anfangen.

Anneliese sprach trotzdem leise weiter. »Ich war schon schwanger, als wir uns kennengelernt haben. Ich hab vorher versucht abzutreiben. Vielleicht ist sie deshalb so wie sie ist.«

»Das ist Sünde. Das ist Sünde.« Vor Aufregung war die Brille der Mutter beschlagen und ihre Hände fassten suchend auf den Tisch. Umsonst. Ihre Bibel lag zu Hause auf dem Küchenbuffet. Sie riss die Tasse um. Wein ergoss sich über das helle Sofa. Erschrocken sprang die Mutter auf.

Anneliese holte einen Lappen aus der Küche, mit dem sie versuchten, den Rotwein aus dem Sofa zu reiben.

»Wir waren mit Katja in der Sprachheilschule. Bernd hat uns abgeholt und sie mit den anderen Kindern gesehen. ›Mit Idioten will ich nichts zu tun haben‹, hat er gesagt und seitdem kein Wort mehr gesprochen.«

Ihre Mutter wanderte ruhelos durch das Zimmer. Jetzt bemerkte sie Katja und Susanne, die an der Tür standen und beunruhigt ihre weinende Mutter beobachteten. Sie blieb stehen und sah Anneliese an. »Katja kann bei uns in der Lornsenstraße wohnen. Ich stell ihr Bett im Schlafzimmer auf. Hier passiert sonst noch ein Unglück.«

Anneliese nickte. Vielleicht hatte sie die Mutter sowieso darum bitten wollen. »Aber die Schule ist ziemlich weit weg. Ich weiß gar nicht, wie Katja da hinkommen soll.«

»Ihr habt doch das Auto«, sagte Gisela leise.

Anneliese zuckte mit den Schultern. »Aber ich kann nicht fahren.«

»Ich will's sowieso lernen. Dann hol ich sie so oft ab, wie es geht.« Gisela hörte sich selbst erstaunt zu. Sie sprach Dinge aus, die sie sich bis gestern noch nicht einmal zu denken getraut hatte.

»Und wie willst du das bezahlen?« Die Schwester hörte auf zu weinen und sah sie neugierig an.

»Das lass mal meine Sorge sein.«

Am Montag war fast alles wie immer. Ihre Mutter hatte ihr lediglich eine kleine Tafel Schokolade neben die Kaffeetasse gelegt. »Gehst du heute Abend aus?« Gisela zuckte mit den Schultern. In der Fabrik beachtete Gisela niemand. Das Laufband dröhnte.

Ratsch. Gisela zerschnitt das türkisblaue Meer, zertrennte den Fuß der Blondine, ein Blatt von der Palme, und schließlich zerfiel auch der Himmel in Streifen. Einrollen und aufstapeln.

Ratsch, die Blondine, das Palmblatt, der Himmel.

Einrollen, stapeln. Ratsch. Einrollen. Stapeln.

Und trotzdem schien das harte Rattern der Maschinen heute einen anderen Rhythmus zu haben. Gisela lächelte die Blondine an. Rollte sie ein und warf sie gut gelaunt auf den Stapel.

In der Pause klopfte Gisela bei Fanny ans Fenster.

Fanny kniff die Augen zusammen und sah Gisela zunächst fragend an, nickte dann aber gnädig.

Gisela durfte das Glashäuschen betreten. Fannys Parfum legte sich wie eine Wolke um sie. »Ich hab dir was mitgebracht.« Gisela holte die Schachtel Feodora-Pralinen hinter ihrem Rücken hervor.

Fanny sah sie mit zusammengekniffenen Augen an. »Und was willst du dafür?«

»Nichts.«

Fanny schüttelte den Kopf. Ihrer Erfahrung nach gab es nichts umsonst.

»Wusstest du, dass die Praline nach der Prinzessin Feodora benannt ist?«

Fanny sah sie verständnislos an. War bei der Werler noch alles in Ordnung?

»Und das ist ihre Unterschrift.« Gisela zeigte auf den geschwungenen Schriftzug, der die Pralinenschachtel zierte. Jetzt interessierten Fanny ihre Verrücktheiten doch. So wie alle hier schwärmte sie für Königinnen und Prinzessinnen.

»Schönen Dank«, sagte Fanny, nahm die Schachtel und lächelte Gisela an.

Gisela überlegte, ob sie das zuvor schon mal aus ihrem Mund gehört hatte.

Als sich am Nachmittag die Tapetenrollen so hoch neben Gisela aufgestapelt hatten, dass sie sich kaum noch bewegen konnte, hatte sie Heide gefragt, ob Uwe krank sei. »Ich hab ihn heute schon beim Rauchen gesehen. Draußen, am Lkw.«

Widerwillig stapelte Gisela die Tapetenrollen auf den Wagen.

»Soll ich dir helfen?«, fragte Heide, aber Gisela schüttelte entschieden den Kopf.

Uwe stand tatsächlich vor dem Lkw und sah Gisela an, als hätte er schon den ganzen Tag auf sie gewartet. Er schien noch dünner als sonst. Unter den Augen hatte er tiefe schwarze Ringe.

Schweigend packten sie eine Rolle nach der anderen auf den Lkw. Gisela spürte, wie sehr Uwe nach einem Gesprächsanfang suchte. Es gelang ihm nicht und Gisela hatte keine Lust, ihm dabei zu helfen. Als die Rollen verladen waren, wollte Gisela schnell wieder zurück. Aber Uwe gab noch nicht auf. Er nahm ihr die Deichsel aus der Hand und rollte den Wagen in die Fabrik, so als hätte er heute nichts anderes zu tun.

Fanny, die gerade aus dem Büro kam, sah ihn missbilligend an. Unter den Arm hatte sie eine Zeitung geklemmt. *Die Banklady mit den hübschen* ... konnte man deutlich auf der ersten Seite lesen.

»Dolles Ding, oder?« Gisela zeigte auf die Zeitung.

Fanny sah verächtlich auf die Schlagzeile. »Wie viele Banküberfälle gibt's jede Woche in Hamburg? Zehn, fuffzehn? Da kommt mal eine im Röckchen an, wackelt was mit'm Hintern, bumms ist sie auf dem Titelblatt!« Sie schmiss die Zeitung in den Mülleimer und ging achselzuckend weiter.

Gisela war enttäuscht. »Sie soll hübsch sein, schreiben sie. Schöne Beine.«

Uwe sah sie wütend an. »Ne aufgetakelte Bordsteinschwalbe ist das. Meine Frau bräucht' nicht so rumlaufen.«

Schweigend liefen sie weiter. Für Uwes ersten Satz war er ziemlich heftig gewesen. »Und was machst du heut noch? Feierst du?«, fügte Uwe noch einen zweiten, versöhnlichen hinzu.

Gisela hatte nichts vor. Aber mit Uwe wollte sie den Abend auch nicht verbringen. »Musst du nicht Taxi fahren?«

Uwe schüttelte den Kopf. »Das läuft grad nicht so.« Er sah traurig aus.

Inzwischen waren sie an Giselas Arbeitsplatz angekommen. Hilflos stand Uwe vor ihr und wartete, ob Gisela vielleicht doch noch ihre Meinung änderte.

Uwe tat Gisela leid. Ausgehen würde sie deshalb dann doch nicht mit ihm. »Andermal, Uwe. Ich hab heut keine Zeit.«

Uwe sagte nichts dazu. Es schien fast, als hätte er diese Antwort erwartet, jetzt wo es mit dem Reihenhäuschen gar nicht mehr so gut aussah. »Hast du noch mal was vom Peter gehört?«, fragte er beiläufig.

»Nein. Wieso? Ist doch dein Kumpel.«

Uwe nickte Gisela resigniert zu, schlurfte zum Mülleimer und holte Fannys Zeitung wieder raus. Dann ging er mit hängenden Schultern und ohne sich noch einmal nach Gisela umzudrehen davon.

Gisela brauchte eine Weile, ehe sie sich wieder dem Rhythmus der Maschine anpassen konnte.

Als Gisela müde die schwere Haustür der 31 öffnete, hörte sie einen schrillen Pfiff. Auf der Straße stand ein Mann und winkte ihr zu. Gisela ließ die Tür wieder ins Schloss fallen. Ihr Herz machte einen Sprung. Peter!

»Ich dachte, ich mach eine kleine Spazierfahrt mit der Lady. Wir fahren in den Blauen Papagei.« Peter öffnete die Tür seines schwarzen Volvo-Taxis und nahm das Taxi-Leuchtschild vom Dach.

Gisela strahlte. Ihre Müdigkeit war wildem Herzklopfen gewichen.

Kurz bevor sie in die Bergstraße einbogen, drehte sich Gisela noch einmal um und sah Uwe, der mit Blumen vor ihrem Haus stand. Zu spät, dachte Gisela und sagte: »Du, der Uwe, der tut mir leid.«

Peter sah sie verständnislos an. »Wieso denkste denn jetzt an den Uwe? Zwischen dem Uwe und mir, das ist ne reine Geschäftssache, genau wie mit dir. Machste deine Arbeit, kriegste deine dreißig Prozent, und gut ist. Machste Mist, biste raus …«

Gisela schluckte. So sah Peter das also. Da war nichts zwischen ihnen. Nichts. Es war nicht ihr Tag. Es war nicht ihr Abend. Es war ein Geschäft. Dann konnte Uwe ja auch dabei sein. »Wenn der Uwe sowieso ein Drittel kriegt, kannst du ihn ja das nächste Mal wenigstens fahren lassen.«

Peter zuckte mit den Achseln.

»Ich denk, ihr seid Freunde?«

»Und ihr beide? Was genau seid ihr?«

»Erzählst mir auch nichts von dir.«

»Je weniger du weißt, desto besser.«

Gisela war gekränkt. Peter bemerkte ihre Erschütterung. »Mädchen. Das is keine Schnulze hier. Einen auf verliebt machen und Business – das passt nicht. Ich geh für niemanden in den Bau. Wenn's brenzlig wird, dann heißt's eins fix und ab, auf Nimmerwiedersehen. Kapiert?«

»Mal sehen, wer schneller weg ist«, zischte Gisela.

Peter ließ sich von ihrer Wut nicht stören. Er grinste. »So gefällt mir das. Jetzt haste auch wieder Farbe im Gesicht. Und fürs nächste Ding brauchst du was Leichteres. Frauen-Kaliber.«

»Wann ist das nächste Ding?«

»Eins nach dem andern.«

»Und das Frauen-Kaliber kriegt man im Blauen Papagei?

»An dir ist ein Detektiv verloren gegangen.« Peter grinste sie an.

Vor einer Fensterfassade auf der Großen Freiheit, mit dem verwitterten Schriftzug BLAUER PAPAGEI, blieben sie stehen. Im Schaufenster hing ein Schild, das Gisela immer wieder las: *Den Mörder meines Bruders bitte ich, dieses Lokal nicht mehr zu betreten.* Es war also gefährlich, hier reinzugehen.

Peter winkte ab und zog sie durch die Eingangstür. »Wenn's brenzlig wird, hauste schnell durch die Hintertür ab. Da neben den Toiletten.«

Gisela war erleichtert, dass es innen schummrig war. Sie hatte noch ihre farblosen Alltagssachen an und fühlte sich unwohl, so schmucklos in eine Bar zu gehen.

Es lief leise Musik. Die meisten Sessel waren besetzt.

Peter suchte ihnen einen Platz in der Nähe des Tresens. Der Kellner kam und Gisela betrachtete seine tätowierten Arme, die Messer, Herzen und Schiffe.

»Ich nehm einen Rotspon«, sagte Gisela, ohne in die Karte zu sehen.

Peter grinste: »Bist wohl auf den Geschmack gekommen? Es gibt hier auch noch Besseres.«

Peter suchte die Getränkekarte ab, schien aber das noch Bessere nicht darauf zu finden. Der Kellner ging wieder an den Tresen und machte Giselas Bestellung fertig. Peter stand auf und ging ebenfalls an den Tresen.

Gisela sah sich um. Hier gab es jede Menge schräge Typen. Und Frauen. Einige waren ziemlich mollig und die meisten sogar obenrum nackt. Das waren bestimmt welche, die es für Geld machten.

Ein Mann hatte drei Barhocker am Tresen zusammengeschoben und schlief darauf tief und fest.

Peter flüsterte dem Kellner etwas ins Ohr. Aber der winkte ab.

Gisela fuhr auf, als sich ein Mann neben sie setzte. Sein braun gestreifter Anzug sah teuer aus, aber sein Lächeln war unangenehm und schmierig. Über seine linke Wange zog sich eine wulstige Narbe. Seine Haare glänzten. Der braune Hut wirkte viel zu klein auf seinem klobigen Schädel. Er roch stark nach einer Mischung aus Seife und Benzin. »Na, wollen wir's ein bisschen schäumen lassen?« Er wartete Giselas Antwort gar nicht erst ab, sondern legte seine klobige Hand sofort auf ihr Knie.

Gisela schob seine Hand angewidert weg. »Danke, ich hab schon.«

»Ich geb dir zwanzig.«

»Wofür?«, fragte Gisela, obwohl sie ahnte, was dieser Mann von ihr wollte. Hilfe suchend sah sie zu Peter an den Tresen. Aber der diskutierte immer noch mit dem Kellner. Gerade steckte er ihm Geld zu, aber der Kellner schob es wieder zurück. Peter sah ihn wütend an, doch der Kellner wandte sich ab und spülte ungerührt weiter seine Gläser.

Inzwischen war auch der Mann neben ihr ungeduldig geworden. Er packte Gisela hart an. »Hab dich doch nicht so.«

Das war Gisela zu viel. Sie holte aus und gab ihm eine schallende Ohrfeige. Der Mann sah Gisela fassungslos an, riss sie vom Stuhl hoch und stieß sie vor sich her. Gisela dachte an die Hintertür, aber sie hatte keine Chance, ihm zu entkommen.

Plötzlich lockerte sich der Griff des Mannes. Sein kecker Hut flog ihm vom Kopf, als er so hart gegen den Tresen knallte, dass der schlafende Kerl auf den Barhockern zu Boden krachte.

»Zapfenstreich, Narbengesicht. Die hab ich gebucht!«

Alle Gespräche im Blauen Papagei verstummten. Der Kellner drehte die Musik lauter.

Der narbengesichtige Mann hatte sich inzwischen wieder aufgerappelt und sah Peter wütend an. Gleich würde er auf ihn losgehen. Aber Peter fixierte ihn nur und griff langsam in seine Jackeninnentasche.

Der Kerl gab sofort auf. Bevor er zur Tür des Blauen Papagei hinausstürmte, sah er noch mal zu Gisela. »Bist mir eh zu dürre.«

Peter nahm Gisela in den Arm. »Für mich ist die genau richtig.« Er nickte dem Kellner, der die Musik etwas leiser gedreht hatte, zu.

Der Kellner verschwand in einem Hinterzimmer und kam mit einer imposant aussehenden Sektflasche wieder. Er stellte sie mit Sektschalen, einer Schale Erdnüssen und bedruckten Servietten auf ein Tablett, das er zu ihrem Tisch balancierte.

Rosabel, französischer Sekt stand auf dem schwarzen Aufkleber. Der Kellner ließ den Korken knallen und goss den rosa schäumenden Sekt in die Schalen.

»Geht doch«, sagte Peter. »Aber ist der auch echt?«

»Bei solchen Anlässen immer.«

»Aus Franzland. Feinste Ware.« Stolz drehte Peter das Etikett zu Gisela.

Gisela nahm eine Sektschale und roch daran. Sie musste niesen.

Peter lachte. »Bei dem bleibt die Nase lieber draußen.« Er tupfte ihr mit einer Serviette das Gesicht ab und hörte auch nicht damit auf, als längst jeder Sektspritzer entfernt war. Dann näherte er sich ihrem Mund.

Bevor Peter sie küssen konnte, drehte Gisela ihr Gesicht weg. »Du hast mich nicht gebucht.«

Peter lachte, hielt sie fest und drehte ihr Gesicht wieder zu sich. »Ist doch nur ein bisschen Spaß, Mädchen. Bisschen Holiday.«

Beinahe wäre sie schwach geworden. Aber irgendetwas störte sie an diesem Spaß. »Ich denk, das soll keine Schnulze werden?« Sie schob den Sekt weg, stand auf und verließ den Laden.

Draußen war es inzwischen ganz dunkel. Der Blaue Papagei warf noch kurz sein Neonlicht auf Gisela. Wenn sie jetzt nicht auf der Stelle davonrannte, würde sie wieder hineingehen. Zu Peter. Bis er sie wieder nach Hause schickte. Also rannte Gisela.

Sie rannte so lange, bis sie sich an ihre kratzige Hauswand lehnte und keuchend nach Luft zu schnappte. Sie schloss die Augen. Die Kirchenglocken läuteten zwölfmal. Ihr Geburtstag war vorbei.

Es schmerzte Gisela wie eine tiefe eiternde Wunde, dass sie für Peter nichts weiter zu sein schien als eine, mit der er Spaß haben konnte, wann immer es ihm passte. Und die er danach wie ein kleines Mädchen wieder nach Hause schickte. Aber es gefiel Gisela noch viel weniger, dass ihr Davonlaufen aus dem Blauen Papagei nichts weiter bewirkt hatte, als dass sie jetzt für Peter gar nichts mehr zu sein schien.

Mechanisch stand sie morgens auf und ging abends ins Bett. Sie atmete, aß und arbeitete. In der Fabrik hörte sie weder das Dröhnen der Maschinen noch die Sprüche ihrer Kolleginnen. Jeden Tag hielt sie nach Peter Ausschau. Von früh bis spät. Selbst in der Fabrik erwartete sie, ihn durch das Rolltor kommen zu sehen. Vergebens.

Gisela war es nicht gewohnt, etwas zu erwarten, aber schon am Mittwoch wusste sie, dass sie es sich nun nie wieder abgewöhnen würde.

Am Donnerstag hatte Gisela immer noch nichts von Peter gehört. Wahrscheinlich würde sie ihn nie wiedersehen.

Irgendwann hörte sie in der Fabrik leise, wie aus weiter Ferne, das Telefon klingeln. »Gisela«, rief Fanny. »Ist für dich.«

Gisela reagierte nicht. Auch wenn es hier keine andere Gisela gab, konnte sie nicht gemeint sein. Sie hatte noch nie einen Anruf auf der Arbeit bekommen.

»Gisela«, sagte Fanny noch einmal, jetzt dicht neben ihr. »Da ist ein Anruf für dich.«

Wie in Trance lief Gisela zum Telefon und nahm den Hörer.

»Ich hätte da was für dich«, sagte Peter am anderen Ende der Leitung. Gisela spürte, dass jemand sie anstarrte. Am Ende der Halle stand Uwe. Gisela drehte sich zur Wand.

Als sie sich nach dem Telefonat wieder umdrehte, war Uwe verschwunden.

»Mir geht's heute nicht gut«, sagte sie kurz danach zu Fanny und wagte es kaum, ihr dabei in die Augen zu sehen.

Fanny drückte ihr Kinn mit dem Zeigefinger nach oben. »Blass siehste schon die ganze Woche aus. Haste nich auf das gehört, was ich dir gesagt hab?«

Gisela brauchte einen Moment, bis sie verstand, was Fanny meinte. »Doch«, sagte sie. »Ich pass auf.«

»Dann geh. Aber zur Regel machen wir das nicht.«

Diesmal wartete Peter mit seinem Taxi in der Straße vor der Fabrik. Gisela stieg hinten ein, wie ein ganz normaler Fahrgast.

Peter drehte sich um und grinste. »Heute machen wir erst mal Hausaufgaben, Mädchen. Und morgen gehts los. Kannste dir freinehmen?« Kein Wort über Giselas Abgang im Blauen Papagei. Das war Gisela auch lieb. »Wir gehen jetzt in eine Bank und du wechselst Geld. Ich werd mich inzwischen beschäftigen.«

»In welche Bank?«

»Ne abgelegene. Schenefeld.«

Als Gisela die Bank betrat, saß Peter schon an einem Tisch und tat so, als würde er ein Überweisungsformular ausfüllen. »Könnten Sie mir den bitte wechseln?« Gisela schob dem Kassierer einen Zwanzigmarkschein hin.

»Und freitags, wie lange haben Sie da auf?«, fragte sie schließlich noch schüchtern lächelnd.

»Bis neunzehn Uhr, gnädige Frau«, sagte der Kassierer und gab Gisela das Wechselgeld.

Ohne Verkleidung fiel es Gisela schwer, in der Bank zu sein, obwohl sie gar nichts Unrechtmäßiges vorhatten. Trotz ihrer Aufregung versuchte sie, sich jedes Detail einzuprägen, ehe sie die Bank verließ. An der nächsten Ecke wartete sie auf Peter.

»Jetzt kümmern wir uns um die Polizei.«

»Die Polizei? Was machen wir mit denen?«

»Die stell ich kalt.«

Gisela sah ihn erschrocken an.

Peter grinste. »Keine Angst, das machen wir erst morgen.«

»Vier Minuten dreißig«, sagte Gisela, als der VW wieder mit quietschenden Bremsen vor der nächstgelegenen Polizeiwache stoppte. Den empört hupenden Autofahrer hinter ihnen winkte Peter vorbei.

»Also haben wir nur fünf Minuten, bis wir die Polente an den Hacken haben.«

»Wenn wir einen Fahrer hätten, könntest du mit in die Bank und wir wären schneller.«

»Du gibst wohl nie auf?«

»Ohne Uwe hätt ich dich schließlich nicht getroffen.«

Peter schüttelte den Kopf. »Du packst das schon alleine. Guck doch mal ins Handschuhfach.«

Gisela öffnete es. Vor ihr lag eine kleine Damenpistole, mit selbst gebautem Griff.

»Ein kleiner Gruß aus dem Blauen Papagei.«

Gisela lächelte Peter überrascht an und wollte die Pistole aus dem Handschuhfach holen.

Peter sah erschrocken zum Eingang der Polizeiwache. »Mensch, bist du verrückt? Doch nicht hier!«, sagte er und gab Gas.

Auf dem alten Friedhof am Heiligengeistfeld ging Gisela manchmal spazieren. Sie liebte es, den einsamen, verschlungenen Wegen zu folgen. Sie interessierten die Namen, die Inschriften der Gräber und sie rechnete das Alter derjenigen aus, die dort ihre letzte Ruhestätte gefunden hatten. Am meisten mochte sie die wild verwucherten, vermoosten Gräber, die nie jemand besuchte. Inzwischen grüßte sie die Verstorbenen wie entfernte Bekannte. Doch heute blieb sie nirgendwo stehen, sondern ging direkt zu der windschiefen Friedhofskapelle.

Selten war Gisela jemand begegnet, nicht einmal eine Beerdigung hatte sie hier jemals stattfinden sehen. Umso erstaunter war sie jetzt, dass sich ausgerechnet heute eine Frau auf der Toilette der Kapelle die Hände wusch. Ihr Gesicht ähnelte einem Stein, es sah grau und verwittert aus.

Gisela verschwand in einer Toilettenkabine und wartete mit dem Umziehen, bis sie hörte, wie die Frau die Eingangstür hinter sich schloss.

Als Gisela marilynblond, mit rotem Lippenstift, Leopardenkopftuch und hellem Trenchcoat aus der Friedhofskapelle trat, spürte sie, dass jemand sie anstarrte. Auf der Friedhofsbank saß die Frau mit dem verwitterten Gesicht. Sie hatte ihre Füße auf einen Koffer gelegt, neben sich eine Sammelbüchse aufgestellt und sah Gisela wie eine Erscheinung aus einer anderen Welt an.

Gisela stockte kurz, nickte ihr dann aber unverbindlich zu und ging schnell an ihr vorbei. Die kunstlederne Reisetasche mit den Wechselsachen schlug an ihr Bein und die hohen roten Stöckelschuhe knirschten im Kies.

Vor dem Friedhof stand Peter mit einem neuen VW Käfer.

Er pfiff, als sich Gisela neben ihn setzte. »Alter Schwede, bist gar nicht mehr wiederzukennen, Mädchen.« Er lachte. »Na, so soll's ja auch sein.«

»Hinten liegt eine Aktentasche. Heute wirste ja ein bisschen mehr Geld unterbringen müssen als das letzte Mal.«

Gisela warf ihre Tasche nach hinten und angelte sich die Aktentasche von der Rückbank. In der Tasche lag die Damenpistole.

»Ich hab noch ein bisschen daran rumgeschraubt. Du musst verdammt vorsichtig sein. Die geht jetzt los wie Schmidts Katze.«

Gisela nahm die Pistole aus der Aktentasche. Sie lag gut in ihrer Hand.

Die Schenefelder Kreissparkasse war geöffnet, die Mittagspause schon vorbei. Mit der Aktentasche unter dem Arm und der Pistole in der Manteltasche betrat Gisela die Bank. Von den zwei Schaltern war einer besetzt. Sie spürte, dass alle Blicke ihr folgten. Gisela versuchte ihre Nervosität zu unterdrücken. Sie taxierte die Lage: der Zeitpunkt war denkbar günstig. Alles war ruhig. Nur ein Kunde. Aber eine blond gelockte Sekretärin mehr als gestern.

Wie in Eidelstedt ging sie zu der Kasse, die am nächsten an der Tür lag. Der Kassierer machte große Augen. So eine Erscheinung hatte er offenbar noch nie in Schenefeld gesehen. »Sie wünschen?«, fragte er und hörte nicht auf, Gisela anzustarren. Erst nachdem er die Frage gestellt hatte, bemerkte er die Damenpistole in der behandschuhten Hand der Kundin.

»Geld wünsch ich mir. Und zwar ihr ganzes Geld, bitte«, sagte Gisela leise, aber mit fester Stimme.

Der Kassierer schaute zum Kassenleiter. Der glatzköpfige Mann schwitzte stark und sah verängstigt auf Gisela. Dann nickte er.

Die beiden Sekretärinnen starrten Gisela fasziniert an. »Guck mal«, flüsterte die blond gelockte Sekretärin ihrer Kollegin zu. »Eine Laufmasche …«

Gisela schüttelte die Blicke der Frauen wie lästige Fliegen ab. »Und Sie legen bitte Kopf und Hände auf den Tisch«, sagte sie zu den Sekretärinnen. Ihre Stimme war nur minimal lauter geworden.

Die beiden Frauen folgten ihren Anweisungen auf der Stelle. Unaufgefordert hob auch der Kunde die Hände.

Gisela legte Peters Aktentasche auf den Tisch und der Kassierer packte das Geld in die Tasche.

Im Raum war es mucksmäuschenstill. Gisela sah aufmerksam zu, wie die Geldbündel in der Tasche verschwanden. Als sie den Raum erneut mit ihren Blicken kontrollierte, sah sie, dass der Kassenleiter den Moment ihrer Unaufmerksamkeit genutzt und vorsichtig zum Telefon gegriffen hatte. Jetzt versuchte er den Hörer lautlos abzuheben.

»Was machen Sie da?« Giselas Stimme klang brüchig.

Der Kassenleiter erstarrte und drehte sich, mit dem Hörer in der Hand, um. Beide sahen einander wie versteinert an. Die Pistole in Giselas Hand zitterte leicht.

In diesem Augenblick schlug die Situation im Raum um. Der Kunde nahm die Hände wieder herunter, die Sekretärinnen schielten vom Tisch zu Gisela hoch und der Kassierer hörte auf, Geldbündel in die Tasche zu packen.

Gisela wusste, dass sie jetzt handeln musste, sie spürte aber auch, wie ihr die Situation entglitt. Peter, dachte sie. Wo bist du?

Da öffnete sich – keinen Moment zu spät – die Tür. Ein Mann mit Faschingshalbmaske betrat die Bank. Er stellte sich breitbeinig in die Mitte des Raumes und fixierte jeden Anwesenden. Sein Blick blieb am Kassenleiter hängen, der das Telefon immer noch in der Hand hielt. Ruhig ging er auf ihn zu und hielt ihm die Mündung seines abgesägten Kleinkalibergewehrs mitten ins Gesicht. »Das lass mal schön bleiben.«

Der Kassenleiter legte den Hörer wieder auf, die Sekretärinnen legten den Kopf zurück auf die Tischplatte, der Kunde hob wieder seine Hände und der Kassierer packte rasch das restliche Geld ein. Er nahm die Aktentasche und reichte sie Gisela.

Gisela genoss ihre wiedergewonnene Macht. »Das Münzgeld bitte auch.« Sie hielt ihm die geöffnete Aktentasche hin und der Kassierer schüttete die Münzen hinein. »Wie viel ist das?«

»Insgesamt so fünfundvierzigtausend«, sagte der Kassierer nach kurzem Überlegen.

Gisela sah triumphierend zu dem sichtlich aufgekratzten Peter. »Und wie lang müssen Sie dafür arbeiten?«

Der Kassierer rechnete kurz. »Vier Jahre.«

»Dann machen Sie was falsch«, sagte Gisela keck.

Der Kassierer reichte ihr ohne Kommentar die Tasche rüber. Gisela griff sie und ließ sie fallen. Sie war verdammt schwer. Peter kam zu ihr. Jeder nahm einen Henkel. Rückwärts gingen sie aus der Bank.

Draußen sah Peter auf die Stoppuhr. »Wir haben nicht mehr viel Zeit, dann ist die Polente hier.«

Im Auto zog sich Gisela um. Kopftuch, Perücke, Sonnenbrille, Schuhe, alles landete in ihrer Reisetasche. Nur der dunkle Lippenstift erinnerte noch an die Frau, die sie eben gewesen war.

Wenig später parkte Peter den VW in einer Nebenstraße. Gisela sah ihn erstaunt an. Was hatte er vor? Aber Peter winkte ihr, ihm zu folgen. Arm in Arm liefen sie zur nächsten Straße und Peter zündete sich eine Zigarette an. In diesem Moment fuhr ein Streifenwagen mit Blaulicht an ihnen vorbei. Gisela zuckte zusammen und wollte gerade wegrennen, da spürte sie Peters festen Griff, der sie an seiner Seite hielt.

»Bleib ruhig«, sagte er zu Gisela, der jetzt schwindlig war vor Angst.

Peter hielt den Arm raus. Es dauerte nicht lange und ein schwarzes Volvo-Taxi hielt vor ihnen. Hinter dem Steuer saß Uwe und hörte Funk. Gisela warf einen fragenden Seitenblick auf Peter. Aber der ließ sich nichts anmerken.

Mit einem geübten Ruck löste Peter die Sitzfläche der Rückbank und kippte sie nach vorn. »Ich hab letzte Woche die Rückwand im Kofferraum versetzt.« Die Reisetasche mit ihrer Verkleidung und den Waffen passte genau in den neu entstandenen Spalt. Nur die Tasche mit dem Geld behielt Peter in der Hand. Peter und Gisela setzten sich dicht nebeneinander.

»Tag Uwe.«

Uwe zuckte zusammen, als er Giselas Stimme hörte.

Gisela hörte, wie aufgeregte Männerstimmen Straßensperren in Segeberg und Umgebung ansagten. »Und den Polizeifunk können wir jetzt auch mithören.«

Gisela grinste Peter an. Jetzt wussten sie, auf welchen Straßen sie von der Polizei unbehelligt nach Hause fahren konnten.

Uwe starrte Gisela wie versteinert durch den Rückspiegel an. Aber sie tat, als würde sie seinen Blick gar nicht bemerken. Da tippte ihm Peter auf die Schulter und bedeutete ihm, dass er losfahren sollte.

Peter öffnete die prallvolle Aktentasche. Schon die 3000 Mark im Koffer waren Gisela unendlich viel vorgekommen, aber das war mehr als zehnmal so viel Geld.

Peter kippte sich die Scheine auf den Schoß. Das Kleingeld schob er gleich zu Gisela rüber. »War ein Risiko, das uns unnötig Zeit gekostet hat«, sagte er streng, ohne Gisela anzusehen. Aber das viele Geld auf seinem Schoß besserte seine Laune sofort. Peter zählte die Scheine.

Er nahm 800 Mark und legte noch 400 für die Einbauten

im Taxi drauf. »Spesenkonto.« Den Rest des Geldes teilte er in drei Teile.

Gisela zählte begeistert ihr Geld. 14 600 Mark. Das waren das Auto, die Fahrstunden, Kleider, Strumpfhosen ... Gisela wusste gar nicht, was sie sich noch alles wünschen sollte.

Peter nahm ihre Hand. »Mädchen! Das war gut, das war richtig gut!«

Gisela war von Peters Lob und vom Geld auf ihrem Schoß wie elektrisiert. Durch ihren ganzen Körper strömte Adrenalin. Die Nähe zu Peter, seine Blicke, ihre Hand in seiner, sein Gesicht dicht vor ihrem, in ihrem Bauch flatterten unzählig viele Schmetterlinge. Als Peter sich zu Gisela beugte, um sie zu küssen, krachten beide mit voller Wucht nach vorn.

Uwe war unkonzentriert gefahren und musste eine Vollbremsung machen, damit das Auto noch im letzten Augenblick, Millimeter vor dem Lkw vor ihnen stoppen konnte.

Hinter ihnen quietschten Bremsen, ein Hupkonzert ertönte.

Der Moment für Gisela und Peter war vorbei.

Uwe gab wieder Gas und ruderte den Wagen davon.

Peters gute Laune war verflogen. Er schlug Uwe auf den Hinterkopf. »Weltklasse, Uwe.«

Uwe sagte nichts. Gisela sah, wie sein Adamsapfel sich schnell auf und ab bewegte. Inzwischen hatten sie Altona erreicht. »Lass mich hier raus!« Peter steckte seinen Anteil in die Aktentasche und rückte von Gisela weg zur Tür. Uwe stoppte den Wagen. Peter öffnete die Autotür. Gisela öffnete ebenfalls ihre Tür, aber Peter drehte sich zu ihr um und machte eine unmissverständliche Geste, sie sollte im Wagen bleiben.

»Ich dachte, wir feiern?« Gisela kämpfte ihre aufsteigende Enttäuschung nieder.

»Zu gefährlich, bei so viel Beute. Erst mal wird nix ausgegeben. Bis ich mich wieder melde, kennen wir uns nicht. Treffen wir uns zufällig, laufen wir aneinander vorbei, verstanden?«

»Und wenn ich dich dringend erreichen muss? Ich hab nicht mal deine Nummer.«

Peter schüttelte den Kopf. »Mädchen, bist du taub? Funkstille.« Peter nickte ihr kurz zu, nahm die Aktentasche und stieg aus.

Gisela saß fassungslos im Auto.

Peter bemerkte es, kam noch einmal zurück, sein Gesicht dicht vor ihrem. Er grinste. »Vorfreude, schönste Freude.« Dann warf er die Autotür zu und ging.

Obwohl draußen die Sonne schien, sah in Gisela alles plötzlich ganz schwarz aus. Sie schloss die Augen. Am liebsten hätte sie jetzt geweint. Was nützte ihr das ganze schöne Geld, wenn sie es nicht mit Peter ausgeben konnte?

Gisela erinnerte sich erst, dass Uwe vorn im Wagen saß, als er sich räusperte. Sie öffnete genervt die Augen. Was mischte er sich dauernd in ihre Privatangelegenheiten ein? Konnte er nicht wenigstens jetzt einen Augenblick lang den Mund halten?

»Sind wir kein …« Uwe sah nach vorn durch die Scheibe und suchte nach einem Wort. »Sind wir keine Freunde mehr?«

Gisela verstand nicht, was er meinte. Er saß hier im Auto und hatte eben eine Menge Geld verdient. Was konnte es für einen größeren Freundschaftsbeweis geben? Zornig sah sie ihn im Rückspiegel an. Weinte er etwa?

»Wieso hast du's mir nicht gesagt?«

Gisela zuckte mit den Schultern. »Hat Peter so gewollt.«

Uwe schluckte und startete den Wagen. Er war aufgebracht und fuhr viel zu schnell. »Ja, der Peter … der kann alles, der weiß alles, der darf alles.«

»Mehr als du auf jeden Fall«, brach es aus Gisela heraus.

Das saß. Uwe schwieg und sah traurig auf die Straße vor ihm.

Gisela hatte gar nicht vorgehabt, Uwe wehzutun. Aber es gefiel ihr nicht, wie Uwe von Peter sprach. Das stand ihm einfach nicht zu.

»Der Peter ist nicht …« Uwe zögerte.

»Was? Was ist er nicht?«, fragte Gisela aggressiv.

»Mit dem wirst du noch dein blaues Wunder erleben. Mehr sag ich nicht.«

Gisela machte mitten in der Fahrt die Autotür auf. Der Fahrtwind wehte ihr ins Gesicht, aber das machte ihr nichts aus. Sie wollte aussteigen, und zwar auf der Stelle.

Es funktionierte. Uwe bremste abrupt ab.

Gisela stopfte ihren Anteil in die Reisetasche und stieg aus. Das Knallen der Tür klang wie ein Gewehrschuss.

Kommissar Fischer war spät dran. Der Überfall war schon über eine halbe Stunde her, ehe er endlich einen Wagen bekommen hatte. Der Reporter war schon vor ihm da gewesen. Er hatte noch einen Kollegen mitgebracht.

Für jeden Banküberfall einen, dachte Fischer.

»Wieder eine Frau. Sie ist blond. So wie Marilyn Monroe«, informierte er Fischer, ehe die beiden mit quietschenden Reifen losfuhren, um noch früh genug für die Spätausgabe zu sein.

Fischer betrat die Bank und sah sich um. Offensichtlich dieselbe Täterin. Auch die Filiale sah genauso aus. Sein Blick fiel auf die blond gelockte Sekretärin. Selbst die Angestellten waren sich ähnlich.

Fischer setzte sich zu der aufgelösten Sekretärin. Sie konnte es immer noch nicht fassen, dass sie von einer Frau überfallen worden waren. »Erst dachte ich, dass es ein Mann mit einer Perücke ist. Vielleicht so eine Tunte von der Reeperbahn. Aber ich hab mir die Hände ganz genau angesehen. Solche schmalen Hände hat kein Mann, aber ihre Nylons waren nicht teuer. Die hatten ein Loch.«

»Sie meinen die ohne Naht?«

Die Sekretärin winkelte das Bein etwas an, sodass Fischer auf ihre nahtlose Strumpfhose sehen konnte. »Sind doch viel eleganter, oder?«

Fischer nickte und streckte seine Hand aus, sodass er ihre Haare berührte. »Darf ich?«

Die Sekretärin lächelte ihn verführerisch an.

Fischer riss ihr ein Haar heraus und ließ es in eine Asservatentüte gleiten.

»Was wollen Sie damit?«

»Das brauche ich zum Vergleichen.« Fischer stand auf, nickte ihr zu und wandte sich zum Gehen.

Die Sekretärin sah ihm enttäuscht hinterher. »Und über den Mann wollen Sie gar nichts wissen?«

Fischer drehte sich um und sah sie erstaunt an: »Was für ein Mann?«

»Na, ihren Komplizen.«

Wie in Zeitlupe kam Fischer wieder zurück und setzte sich hin.

Als Fischer endlich das Präsidium erreichte, waren die meisten seiner Kollegen schon auf dem Weg nach Hause. Nur in Kaminskys Zimmer brannte noch Licht.

Fischer klopfte. Als kein ›Herein‹ folgte, öffnete er trotzdem die Tür. Kaminsky saß in seiner üblichen Haltung am Schreibtisch, lutschte einen Sahnebonbon und sagte, ohne sich umzudrehen. »45 000 Mark und eine Kusshand?! Der Backfisch tanzt Ihnen auf der Nase rum, Fischer!«

Fischer trat an den Schreibtisch heran und betrachtete die ausgebreitete Abendausgabe mit der neuesten Schlagzeile der Banklady. Die Lady hatte jetzt blondes Marylin-Haar und schwamm in einer Badewanne voller Geld. Nur ihr Kopf, die nackten Schultern und ein langes unbedecktes Bein schaute heraus. Sie hatte einen süßen Schmollmund und warf eine Kusshand.

»Sie sollten sich was einfallen lassen, Fischer. Wär doch ein Jammer, wenn der erste Fall hier Ihr letzter bliebe.« Er lächelte den jungen Kollegen mitleidig an und zeigte ihm mit einer leichten Kopfbewegung, dass er sein Zimmer verlassen sollte.

Fischer blieb noch einen Moment im Raum stehen. Eigentlich hatte er ja etwas berichten wollen. Aber dann ging er ohne ein weiteres Wort hinaus.

Das Licht blendete Gisela. Sie war im Treppenflur der Lornsenstraße 31 eingeschlafen und fröstelte. Neben ihr lag die Reisetasche, zwei volle Einkaufstüten und eine halb leere Sektflasche.

Jemand stieg die Treppen nach oben. Einen Moment hoffte Gisela, dass es Peter war. Aber die Leichtigkeit der Schritte verriet ihr, dass es eine Frau sein musste. Einen Augenblick überlegte sie, ob sie noch schnell ihre Wohnungstür aufschließen und verschwinden sollte. Aber dafür war es schon zu spät.

Die Studentin erschrak, als sie Gisela auf der Treppe sitzen sah. Die gestohlene Zeitung unter ihrem Arm versuchte sie gar nicht erst zu verbergen. »Hast du dich ausgesperrt?« Dann sah sie die Sektflasche und grinste. »Ah, du hast es dir hier gemütlich gemacht.«

Gisela nickte. Irgendwie schon.

»Magst du einen Schluck Sekt?« Gisela betrachtete die Studentin. Sie sah hübsch aus, mit ihren raspelkurzen Haaren und den rot geschminkten Lippen. Ihre Augen waren warm und sie lächelte.

»Ich bin Rotraud, von oben.«

»Ich weiß.«

»Nenn mich doch Traudel.« Rotraud hockte sich neben Gisela und begutachtete die Sektflasche. »Rosabel. Französischer Sekt. Wo haste den denn her? Feierst du hier etwa Geburtstag?«

Gisela schüttelte den Kopf. »Aber allein trinken wollt ich die Flasche eigentlich auch nicht.«

Traudel lachte und nahm einen Schluck von dem Sekt. »Na, das klappt ja jetzt auch – obwohl ich bestimmt nicht der bin, mit dem du das gerne trinken würdest, oder?«

Gisela nickte mit schmalen Lippen und nahm auch noch einen Schluck.

»Warum feierst du nicht mit ihm?«

»Ich weiß nicht, ob er mich will«, sprudelte es aus Gisela heraus. Sie sah Traudel neugierig an. Sie hatte noch nie mit ihr gesprochen und jetzt saßen sie hier auf der Treppe und Gisela erzählte von Peter.

Traudel trank noch einen Schluck Sekt und fragte: »Hast du ihn denn gefragt?«

Gisela überlegte. Irgendwie schon und dann auch wieder nicht. Sie schüttelte den Kopf.

Traudel wartete, dass Gisela noch etwas sagte. Als Gisela schwieg, sagte sie: »Na gut. Vielleicht willst du einen Rat. Ich weiß zwar nichts über euch, aber ich versuch's mal. Wie willst du das kriegen, was du willst, wenn niemand weiß, dass du's willst? Wir sind doch nicht mehr im Mittelalter, wo der Mann die Frau fragen muss. Und wenn er dir absagt, na und? Ich finde, egal ob sie dir gefällt oder nicht – die Wahrheit zu kennen, ist immer gut.« Traudel sah Gisela prüfend an. »Wolltest du das hören?«

Gisela dachte eine Weile nach. Dann klappte sie die Zeitung auf und sah die Banklady mit Schmollmund und Kusshand in einer Badewanne voller Geld liegen. Sie betrachtete die Zeichnung eine Weile, stand auf und reichte Traudel die Flasche Sekt. »Du hast recht. Dann geh ich mal. Danke für den Rat.«

Draußen war es lau. Eine Sommernacht wie aus dem Bilderbuch.

Gisela lief mit schnellen Schritten durch den Kiez. Die letzten Meter zum Blauen Papagei rannte sie beinahe. Sie wollte Peter sehen, in seine Arme fallen, ihm verzeihen, dass er sie heute so abgewiesen hatte. Sie wollte nur mit ihm zusammen sein.

Das Neonlicht strahlte. Vor dem Blauen Papagei verlangsamte Gisela ihre Schritte. Plötzlich war sie unsicher. Was war, wenn Peter doch nicht hier war? Langsam näherte sie sich dem Schaufenster.

Ihre Augen brauchten eine Weile, ehe sie im Dämmerlicht etwas erkennen konnten. Halb durch andere Kunden und halb nackte Frauen verdeckt, sah sie Peter. Ihr Herz schlug im Takt seines Namens: Peter.

Und dann überkam Gisela eine Woge des Schmerzes. Peter war sichtlich angetrunken, lachte und hatte zwei mollige Frauen im Arm. Auf jeder Seite eine. Gerade goss er ihnen Sekt über die nackten Brüste. Anstatt ihm dafür eine runterzuhauen, kicherten sie. Die jüngere der beiden Frauen strich Peter mit einem ausziehbaren Schlagstock übers Gesicht. Peter salutierte und vergrub lachend sein Gesicht zwischen ihren Brüsten.

Gisela stand da wie versteinert. Was sie sich den ganzen Abend im Treppenflur in allen möglichen Farben ausgemalt und auf dem hastigen Weg hierher fast wieder vergessen hatte, sah in Wahrheit ganz anders aus und fühlte sich noch viel schrecklicher an, als sie sich jemals hatte vorstellen können.

Diese Wahrheit konnte sie nicht allein ertragen. Sie musste sie mit jemandem teilen. Jemand, der noch mächtiger war als Peter. Jemand, der Rache für sie übte.

Gisela drehte sich um. Hinter ihr stand ein öffentlicher Fernsprecher.

In der Kabine roch es unerträglich. Der Aschenbecher quoll über und jemand hatte das Häuschen wohl als Toilette benutzt. Das Telefonbuch lag auf einem Tischen. Es war komplett zerfleddert. Aber Gisela brauchte es sowieso nicht. Sie wählte wie in Trance die Nummer, die vorn auf das Telefon aufgedruckt war. 110. Sie hielt sich die Nase zu, damit ihre Stimme nicht wiederzuerkennen war. »Die Banklady und ihr Kumpan sind auf der Großen Freiheit im Blauen Papagei.«

»Bitte legen Sie nicht auf«, sagte die Frau am anderen Ende der Leitung. »Wir müssen Ihre Personalien aufnehmen.«

Doch Gisela hörte nicht auf sie. Sie legte auf.

Nach dem Telefonat war es in Gisela einen Moment ganz ruhig. Dann wurde ihr übel. Sie wollte hier weg, nichts wie weg.

Wieder rannte sie die Große Freiheit hinunter, die sie erst vor wenigen Tagen gemeinsam mit Peter entlanggeschlendert war. Ohne ihn kam sie sich jetzt schutzlos vor. Selbst die Prostituierten starrten sie feindselig an.

Da hörte sie die schrillen Martinshörner. In wenigen Minuten würde die Polizei am Blauen Papagei eintreffen und den gesuchten Bankräuber verhaften.

Gisela blieb stehen. Plötzlich kam ihr alles falsch vor. Sie musste zurück. Nur sie konnte Peter noch retten.

Und wieder rannte Gisela.

Vor dem Blauen Papagei parkten drei Einsatzwagen. Die Polizisten hatten das Lokal bereits gestürmt. Inzwischen standen ein paar Neugierige davor und schielten durch die Scheibe. Gisela stellte sich zu ihnen.

Drinnen herrschte Durcheinander und Chaos. Alle rannten, drängelten, schubsten. Flaschen flogen, eine Keilerei brach vom Zaun.

Giselas Augen suchten Peter. Da sah sie, wie er sich an der Wand entlang Richtung Tresen schob und dann in einem Hinterzimmer verschwand.

Gisela löste sich aus dem Pulk.

Auf dem Hof des Lokals hörte man das Chaos und den Lärm wie durch Watte. In diesem Moment öffnete sich eine Tür und Peter stand vor ihr. Er sah sie, stutzte kurz, rannte dann aber ohne ein Wort los.

»Peter«, rief Gisela und rannte ihm hinterher.

Auf der Großen Freiheit, mischten sie sich kurz unter die Leute und gingen dann eilig, ohne ein weiteres Wort, nebeneinander die Straße entlang. Ohne sich abzusprechen, bemühten sie sich beide, nicht übermäßig zu rennen.

Irgendwann hielt es Gisela nicht mehr aus und drehte sich ängstlich um. Hatte sie jemand bemerkt?

Gisela hörte eine Stimme aus dem Polizeichaos dringen: »Sie sind durch die Hintertür!« Ein Uniformierter löste sich aus dem Pulk um den Blauen Papagei.

Wenig später knallten hinter ihnen viele schnelle Schritte auf dem Asphalt.

Panisch fing Gisela an zu rennen und knickte um. Kurz bevor sie stürzte, packte Peter sie am Arm und zog sie um die Ecke in eine Gasse. Schwer atmend standen sie eng aneinandergepresst in einem Hauseingang. Die Polizisten eröffneten die Jagd auf sie, aber sie rannten an der Gasse vorbei.

Gisela bebte vor Angst und hoffte, dass niemand sie gesehen hatte. Schon bald verhallten die schweren Schritte in der Ferne.

Gerade wollte Gisela aufatmen, als sie sah, wie ein Polizist stehen blieb. Er drehte sich in ihre Richtung, stützte seine Hände auf die Knie und schnaufte durch. Wenn er den Kopf hob, würde er sie sehen.

Gisela sah Peter ängstlich an. Trotz der Anspannung schien Peter gelassen. »Das war's dann wohl«, flüsterte er und sah Gisela an.

Da löste sich Gisela aus dem Hauseingang. Ihre Schuhe klackerten auf dem Pflaster.

Der Polizist schaute auf, zog seine Pistole und lief in die Gasse. »Polizei. Stehen bleiben!«

Gisela beschleunigte ihren Schritt.

Der Polizist lief ebenfalls schneller.

Gisela rannte los.

Der Polizist rannte jetzt auch.

Schon nach wenigen Schritten wusste Gisela, dass ihr Verfolger viel schneller war als sie. »Das war's dann wohl«, dachte nun auch sie.

Da trat Peter aus dem Hauseingang.

Der Polizist wirbelte herum. Ein ausziehbarer Schlagstock sirrte durch die Luft und der Polizist lag am Boden.

Gisela und Peter rannten die Straße bis ans Ende und bogen dann in die nächste Seitengasse ein. Sie rannten so lange, bis sie nicht mehr konnten.

Als sie sich beide in Sicherheit fühlten, blieb Peter stehen und packte Gisela an den Schultern. »Schöner Zufall, dass die ganze Bande hier auftaucht. Und du mittenmang.«

Gisela befreite sich wütend aus seinem harten Griff und haute ihm eine runter. »Du Schwein.« Sie schlug immer wieder auf ihn ein. »Du verdammtes Schwein.«

Peter hob die Arme und versuchte, sich vor Giselas Schlägen zu schützen. Aber ein paar heftige Schläge konnte er nicht abwehren. Endlich hatte er ihre Unterarme im Griff. Atemlos und bebend vor Wut stand sie vor ihm.

»Bist du übergeschnappt?«, fragte Peter und griff nach ihren rudernden Händen.

Jetzt waren sich ihre Gesichter ganz nah. Gisela sah Peter an und sagte, was sie sich wünschte: »Küss mich.«

»Du bist völlig verrückt!«

»Ich bin verrückt nach dir.« Gisela nahm Peters Hand und führte sie zwischen ihre Beine.

Er ließ sie dort, atmete schwer, während seine Augen voller Begehren über jeden Zentimeter ihres Gesichts wanderten.

»Du bringst uns noch beide in den Knast.«

Gisela antwortete nicht, sondern drückte seine Hand noch fester an ihren Körper.

Explosionsartig griff Peter mit der anderen Hand in Giselas Haare und zog sie zu sich.

Gisela küsste ihren ersten richtigen Kuss: feurig und leidenschaftlich.

Doch plötzlich riss Peter sich los und stieß Gisela von sich. Sie fiel auf den Boden und starrte verblüfft zu ihm hoch.

»Das läuft so nicht, Mädchen. Und das wird auch nie so laufen. Niemals!« Er drehte sich um und ging.

Gisela blieb regungslos auf dem schmutzigen Boden liegen und wartete, bis Peters Schritte nicht mehr zu hören waren.

Irgendwann stand sie mühsam auf. Ihr Rock war zerrissen, einer ihrer Schuhe lag ein paar Meter von ihr entfernt. Ihr Rücken schmerzte, ihre Arme, ihre Hände, ihr Gesicht. Alles.

Der Morgen dämmerte schon. Es war Sommer. Die Vögel zwitscherten. »Die beste Zeit im Jahr ist dein«, fiel Gisela ein altes Kinderlied ein, das sie manchmal mit Susanne sang.

Mechanisch ging Gisela nach Hause. Niedergeschlagen, kaputt, abgerissen.

Peter war weiter von ihr entfernt als jemals zuvor.

Auch Kommissar Fischer erreichte erst am frühen Morgen die Pension.

Eva schlief hinter ihrem Empfangstresen. Das Lehrbuch lag auf dem Fußboden. Vorsichtig schlich Fischer hinter den Tresen, hob das Buch auf und inspizierte sein Postfach. Er nahm den Stapel Briefe heraus und blätterte ihn durch. Endlich schien er gefunden zu haben, was er gesucht hatte. Ein Katalog für Perücken. Fischer blätterte den Katalog flüchtig durch und stoppte schließlich bei einer Seite mit blonden Perücken. Er riss die Seite raus.

Eva wachte von dem Geräusch auf und sah Fischer schlaftrunken an. »Was ist denn mit Ihnen passiert?«, fragte sie erschrocken, als sie Fischers Gesicht sah. Sie holte ihren Taschenspiegel und hielt ihn Fischer hin. Erst jetzt sah er die Verletzung.

Eva hatte bereits ein Taschentuch in der Hand und tupfte Fischer das Blut von seiner Stirn.

Fischer verzog schmerzlich das Gesicht.

»Ich rufe auf der Stelle einen Arzt. Und so lange legen Sie sich hin. Ich kann mir heute freinehmen, wenn Sie möchten.«

»Lass mal. Ich hab Einsatzbesprechung und muss gleich wieder los«, blaffte Fischer und winkte ab.

Eva sah ihm gekränkt nach. »Aber …«, setzte sie an.

Doch Fischer war bereits auf dem Weg nach draußen.

Fischer fuhr vor der Sondereinsatzbesprechung noch einmal nach Schenefeld. Er öffnete das Polizeisiegel, mit dem die Bank bis zum Abschluss der Ermittlungen geschlossen war, und betrat den dunklen Raum. Er machte Licht und sah sich um. Dann begann er systematisch mit der Arbeit.

Auf dem Kassentresen, den er wie jeden anderen Quadratmeter der Bank Zentimeter für Zentimeter nach Spuren absuchte, fand er ein langes blondes Haar. Vorsichtig hob er es auf und ließ es in ein Glasröhrchen gleiten.

Fischer kam zu spät zur Einsatzbesprechung. Neben ihm seine hübsche brünette Sekretärin Monika, die ihm gerade einen notdürftigen Kopfverband angelegt hatte. Sie legte zwei riesige Stapel Akten auf den Tisch. »Danke …«, sagte er zu Monika und lächelte sie an.

Seine schlecht gelaunten Kollegen saßen bereits. Niemand kam samstags gerne hierher.

Kaminsky knallte drei Zeitungen auf den Tisch: »Sie haben versagt! Zwei Überfälle, drei Titelseiten. Ich lese nur noch Banklady, Banklady, Banklady! Wir machen uns zum Gespött der Stadt.«

Fischer breitete neben einem Aktenberg Fotos, Skizzen und einen Stadtplan aus.

Kaminsky sah gar nicht hin.

Fischer räusperte sich. »Dreiundzwanzig Streifenwagen aus Schleswig-Holstein, Hamburg und Niedersachen haben den Flughafen, die Bahnhöfe, Ausfallstraßen und Elbfähren überwacht. Ein Hubschrauber hat Wälder, Feldwege und Buschgelände abgesucht. Das Nummernschild des weißen VW aus Eidelstedt, das uns die alte Dame gemeldet hat, wurde überprüft. Es handelt sich um das gestohlene Kennzeichen eines Lastwagens. Und wir haben in beiden Fällen eine Frau als Bankräuberin. Das gab's in Deutschland noch nie. Das ist ein völlig neues Täterprofil …«

Kaminsky legte die Beine auf den Tisch. »Stuss. Das ist ne Horizontale, die mal ihr Mütchen gekühlt hat.«

Fischer sagte leise, aber bestimmt: »Ist sie nicht.« Ehe Kaminsky explodieren konnte, holte er tief Luft. »Warum ist Bankraub momentan so in Mode? Weil wir es ihnen viel zu leicht machen. Wir haben die langsameren Autos. Veraltete Technik. Wir müssen ihnen zuvorkommen. Sie in flagranti erwischen!«

Fischer sah sich erwartungsvoll in der Runde der Kollegen um. Niemand stimmte ihm zu. Selbst Kruse, sein Assistent, sagte nichts, sondern blickte zu Boden.

Trotzdem redete Fischer weiter. »Wenn wir Alarmanlagen in den Banken hätten …«

»Ach klar, die Banken sind schuld«, warf Kaminsky ein.

Unbeirrt fuhr Fischer fort: »… und Funkgeräte in allen Streifenwagen.«

»Wir haben Funkwagen.«

»Drei für ganz Hamburg.«

»Bis jetzt haben die gereicht. Aber um ne Frau zu kriegen, reichen die natürlich nicht«, fügte Kaminsky sarkastisch hinzu.

Fischer ging gar nicht darauf ein. »Und Fotoapparate für die Bankangestellten. Und einen Lochkarten-Computer. Zum Abgleichen der Tatmuster.«

Kaminsky zündete sich eine Zigarre an. »Eine Mondrakete haben Sie vergessen.«

Die Kollegen lachten.

Fischer bemerkte erst jetzt, dass Monika immer noch im Raum stand und ihn halb schmachtend, halb tröstend ansah. »War noch was, Fräulein Monika?«

»Äh, nein, Herr Kommissar«, sagte Monika betreten und ging.

Kaminsky paffte den Zigarrenrauch aus, nahm die Beine vom Tisch und stand auf. »Gestern, der Einsatz im Blauen Papagei. Da sind Sie zwar einem falschen Alarm aufgesessen, aber der Kiez, da war'n Sie richtig. Dort macht ihr ne Razzia. Dann Gegenüberstellung. Und zack, schmollt die Nutte hinter ner schwedischen Gardine.«

»Sie ist keine Prostituierte«, sagte Fischer so ruhig wie möglich und deutete auf den Aktenberg. »Kruse und ich sind alle einschlägigen Kiezkontakte durchgegangen.«

Kaminsky hörte nicht hin. »Junge, nächste Woche hast du das Blondchen hier am Tisch sitzen … oder es sitzt ein anderer auf dem Fall!«

»Und blond ist sie auch nicht«, sagte Fischer und hielt Kaminsky ein Glasröhrchen mit dem blonden Haar aus der Bank hin. »Synthetikfaser.«

Kaminsky verzog das Gesicht.

Fischer beachtete ihn nicht. Er zeigte auf die Seite aus dem Perückenkatalog. »Perücken, die aus dieser Faser gefertigt werden, kosten ein Vermögen. So was leistet sich keine vom Strich.«

Ehe Kaminsky noch etwas darauf erwidern konnte, brachte Fischer seinen letzten Trumpf. »Und nur vier Geschäfte in Hamburg haben die im Angebot.«

»Dann ist der Fall ja aufgeklärt«, sagte Kaminsky und stand auf. Die Kollegen folgten seinem Beispiel. Froh, dass sie so schnell wieder nach Hause konnten.

Fischer stand alleine da. Nur Kruse war bei ihm geblieben. »Gratuliere«, sagte er.

Aber Fischer reagierte gar nicht. Er starrte wütend aus dem Fenster.

2.

Als Gisela das Freizeitheim der Samuel-Heinicke-Sprachheilschule erreichte, schneite es dicke Flocken. Katja stand allein mit ihrem kleinen Kinderkoffer auf der großen Freitreppe. Sie war blass und zitterte am ganzen Körper. Die weißen Flocken lagen wie eine Haube auf ihren dunklen Haaren.

Hinter den Fensterscheiben standen die anderen Kinder aus ihrer Schule und glotzten Gisela, die aus einem schicken roten VW Cabrio stieg, an.

Eine Erzieherin kam Gisela entgegen. »Sie wartet schon seit einer Stunde auf Sie. Wir konnten sie auch gegen Androhung von Strafen nicht bewegen, wieder zurück ins Warme zu kommen.«

Gisela umarmte Katja und sah sie fragend an.

Katja sah Gisela nicht an. Sie betrachtete ihre Schuhe.

»Warum steht sie in Hausschuhen hier?«, fragte Gisela die Erzieherin.

Die Erzieherin sah erschrocken auf Katjas Hausschuhe und zuckte mit den Schultern.

»Ist etwas vorgefallen?« Gisela beugte sich zu Katja herunter.

Katja sah Gisela nicht in die Augen.

Gisela öffnete den kleinen Koffer. Katjas Sachen waren

alle hineingestopft, auch ihre geliebten Buntstifte lagen wild zwischen den Strümpfen und Pullovern, aber die Winterschuhe, die sie ihr letzte Woche extra für die Ferienfahrt gekauft hatte, waren nicht dabei. »Katja«, sagte Gisela langsam und ganz deutlich. »Wo sind deine Schuhe?«

Katja rührte sich nicht.

»Katja hat nach wie vor Eingewöhnungsprobleme in der Klasse«, antwortete die Erzieherin für sie.

»Was für Eingewöhnungsprobleme?«

Die Erzieherin wand sich. »Sie ist das Kind mit der komplexesten Sprachstörung. Wir können nicht immer verhindern, dass sie von den anderen gehänselt wird.«

WEG, buchstabierte Katja Gisela auf die Handfläche.

»Wir fahren nicht ohne die Schuhe.« Wütend biss Gisela die Zähne zusammen. Gemeinsam gingen sie ins Haus. Gisela musste Katja regelrecht hinter sich herschleifen.

»Ich muss zurück zu den anderen Kindern. Wir sind gerade beim Mittagessen.« Die Erzieherin lächelte Gisela mechanisch an und betrat den vor ihnen liegenden Raum.

Erst hier in der Wärme roch Gisela, dass ein starker Uringeruch von Katja ausging. Ihre Strumpfhosen waren feucht. Gisela kniete sich vor Katja hin. »Zeig mir mal das Bad.« Gisela streichelte Katja vorsichtig über den Kopf und holte eine trockene Strumpfhose aus dem Koffer.

Folgsam nahm Katja sie an die Hand und führte sie nach oben. Im Toilettenraum sah es wild aus. Überall hingen lange Toilettenpapierbahnen und Handtücher lagen auf dem Boden verstreut. Vor einer Toilette blieb Katja stehen. Intuitiv sah Gisela in das Toilettenbecken. Darin lag einer von Katjas Stiefeln.

Katja weinte jetzt lautlos.

Gisela holte den Stiefel aus dem Becken. Dann sah sie in

den anderen Toiletten nach, doch Katjas zweiter Stiefel war nirgendwo zu finden.

Inzwischen hatte sich Katja eine neue Strumpfhose angezogen. Gisela nahm sie an die Hand, in die andere den Stiefel.

Im Speisesaal waren die Kinder gerade beim Nachtisch. Gisela hielt den tropfenden Stiefel nach oben. »Wo ist Katjas zweiter Schuh?«, fragte sie mit so lauter Stimme, dass alle zu essen aufhörten.

Niemand sagte etwas.

»Wenn mir nicht sofort jemand sagt, wo der Stiefel ist, werde ich jeden von euch zu Hause besuchen.«

Ein kleiner Junge stand auf und verließ ohne ein Wort den Speisesaal. Draußen winkte er Gisela und Katja, ihm zu folgen. Er führte sie wieder nach oben, am Toilettenraum der Mädchen vorbei, in den Toilettenraum der Jungs.

Der Stiefel schwamm in einer Pfütze Urin.

Gisela starrte auf den Schuh. Sie drehte sich um und ließ ihn im Toilettenbecken schwimmen. »Wir kaufen dir morgen neue«, sagte Gisela mehr zu sich als zu Katja.

»Und bezahlen werden die deine Eltern«, sagte sie zornig zu dem Jungen, der Gisela erschrocken ansah.

»Ich … Ich war das gar nicht. Das war Clara«, stotterte er und kratzte sich aufgeregt am Kopf.

Gisela sah Katja an. Nach einer Weile nickte sie.

»Dann wird Clara die Schuhe bezahlen.« Gisela gab Katja einen Kuss.

Im Auto war es eiskalt. Gisela rieb sich die Hände. Katja rührte sich nicht. »Wir kriegen das hin, Katja. Wir beide kriegen alles hin.«

Katja sah sie mit großen Augen an und wischte Gisela die Tränen von den Wangen.

Gisela stand vor einer Spiegelkommode aus Weißbirke und schminkte sich mit einem Lippenstift die Lippen tiefrot. Sie trug ein marineblaues Kostüm, mit einem knielangen Rock, eine cremefarbene Bluse und farblich passende, hohe Schuhe. Sie sah sexy aus, nur ihre Augen waren traurig.

Um sie herum lagen die leeren Kartons des Mode- und Schuhgeschäftes Eggers, auf dem Kühlschrank in Nussbaum stand eine angebrochene Flasche Sekt. Auf dem französischen Bett, das ebenfalls aus Weißbirke war, lag die Perücke, eine Sonnenbrille und ihr Tagebuch mit ausgeschnittenen Zeitungsartikeln: *WANN SCHLÄGT DIE BANKLADY WIEDER ZU* und Banklady-Karikaturen: die Banklady in der Badewanne, mit Kusshand, im Cabrio.

Die Tür zum Nachbarraum stand schon seit einiger Zeit im Keller. Dadurch war Giselas Zimmer jetzt doppelt so groß. Alles war neu und hell glänzend eingerichtet. Die Decken waren abgehängt, an den Fenstern hingen tiefrote Vorhänge, an der Wand die große Bildtapete aus der Tapetenfabrik. Darauf der Strand, die Palme, das Meer, blauer Himmel. Nur der alte Kleiderschrank mit dem Geheimfach stand noch da. Auch wenn sie ihn inzwischen nur noch öffnete, um Geld herauszunehmen.

Es klopfte.

Gisela warf schnell die rot karierte Schottendecke über die Zeitungsartikel und die Perücke. Ihre Mutter steckte den Kopf zur Tür herein. »Katja hat heute einen Umschlag mit Geld aus der Schule mitgebracht. Weißt du was davon?«

Gisela nickte. »Das ist für die Stiefel.« Sie sah ihre Mutter an und wartete darauf, dass sie das Zimmer wieder verließ.

Doch die sah neugierig auf die Tüten und Schachteln. »Du hast wieder so feine Sachen eingekauft. Und Kalbssteak und frische Pilze im Winter. Das kostet doch ein Heidengeld!«

»Du sollst auch mal was Schönes haben.«

»Ach Kind, das ist lieb von dir … Du nutzt den Mann doch hoffentlich nicht aus? Lad ihn doch endlich mal ein.«

Gisela schüttelte den Kopf. »Das esst ihr mal. Ich geh heute Abend weg.«

Die Mutter seufzte. »Hast ja auch viel zu lange hier allein in der Bude gehockt.«

Gisela nickte und lächelte die Mutter tapfer an.

Als sie wieder allein war, setzte Gisela sich die Marilyn-Perücke und die große Sonnenbrille auf, nahm die Zigarettenschachtel aus der neuen Tasche und zündete sich eine Zigarette an. Sie hustete, rauchte aber weiter. Dabei schaute sie sich im Spiegel an. Sie nahm einen Parfümflakon, schloss die Augen und sprühte sich das Parfüm ins Gesicht. Eine Wolke feinsten Sprühnebels. Weiter. Immer weiter. Bis das Parfüm über ihr Gesicht lief und heruntertropfte. Dann schmiss sie die Flasche auf den Boden. Sie zerbrach.

Wenig später fuhr Gisela in ihrem roten geschlossenen VW Cabrio und in voller Banklady-Ausstattung durch Hamburg.

Sie parkte, stieg aus und lief auf einen Hinterhof zu. Hier schaute sie sich kurz um und lauschte. Sie war ganz allein. Mit einem kräftigen Stoß öffnete Gisela die Hintertür.

Die Tapetenfabrik war nicht mehr wiederzuerkennen: Girlanden und Luftschlangen schwirrten durch die Luft, auf langen Tischen standen Krapfen und Bowle, laute Musik schallte. Auch Hugo und Ernst, die Kollegen aus dem Außenlager, waren heute dabei.

Gisela stand an der Tür und sah in den Partyraum. Die

Verkleidungen der meisten beschränkten sich auf Papphütchen und Clownsnasen. Nur Fanny saß als sexy Katzendame auf dem Schoß des Chefs. Aber niemand hatte mehr Augen für sie. Alle Blicke lagen jetzt auf der Banklady. Selbst der Chef schaute hoch und stieß Fanny vom Schoß, damit er Gisela besser sehen konnte.

Auch Uwe, mit Piratenhut und Augenklappe, starrte Gisela an. Aber im Gegensatz zu den anderen nicht bewundernd, sondern entsetzt.

Genau damit hatte Gisela gerechnet. Sie ging langsam durch den Raum, direkt auf Fanny zu. Dabei griff sie in ihre Tasche, als wollte sie eine Waffe hervorholen. Jetzt sahen auch die anderen ziemlich erschrocken aus. Fanny zuckte zusammen.

Gisela lachte und nahm die Sonnenbrille ab.

Die Belegschaft pfiff und johlte.

»Mensch Gisela, da sind wir dir ja beinahe auf den Leim gegangen!« Heide hob ihr Bowleglas. Selbst Elsa und Reni sahen sie bewundernd an. Gisela nahm Heide das Bowleglas aus der Hand und trank es in einem Zug aus.

»Holla, die Waldfee!« Fanny kam ganz dicht zu Gisela und sah sie beeindruckt an. »Ist das Synthetik?«, fragte sie und wollte ihr gerade die Perücke vom Kopf nehmen.

Gisela zog den Kopf weg. Sie genoss, dass Fanny etwas von ihr wollte. Doch das hieß noch lange nicht, dass sie es auch bekam. »Wie heißt das Zauberwort?«, fragte sie provozierend.

Fanny überlegte, ob sie sich so von Gisela behandeln lassen wollte, aber noch ehe sie zu einem Entschluss kommen konnte, hatte Gisela sie schon links liegen gelassen.

»Lass mal!«, winkte sie ab, trank noch ein Glas Bowle auf ex, setzte die Sonnenbrille wieder auf und stolzierte wie ein

Mannequin durch den Raum. Sie blieb stehen, drehte und wendete sich zu allen Seiten, lächelte und lief weiter.

Ihre Kollegen klatschten. Niemand hatte Gisela je so gesehen. Was war nur in sie gefahren? Hugo und Ernst pfiffen und zeigten »Daumen hoch«.

Selbst der Chef, dem Gisela bisher noch nie aufgefallen war, sah sie beeindruckt an. »Kesse Beine. Tänzchen gefällig?«

Gisela schüttelte kokett den Kopf, schnappte sich eine Schlangentröte und pustete sie Uwe ins Gesicht. TRÖÖÖTT!

Uwe sah sie wütend an. »Du bist doch völlig betrunken!«

»Quatsch. Jetzt geht die Party endlich los!« Gisela schnappte sich das leere Bowleglas, goss es bis zum Rand voll und legte sich damit auf den Boden. Dann stand sie langsam wieder auf. Nur ein winziger Spritzer landete auf ihrem Kostüm. »Und? Wer kann das auch?« Gisela sah in die Runde.

Heide nahm ein Glas, sprang auf und legte sich auf den Boden. Die anderen Frauen folgten ihrem Vorbild. Selbst der Chef machte mit. Nur Fanny und Uwe blieben schmollend sitzen. Aber keiner beachtete sie.

Gisela beobachtete die Kollegen, die vor ihr auf dem Boden lagen. Doch niemand stand trocken wieder auf. Kichernd tupften sie sich gegenseitig mit Servietten die Kostüme ab.

Inzwischen hatte das Spiel für Gisela seinen Reiz verloren.

»Tanzen, tanzen«, rief Gisela den Kollegen zu. Sie drehte sich im Raum, bis auch die Lichter vor ihr tanzten. Es war wie auf dem Dom Kettenkarussell zu fahren. Schneller und immer schneller drehte sie sich. So lange, bis auch die Musik in ihren Ohren zu einem einzigen Ton verschwamm.

Plötzlich packte sie jemand schroff am Arm. Gisela öffnete die Augen. Alles drehte sich weiter. Es dauerte einige

Zeit, bis sie erkannte, wer sie festhielt: Uwe. »Lass mich.« Gisela wollte weitertanzen.

Aber Uwe ließ ihren Arm nicht los. Im Gegenteil. Er packte noch fester zu. »Wenn du so weitermachst, sitzen wir alle bald im Zuchthaus«, flüsterte er ihr zu.

Gisela lachte laut. »Du gehst heute also als Angsthase?«

Die anderen kicherten und Fanny rief: »Guckt mal an, da hängt der Haussegen ziemlich schief.«

Ehe Gisela etwas darauf erwidern konnte, packte Uwe sie am Arm und zerrte sie hinaus auf den dunklen, stillen Hof.

Auf der Straße, direkt vor Giselas Cabrio, parkte sein Taxi. Uwe stieß Gisela hinein. »Dir geht's wohl zu gut.«

»Wahnsinnig gut!«, kicherte Gisela völlig betrunken, während ihr Tränen die Wangen hinunterrannen.

Uwe fuhr mit quietschenden Reifen los.

Gisela wachte auf, weil sie fror. Wo war sie? Sie kannte den Bahnhof. Das war Othmarschen. Der Fahrersitz war leer. Gisela sah aus dem Autofenster. Uwe stand draußen und diskutierte mit Peter, der sich lässig an sein Taxi lehnte.

Als Peter sah, dass Gisela wach war, kam er zu ihr. »Mädchen, mit dir haben wir uns was eingehandelt.«

»Irgendwie musste ich ja an dich rankommen«, sagte Gisela so cool wie nur möglich. Aber ihre Augen lachten vor Glück, Peter nach so langer Zeit endlich wiederzusehen. »Und nenn mich nicht immer Mädchen. Aus dem Alter bin ich raus.«

Peter pfiff. »Hab verstanden. Aber mit Liebe läuft trotzdem nix.«

Gisela unterbrach ihn. »Liebe? Ich bin pleite. Ich will ne Bank machen!«

Peter sah sie von oben bis unten an und schwieg. Dann lächelte er. Gisela gefiel ihm in ihrem Bankladykostüm. »Und zwar?«

»Hab mir neulich mal die in Garlstorf angesehen.«

»Den Holzschuppen nennst du Bank?«

Gisela sah zu Uwe, der die beiden verstohlen beobachtete.

»Dafür ist die nächste Polizeistelle zehn Minuten weg.«

Peter seufzte und schüttelte den Kopf. »Dann komm mal mit.«

Gisela fragte nicht, was Peter vorhatte. Sie genoss es, neben ihm im Taxi zu sitzen und in den tiefroten neuen Morgen zu fahren. Als Hamburg hinter ihnen lag, veränderte sich die Landschaft. Sie wurde hügelig und waldig. Es fühlte sich so an, als würden sie weit wegfahren und irgendwo ein neues Leben anfangen. Ein gemeinsames Leben. Aber Gisela hütete sich, Peter das zu sagen. Sie schwiegen.

In Bad Segeberg bog Peter ab. Sie fuhren an alten Häusern und einer großen roten Backsteinkirche vorbei. Die Stadt schlief noch. Vor dem strengen Portal der Kreissparkasse hielt Peter den Wagen an. Sie stiegen aus. Peter steckte sich eine Zigarette an, dann hielt er die Schachtel Gisela hin.

Schwer bewaffnete Sicherheitsbeamte schleppten Leinensäcke mit dem Sparkassenzeichen in die Bank.

»Von hier aus bringen die jeden Freitag das Geld in die kleinen Sparkassen der Umgebung. Für die Lohntüten.«

»Wie viel?«

»Ungefähr hunderttausend.«

Gisela war beeindruckt. »Ist das nicht zu groß?«

»Mindestens drei Nummern.«

»Und warum zeigst du es mir dann?«

»Ist halt mein Traum.«

Er warf seine Zigarette weg und wandte sich ihr zu. »Wenn ich hunderttausend zusammengekratzt habe, will ich nach Süden. München zum Beispiel. Oder noch weiter. Sizilien, Neapel … Capri.«

Gisela sah Peter schweigend an. Wenn das kein Zeichen war.

»Raus hier, verstehst du? Frei sein.«

»Und was kostet das? Frei sein?«

Peter starrte schweigend auf die große Bank und auf die Sicherheitsbeamten, als lägen alle Antworten dort verborgen.

»Dann machen wir eben noch zehn kleine. So wie die Bretterbude in Garlstorf.«

Peter wandte sich ihr zu. »Ich hab dich vermisst.«

»Das kannste deiner Mutter erzählen.«

»Die ist schon über 30 Jahre tot.« Dabei sah er sie beinahe traurig an.

Gisela lächelte ein winziges Lächeln. Es fühlte sich gut an, hier neben Peter zu stehen und in den erwachenden Morgen zu sehen. Es fühlte sich so an, als hätte sie ein großes Stück Leben gekostet. Es schmeckte hervorragend.

Fischer saß am Schreibtisch. Die letzten Monate waren nicht spurlos an ihm vorübergegangen. Er sah übernächtigt und ungepflegt aus. Sein Hemd hatte Schweißflecken und Schmutzränder am Kragen. Seine Haare waren lange nicht mehr geschnitten worden und standen nach allen Seiten ab.

Hinter ihm an der Pinnwand hing eine chaotische Sammlung von Karten, Bildern, Fotos und Karikaturen der Banklady. Auch auf dem Fußboden lagen Unterlagen verstreut und auf seinem Schreibtisch war kein Zentimeter mehr frei. Neben unzähligen Zetteln, Aktenordnern und leeren Zigarettenschachteln standen da ein überquellender Aschenbecher und eine volle Tasse Kaffee, in der eine Zigarettenkippe schwamm. Jede Spur, der er in dieser Ermittlung nachgegangen war, hatte sich in Luft aufgelöst. Wie die vier Perückenläden, mit denen er geglaubt hatte, schon ganz kurz vorm Ziel zu stehen. Aber jede Frau in Hamburg wollte inzwischen wenigstens einmal Banklady sein. Die Läden waren so überlaufen – Perücken, Sonnenbrillen und Trenchcoats waren der Verkaufsschlager –, dass kein Verkäufer sich an die eine, die er suchte, erinnern konnte.

Fischer starrte wie hypnotisiert auf eine Karikatur der Banklady, die ihm plötzlich zublinzelte. Er rieb sich den Schlaf aus den Augen. Durch seine halb geöffnete Tür sah er jemanden auf dem Flur vorbeigehen. »Monika?«

Monika kam zögernd herein. Sie trug eine Clowns-Nase und leuchtenden Lippenstift. In der Hand hielt sie eine Perücke im Bankladystil.

»Ich … wollte zum Fasching.«

»Allein?«

»Ja, allein«, sagte Monika leise.

Fischer starrte sie an. Vor seinen Augen verschwamm alles.

»Was ist?« Monika sah ihn besorgt an.

»Setz die mal auf.«

Monika verstand nicht, was er meinte.

Fischer zeigte auf die blonde Marilynperücke. »Die Perücke, setz die mal auf.«

Monika sah ihn verwundert an. Schließlich setzte sie die Perücke zögernd auf.

Er holte seine Sonnenbrille aus der Schublade. »Und die auch.«

Monika setzte die Sonnenbrille auf.

Fischer sah sie kurz an, stand auf und holte seine Dienstwaffe aus der Tasche. Die Stimmung kippte spürbar.

Monika hätte am liebsten das Zimmer verlassen, blieb aber.

Fischer ging zu ihr und drückte ihr die Waffe in die Hand. »Ziel auf mich«, flüsterte er.

»Ich weiß nicht, Herr Kommissar.«

»Ziel auf mich!«, verlangte Fischer noch einmal mit fester Stimme.

Monika war völlig überrumpelt, ihre Lippen zitterten. Aber sie würde für Fischer beinahe alles tun. Also zielte sie auf ihn.

»Sag: Auf die Knie!«

»Auf die Knie!« Monika sagte es ganz leise, beinahe wimmernd.

»Lauter! Bestimmter!« Fischer steigerte sich immer mehr in das verschwommene Bild vor seinen Augen hinein.

»Auf die Knie!!« Monika war etwas lauter geworden. Aber die Worte kamen ihr schwer über die Lippen.

Fischer ging auf die Knie, blickte zu ihr auf. Über ihm thronte die ›Banklady‹: mit Sonnenbrille und Perücke, die Waffe auf ihn gerichtet. Fischer war völlig außer sich. Im Knien schob er Monikas Rock hoch.

Plötzlich wurde es Monika zu viel. Sie zog ihren Rock herunter, drückte Fischer die Waffe in die Hand und eilte zur Tür. Im Gehen riss sie die Perücke herunter.

Fischer war nun wieder allein. Nur die Perücke auf dem

Boden zeugte noch von der Szene, die sich gerade abgespielt hatte.

Fischer wurde wach, als jemand seinen Namen rief. Wie in Trance hob er seinen Kopf vom Schreibtisch. Der Abdruck einer zerknüllten Zigarettenschachtel zierte seine Stirn.

»Fischer?!«

Vor ihm stand Kaminsky und zeigte auf ein Papier.

»Telex vom Innensenator. Sie kriegen die Alarmanlagen.«

Mit einem Schlag war Fischer hellwach. »Wie viele?«

»Fünfzehn.«

Fischer starrte deprimiert auf das Papier. »Hamburg hat über hundert Banken!«

»Können ja Lose ziehen.« Kaminsky sah Fischer mit gerunzelten Augenbrauen an.

Fischer nickte und war dankbar, dass Kaminsky nichts zu seiner vernachlässigten Erscheinung gesagt hatte.

Am Abend war Fischer wie verwandelt. Er hatte sich gewaschen, ein neues Hemd an, die Haare waren geschnitten und in seinem Büro herrschte tadellose Ordnung. Wären nicht seine tiefen Augenringe gewesen, hätte nichts mehr an den Fischer der letzten Nacht erinnert.

Nur Monika hatte sich heute krankgemeldet.

Fischer stand an der großen Hamburgkarte und pinnte das letzte von 15 blauen Fähnchen hinein.

Kruse blätterte neben ihm durch einen Stapel Fotos von Banken und hob ein Foto hoch. Die kleine, einer Holzhütte ähnliche Garlstorfer Bank.

»Garlstorf … Das soll ne Bank sein?«

»Täterprofil, Kruse. Keine großen Institute. Klein. Bisschen ab vom Schuss.«

»Und die Alarmanlage, wie wird die ausgelöst?«

Fischer tippte mit dem Fuß auf den Teppich.

»Schönen guten Tag.« Gisela betrat die kleine Bankfiliale in Garlstorf. Zu einem dunkelblauen Wollmantel trug sie einen schwarzen Topfhut mit dichtem Schleier. Ihre blonde Perücke quoll unter dem Hut hervor.

Das Erste, was sie sah, war ein Phantombild der Banklady mit blonder gelockter Perücke und schönem Gesicht. Es hing als Polizei-Suchposter an einem Wandanschlag.

Sie lächelte und stellte ihre Aktentasche auf den Tresen. Der Hauptkassierer sah auf und starrte in den Lauf von Giselas Pistole.

»Alle Scheine einpacken, aber plötzlich.«

Die Geräusche erstarrten. Alle Aufmerksamkeit richtete sich auf Gisela. Sie fühlte sich stark und schön. Viel attraktiver als das Phantombild. Das war eine Zeichnung, sie war die wahre Banklady.

Hinter ihr agierte Peter als Schatten. Er trug einen Sportanzug, Faschingsmaske, Pudelmütze und in der Hand eine große Pistole. Er blieb neben der Tür stehen.

Jemand flüsterte ehrfürchtig: »Die Banklady …«

Der Fuß des Hauptkassierers wanderte über den Teppich, tippte auf einen Schalter.

Gisela hob die Pistole. »Geld her! Keine Bewegung! Sonst gibt's ein Blutbad!«

Alle gehorchten. Kunden und Angestellte lagen flach vor Gisela auf dem Boden.

Nur der Hauptkassierer war mit gesenktem Blick stehen geblieben und räumte die Kasse leer. Als er fertig war, bedeutete ihm Gisela mit der Pistole, sich ebenfalls auf den Boden zu legen.

Dann nahm sie die Tasche, ging hinter den Tresen, zum nächsten Schalter. Und packte auch hier das Geld ein.

Als sie fertig war und wieder nach vorn zu den auf dem Boden Liegenden trat, hatte sich eine Kundin umgedreht und sah ihr direkt ins Gesicht.

Gisela erstarrte. Das war Fanny! Überrascht und verwirrt schaute sie auf Fanny herunter. Was sollte sie tun?

Fanny starrte Gisela ebenfalls an.

Erkannte sie sie?

Doch plötzlich wusste Gisela, dass aus Fannys Augen kein Erkennen, sondern reine Angst sprach. Jetzt fühlte sich Gisela wieder stark. Sie lächelte. Sie war die Banklady und als die würde sie hier auch wieder herausstolzieren.

Plötzlich ging die Tür hinter Peter auf: Eine Frau mit Hund betrat die Bank. Sie sah Peter mit seiner Maske, die Banklady mit der Pistole. Entsetzen und Wut standen in ihrem Gesicht.

Peter richtete die Pistole auf sie. »Raus!«

Der Hund sprang Peter an und biss kläffend zu.

Peter trat den Hund wütend von sich weg. »Hau ab, Pussi!«

Gisela rannte aus der Bank. Hinter sich hörte sie einen Schuss. Sie blieb stehen. Was sollte sie bloß tun?

Draußen, im hellblauen VW, saß Uwe und sah ihr entsetzt entgegen. Er öffnete die Tür.

Noch ein Schuss. Gisela drehte sich um. Ihr Herz sackte ihr in die Hose. Hatte Peter geschossen oder war er getroffen worden? Was sollte sie tun? Zurückgehen? Oder sich und das Geld in Sicherheit bringen? Wie angewurzelt blieb sie stehen.

Endlich kam Peter aus der Bank gerannt.

Hinter ihm tauchte der Hauptkassierer auf. Rannte ihm hinterher.

Gemeinsam erreichten Gisela und Peter den Wagen und sprangen hinein.

Uwe gab Gas. Bei laufender Fahrt schlugen sie die Türen des VW zu.

Im Seitenspiegel sah Gisela, dass der Hauptkassierer kleiner und kleiner wurde.

Gisela und Peter zogen sich auf der Rückbank um. Uwe drehte sich zu ihnen. Sah das Blut an Peters Bein. Das Auto kam ins Schlingern.

»Gerade halten«, sagte Peter mit zusammengebissenen Zähnen.

»Ist sie tot?«, fragte Gisela und versuchte eine klare Stimme zu bewahren.

»Wer ist tot? Um Himmels willen!« Uwes Stimme klang hysterisch, Schweißperlen standen ihm auf der Stirn.

»Quatsch«, beantwortete Peter Giselas Frage.

Plötzlich hörten sie Sirenengeheul.

»Oh Gott, es ist vorbei.« Uwes Stimme zitterte.

»Scheiß dir nicht in die Hosen, fahr!«, sagte Peter grob. Er sah auf seine Uhr. »Ganz schön fix, die Peterwagen. Mach Funk an.«

Uwe schaltete zitternd das Funkgerät an. Das Gerät knackte, dann hörten sie die Stimme eines Polizisten. »Die trägt eine Perücke. Kontrolliert also auch die Brünetten.«

Ein zweiter Polizist mischte sich ein. Es schien der Chef zu sein: »Ich hab's doch gesagt. Jetzt haben sich die Alarmanlagen schon ausgezahlt.«

Peter und Gisela sahen sich an.

»Wir fahren die 205er runter, ihr die 85 und …«

Der erste Polizist unterbrach seinen Chef wütend. »Funkdisziplin!«

»Die Hundertdreizehn. Los, wenden. Schnell, Mann!«, sagte Peter zu Uwe.

Uwe bremste und wendete. Der Wagen kam ins Schlingern. Gleich würden sie umkippen.

Peter fluchte. Gisela saß bleich da.

In letzter Sekunde kam der Wagen wieder auf allen vier Rädern zu stehen.

»So, Kollege. Anhalten.«

»Bist du irre?« Uwe schüttelte Peters Hand ab und gab wieder Gas.

»Halt an!«, brüllte Peter.

Uwe stieg quietschend auf die Bremse.

»Aussteigen und auf die Rückbank«, befahl Peter.

Uwe gehorchte und setzte sich neben Gisela. Schweigend fuhr Peter sie zum Hamburger Stadtrand, auf den Parkplatz, wo Peters Taxi stand. Hier ging alles ganz schnell. Rückbank auf, Reisetasche und Geld verstaut. Dann drückte Peter Uwe einen Bündel Scheine in die Hand. Wieder näherten sich ihnen Sirenen.

Schnell stieg Peter mit Gisela in das Taxi ein und ließ Uwe ohne ein weiteres Wort neben dem hellblauen Käfer stehen.

Gisela drehte sich um und sah, wie Uwe dem Taxi fassungslos hinterherschaute, sich schließlich umdrehte und davonrannte.

Gisela schaute wieder nach vorn.

Die Nachmittagssonne schien zu ihnen herein. Der erste warme Tag. Es knackte, dann tönte Musik aus dem Autoradio. Gisela kurbelte die Scheibe herunter und hängte sich aus dem Fenster des Taxis. Sie atmete die frische Luft ein. Peter schaute zu ihr rüber und lächelte.

Sie fuhren an einer Pferdekoppel vorbei. Die Herde setzte sich in Bewegung, als sie das Auto sahen – erst langsam und dann in einem irren Galopp.

Das Taxi glitt durch die grünende Landschaft. Die Pferde galoppierten nebenher. Es war endlich Frühling.

Am Abend saßen Peter und Gisela wieder in seinem Taxi. Beide hatten sich ausgehfein gemacht.

»Schnieke siehste aus in dem neuen Anzug.«

»Du auch.« Er strich über den zarten Stoff von Giselas schimmerndem Kleid. Aber ganz anwesend war er dabei nicht. Etwas beschäftigte ihn. Er starrte auf das Radio. »Möcht wissen, seit wann die Petermänner Alarmanlagen haben. Hätt ich das Autoradio nicht getrimmt, wären wir ihnen einfach in die Arme gelaufen.«

»So viel Alarmanlagen können die gar nicht haben, wie es Banken gibt.«

Peter lächelte, wenn auch ein bisschen gequält. Auf seinem Hosenbein schimmerte ein winziger Blutstropfen. Gisela zog es ihm vorsichtig nach oben. Seine Bisswunde war tief und blutete wieder. Gisela betupfte die Wunde mit Aquavit.

Peter zuckte kurz zusammen.

Gisela schaute besorgt zu ihm hoch. »Lass mich mal machen. Ich kenn mich da aus.«

Peter nickte, nestelte umständlich ein schwarzsamtenes Etui aus seinem Jackett und reichte es ihr.

Sie sah ihn fragend an.

»Privatpatienten zahlen bar.« Peter grinste.

Gisela öffnete das Etui. Eine Kette aus Gold, an dem ein kleines rotes Herz aus Koralle hing. Gisela starrte sprachlos auf das Herz.

Peter nahm die Kette und legte sie ihr um den Hals. »Die Koralle ist aus Capri.«

Gisela klappte die Sonnenblende runter und sah sich im Spiegel an. Ihr Herz hüpfte wie ein wahnsinniger Ball in ihrer Brust. Sie hatte noch nie eine Kette geschenkt bekommen.

»Und … was heißt das?«, fragte sie Peter.

»Dass du und ich jetzt tanzen gehen«, antwortete er und gab ihr einen Kuss.

In dem gut besuchten Tanzlokal lief ein flotter Schlager. Flotte Mädchen tanzten mit flotten Herren und tranken dabei flotte Drinks mit bunten Schirmchen.

Auf einem Tisch lag eine Abendzeitung: *BANKLADY SCHLÄGT WIEDER ZU.*

Gisela las die Schlagzeile und sah stolz zu Peter.

Peter legte den Arm um sie und ging mit ihr auf die Tanzfläche. Er zog sein Bein etwas nach, aber er tanzte toll. Wirbelte Gisela herum. Sein Lachen und seine Energie steckten sie an.

Gisela war glücklich. Sie schwebte. Alles drehte sich um sie. Die Lichter. Die bunten Girlanden. Sie dachte an das Kettenkarussell auf dem Dom. Aber das hier war viel schöner. Wenn sie die Augen öffnete, sah sie Peter. Immer wieder Peter.

Gisela und Peter waren so dicht beieinander, dass sie nichts außer ihre Augen sahen. Jetzt gab es nur noch sie beide.

Sie tanzten so lange, bis sie außer Atem waren.

»Ich hab jetzt eine Minibar zu Hause. Sogar mit Chantré«, flüsterte Gisela Peter zu. »Und ein französisches Bett.«

Peter zog die Augenbrauen hoch. Dann packte er sie, warf sie sich auf die starken Arme und trug sie wie eine Braut aus dem Tanzlokal. Die anderen Tänzer bildeten respektvoll ein Spalier für sie.

Auf dem Tanzboden glänzten kleine Blutstropfen.

Stolz öffnete Gisela die Tür zu ihrem neu ausgestatteten Zimmer und erstarrte.

Auf einem der neuen Samtsessel saß Giselas Vater. Neben einer Vase mit feuerroten Papageitulpen standen drei leere Flaschen: Henckel trocken, Chantré, Bier.

»Hat's geschmeckt?« Gisela spie vor Wut.

Ihr Vater beachtete sie gar nicht. Er hatte nur Augen für Peter.

»Ah, das ist er also, der feine Herr, auf dessen Kosten wir hier saufen und fressen.« Er hob sein Glas, »Zum Wohl«, er trank den letzten Schluck aus und rülpste. »Darf ich fragen, wo Sie das Geld für das alles hier herhaben?« Er machte eine wegwerfende Bewegung auf die Flaschen und in das Zimmer hinein.

Peter sagte nichts.

»Er ist ein reicher Kaufmann und hat ein todsicheres System beim Roulette«, antwortete Gisela für ihn.

Überraschend schnell sprang der Alte auf: »Lüg mich nicht an!«, brüllte er und haute Gisela eine runter.

Gedemütigt wollte Gisela ihr Zimmer verlassen, doch der Vater hielt sie fest. »Meine Töchter gehen nicht anschaffen! Und wenn es doch eine tut, dann gibt sie's zu.« Der Vater starrte Gisela wütend an und hob die Faust. »Du verlogenes ...«

Jetzt reichte es Peter. Er trat einen Schritt auf den Vater zu und verdrehte ihm den Arm in der Luft. Sie rangen miteinander. Die leeren Flaschen kippten um und die Vase mit den Tulpen polterte auf den Boden. Das Blumenwasser ergoss sich über den hellen Teppich und die abgefallenen Blüten bedeckten ihn wie Blutstropfen.

Auch die Mutter stand jetzt, aufgeschreckt vom nächtlichen Lärm, in der Tür und hielt sich erschrocken die Hand vor den Mund.

Peter war ihrem Vater überlegen. Der wankte. Seine Prothese rutschte aus dem Hosenbein. Er drohte zu stürzen.

Gisela stand wie gelähmt da und vermochte nicht ihre Hand zu heben, um ihm zu helfen.

Auch das übernahm Peter. Er fing ihn auf und schob ihn Richtung Tür. »Noch einmal, fass sie noch einmal an und du frisst das Ding.« Er deutete auf die Prothese. »Kapiert?«

Die beiden maßen einander mit Blicken.

Der Vater sagte nichts.

Peter drückte den Vater aus der Tür und schloss sie hinter ihm.

Gisela sah Peter bewundernd an.

Es war ganz still.

Dann küssten sie sich wild und rissen einander die Sachen vom Leib, während sie zum Bett taumelten. Gisela sah Peter in die Augen, als er mit seinen Beinen ihre öffnete. Sie wollte keine Sekunde von dem, was jetzt kam, verpassen. Sie wollte sich durch seine Augen sehen. Ein wilder Schmerz durchfuhr sie. Peter machte weiter. Sie stöhnten. Klammerten sich aneinander fest.

Gisela riss die Augen weit auf, während Peters Kopf an ihre Schulter sank. Peter schloss die Augen und bedeckte ihren Hals mit Küssen.

Gisela lag ganz still da und lächelte. »Tut das immer so weh?«, fragte sie irgendwann.

»Nur beim ersten ...« Peter hörte abrupt auf zu sprechen. Er hielt inne, sah sie an. Jetzt schien er zu begreifen: »Nee, oder?«

Gisela lächelte ihn schüchtern an. Peter setzte sich im Bett auf und strich ihr über die Haare.

Gisela schmiegte sich fest an ihn.

»Aber nicht, dass du jetzt sentimental wirst, Mädchen. Auch das ändert nix an den Regeln. Wenn's brenzlig wird ...«

»... getrennte Wege. Ich weiß«, unterbrach sie ihn. Aber sentimental war sie trotzdem.

In dieser Nacht konnte Gisela lange nicht einschlafen. Unter ihr weinte das Mädchen. Plötzlich wusste Gisela warum. Sie war allein. Jede Nacht, immer allein und um sie herum nichts als Dunkelheit.

Neben Gisela atmete Peter. Tief und schwer. Gisela konnte in der Dunkelheit sein Gesicht nicht sehen. Sie schloss die Augen, dann erschien es vor ihr. Peter. Ihr Mann. Ihre Liebe. Vorsichtig strich ihm Gisela über das Gesicht. Sanft fuhr sie seine Stirn nach, seine Nase, seine Lippen, sein Kinn. Ihr Capri.

Am nächsten Morgen lag Gisela im Bett und rauchte. Sie sah Peter beim Anziehen zu. Unterwäsche, Strümpfe, Hemd und Pullover. Jetzt war er beim Mantel.

Als er angezogen war, sah er die Bildtapete an. »Ist das Capri?«

»Mein Traum.«

»Nicht träumen. Wahr machen.«

Sie seufzte leise. »Meine Mutter braucht mich. Und Katja auch.«

Peter sah Gisela lange an. »Du bist frei, Gisela. Geh, wohin du willst.« Er gab ihr einen Kuss auf die Stirn und ging zur Tür.

Gisela zog lasziv die Bettdecke von ihrem nackten Bein. Peter lächelte gierig. Doch er riss sich zusammen und öffnete die Tür. »Wir sollten uns mal ne Weile nich sehen«, sagte er. »Ist besser …«

Gisela erschrak. Sie wollte ihn wiedersehen. Am liebsten gleich morgen. »Bleib noch.«

Peter zuckte bedauernd mit den Schultern und ging.

Gisela griff sich ein Kissen und warf es ihm hinterher.

Da tauchte er wieder an der Tür auf, mit einem schwarzen Apparat in der Hand. Ein grelles Licht blendete Gisela.

»Eins für dich.« Peter zog eine schwarze Folie von dem Bild und warf es Gisela ins Bett.

Es war nichts zu sehen. Nichts als ein schwarzes Bild. Langsam entwickelten sich Farben. Weiß, rot, bunt und dann Gisela. Gisela im Bett. Gisela im neuen Bett. Sie staunte.

Wieder ein Blitz. »Und eins für mich.« Er drückte einen Kuss auf das Bild und steckte es ein. Dann verschwand er wieder im Flur.

Gisela starrte noch auf das Foto, da flog das Kissen wieder zur Tür rein.

Gisela hatte sich einen Morgenmantel übergeworfen und machte gut gelaunt das Bett. Aus der Bettdecke fiel ein Portemonnaie auf den Boden. Gisela hob es auf.

Es klingelte.

»Ich geh schon!«, rief die Mutter.

»Ist für mich«, rief Gisela mit dem Portemonnaie in der Hand. »Peter hat was vergessen.« Gisela schaute lächelnd zur Tür. Als sie aufging, wagte Gisela nicht mehr zu atmen.

An der Tür stand der Kommissar, der sie auf der Großen Freiheit verfolgt hatte. Erkannte er sie wieder? Er hielt ihr seinen Ausweis hin und beobachtete sie genau. »Fischer, Polizei.«

Giselas Herz schlug ihr jetzt bis zum Hals. Aber sie versuchte, sich nichts anmerken zu lassen.

»Entschuldigen Sie. Wollen Sie sich erst mal ...«

Gisela schnitt ihm den Satz ab. »Was wünschen Sie?«

»Ich habe einen Hinweis erhalten, dass Sie eine Perücke besitzen.«

Gisela nickte. Ihr Blut pochte in den Ohren.

»Kann ich die bitte mal sehen?« Wie als hätte sie ihn dazu eingeladen, setzte sich Fischer auf einen Sessel.

Schnell schob Gisela das Portemonnaie unter die Bettdecke. Dann erhob sie sich und öffnete den Schrank. Sie fürchtete kurz, dass Fischer aufstehen und ebenfalls in den Schrank sehen würde. Aber er blieb sitzen und ließ seinen Blick durch ihr Zimmer schweifen. Sie öffnete die Schranktür so, dass Fischer nicht sah, wo sie suchte, klappte das Geheimversteck hoch, wo zwischen Sonnenbrillen, Masken, und Autonummern auch die teure Perücke lag. Gisela zögerte, schob alles möglichst lautlos beiseite und zog eine zweite blonde Perücke hervor. Sie ging zurück zum Sessel und gab sie Fischer.

»Echthaar?«, fragte Fischer. Dabei riss er ein Haar aus der Perücke und ließ es in eine Tüte gleiten.

Gisela nickte.

»Haben Sie auch eine aus Synthetik?«

»Nein. Ich hab nur diese.«

»Da hat Ihre Kollegin etwas anderes erzählt.«

Gisela fielen gleich tonnenweise die Steine vom Herzen. »Fanny. Jetzt versteh ich. Weil ich als Banklady zum Fasching ...« Sie lachte ehrlich erleichtert auf.

Fischer beobachtete sie schweigend. Sofort war die Stimmung wieder angespannter. Gisela hielt die Stille schwer aus. »Meine Kollegin täuscht sich: Das ist die Perücke vom Fasching …«

Fischer sah sie durchdringend an. »Für eine Packerin sind Sie ganz schön teuer eingerichtet.«

»Das ist gar nicht so teuer wie es aussieht. Das meiste hab ich selbst gemacht. Bei der Elektrik hat mir Herr Müller geholfen, ein Nachbar. Den können Sie gerne fragen. Und die Einrichtung – das sind alles Geschenke. Von meinem Verehrer.« Gisela sah Fischer stolz an. So leicht konnte man sie nicht aufs Glatteis führen.

Fischer sah auf das ungemachte Bett und kam ihr ganz nahe. »Ach, so eine sind Sie also«, sagte er anzüglich.

Gisela hätte Fischer am liebsten eine geknallt. Aber sie unterdrückte diesen Impuls. Stattdessen sagte sie: »Denken Sie doch, was Sie wollen. Und wenn das Ihre Methoden sind, ist es kein Wunder, dass Sie die Banklady nicht schnappen.«

Fischer fixierte sie. Dieser Kommentar ließ ihn nicht kalt. Wenn er den geringsten Anhaltspunkt gehabt hätte, dieses Fräulein zu verhaften, dann hätte er es getan. Aber außer der Perücke – und auch die schien ja nicht die richtige zu sein – hatte er keinen. Also ging er lediglich einen bedrohlichen Schritt auf Gisela zu. »Verbrecher halten sich alle für wahnsinnig schlau, aber früher oder später macht jeder einen Fehler. Oder jemand verrät sie. Achten Sie mal nächste Woche auf die Litfaßsäulen. Wir geben ne Menge Geld aus für einen sachdienlichen Hinweis, der zur Ergreifung der Banklady führt. Und irgendjemand braucht immer Geld.« Fischer tippte an seinen Hut. »Entschuldigen Sie die Störung.«

Kaum hatte Fischer das Zimmer verlassen, sackte Gisela wie ein Stein aufs Bett. Erleichtert fühlte sie unter sich das glatte Leder von Peters Portemonnaie. Sie holte es heraus und schmiegte es an ihre Wange. Der Geruch des Leders beruhigte sie. Sie klappte es lächelnd auf. Geld, Ausweis mit Foto. Giselas Lächeln fror schlagartig ein. Unter dem Passfoto von Peter stand: Hermann Wittorff.

In ihrem Kopf drehte sich jetzt alles.

Sie hatte mit dem Ausweis noch etwas anderes aus dem Portemonnaie gezogen: ein Familienpolaroid. Peter. In liebevoller Umarmung mit einer Frau und einem kleinen Jungen. *Hermann, Katrin und Johann* stand darunter.

Für Gisela brach eine Welt zusammen.

Eine Weile versuchte sie nicht zu atmen. Alles tat ihr weh. Im Bad sah sie in den Spiegel und fand sich auf dem Fußboden wieder. Entsetzt kam ihre Mutter ins Badezimmer und half ihr wieder ins Bett.

Sie schlief ein, wachte wenig später auf und starrte an die Wand. Dann war wieder alles dunkel. Als Gisela am Nachmittag wieder aufwachte, standen ihre Nichten vor ihr und sahen sie an.

Was hast du?, fragten Katjas Augen, und ihre Hände berührten zärtlich die Bettdecke.

»Was hast du?«, fragte Susanne.

»Mein Herz ist krank«, sagte Gisela leise. Sie artikulierte so, dass auch Katja sie verstehen konnte.

»Ein krankes Herz«, sagte Susanne, »das hab ich auch schon gehabt. Es hat eine Weile wehgetan und dann war es wieder vorbei. Mutti hat gesagt, dass ich gewachsen bin.«

Schweigend standen die Mädchen vor ihr. »Oma holt Doktor Steger.«

Gisela schloss die Augen. Doktor Steger würde ihr nicht helfen können. Gegen Peter gab es kein Heilmittel.

Am Sonntagmittag klirrte es ohrenbetäubend in der Lampéstraße 21a der Eidelstedter Reihenhaussiedlung. Eine Fensterscheibe zersplitterte. Scherben krachten auf den Boden. Katrin Wittorff schrie.

Ein schwerer Pflasterstein knallte auf den hübsch gedeckten Tisch im Speisezimmer der Familie. Er schrammte über den Braten, warf die bis zum Rand gefüllte Bleikristallkaraffe um und blieb direkt vor Hermann Wittorff liegen.

Die Splitter der Fensterscheibe lagen im gesamten Zimmer verstreut.

Hermann Wittorff nahm den Stein in die Hand, ging zum Fenster und sah über den Vorgarten auf die Straße.

Er konnte nichts Verdächtiges entdecken.

Johann Wittorff, der neunjährige Sohn von Hermann und Katrin Wittorff, äußerte die Vermutung, dass sein Klassenkamerad Max Reimann für die unerfreuliche Störung des häuslichen Friedens verantwortlich war.

Der Vorfall konnte nicht aufgeklärt werden.

Am nächsten Morgen fühlte sich Gisela wie tot. Trotzdem stand sie auf. Trank Kaffee. Ging zur Arbeit. Begrüßte die Kolleginnen. Zog sich um. Ging in die Fertigungshalle. Mechanisch tat sie die Dinge, die sie immer tat. Einrollen, stapeln. Ratsch. Einrollen. Stapeln. Immer wenn die Tapetenbahn riss, schmerzte auch der Riss in ihr. Mit jedem Arbeitsschritt danach wurde der Schmerz wieder weniger. Und dann passierte es wieder: ein neuer Riss. Bald war sie so erschöpft, dass sie die Mittagspause sehnsüchtig erwartete.

Aber Hunger hatte sie keinen. Sie stocherte in den Kartoffeln herum und beobachtete die anderen. Sie schienen alle unverändert. Seit ein paar Tagen redeten sie über nichts anderes, als dass die niederländische Kronprinzessin Beatrix von einem Paparazzo beim Küssen fotografiert worden war. Mit einem Deutschen!

»Er sieht toll aus und hat sechs Vornamen«, sagte Elsa und zählte alle aus dem Kopf auf: »Klaus-Georg, Wilhelm, Otto, Friedrich und Gerd.«

»Und ich bin die Heiderose.« Heide kicherte, als ob sie einen Witz gemacht hätte.

Sogar Fanny mischte sich jetzt ein. »Die werden bald der Welt verkünden müssen, dass sie sich lieben und heiraten wollen.« Sie genoss die Gesichter der Frauen. Es machte ihr Spaß, anderen Illusionen zu nehmen.

»Du meinst, die lieben sich gar nicht?«, fragte Heide Fanny.

Fanny lachte. »Natürlich lieben die sich. Beatrix wird mal Königin. Außerdem ist sie reich und schlecht sieht sie auch nicht aus.«

Gisela war der Kronprinzessin dankbar, dass sie die Aufmerksamkeit der Frauen auf sich lenkte und niemand bemerkte, dass sie selbst nur noch ein Häufchen Elend war. Sie stand auf. »Ich fühl mich nicht so gut.«

Jetzt erst sahen sie die anderen an. »Ein weißes Handtuch hat mehr Farbe als du«, sagte Fanny. »Geh doch nach Hause.«

Gisela ging nicht nach Hause. Sie fuhr wieder nach Hamburg-Eidelstedt. Sie wollte Peter wehtun. Ihn verletzen. Ihn ganz allein. Eine Fensterscheibe war noch lange nicht genug. Wieder suchte Gisela nach einem schweren Stein. Diesmal versteckte sie sich nicht. Sie stellte sich gut sichtbar auf die Straße und warf ein zweites Fenster ein. Die Scherben sollten Hermann Wittorff an Peter erinnern. Und ihre Steine sollten ihn genauso treffen, wie er sie mit seinen Lügen getroffen hatte.

Es fing an zu regnen. Gisela blieb trotzdem stehen und wartete, dass jemand aus dem gelben Klinkerhaus kam. Doch nichts geschah.

Gisela wartete so lange, bis sie klitschnass war und ihre Zähne vor Kälte aufeinanderschlugen. Sie gab auf, setzte sich ins Auto und trat das Gaspedal des Käfers bis an den Anschlag.

Auch das zweite zerstörte Fenster hatte Gisela nicht die ersehnte Erleichterung verschafft. Ihre Wut, ihr Schmerz und ihre Verzweiflung waren nicht kleiner geworden. Sie hätte noch tausend Fenster einwerfen können. Aber insgeheim wusste sie, dass sie damit Hermann Wittorffs Gelassenheit nicht im Geringsten erschüttern würde.

Als Gisela sich schließlich mit jeder Faser ihres Körpers nach Peter sehnte und den Schmerz über seine Abwesenheit kaum noch aushielt, kaufte sie Schnaps. Sie ließ so viel sie konnte in sich hineinlaufen. Aber Giselas Magen rebellierte. Sie rannte zur Toilette und musste sich übergeben. So einfach ließ sich ihr Schmerz wohl nicht wegtrinken.

Als sie von der Toilette zurückkam, holte sie das Portemonnaie aus dem Versteck und sah Peter an. Je länger sie das Bild anstarrte, umso mehr redete sich Gisela ein, dass es Peter nie gegeben hatte. Mit dieser Frau und dem Kind an seiner Seite war er ihr fremd. Peter hatte lediglich in ihren Träumen existiert. In Wirklichkeit gab es nur Hermann Wittorff. Und auch wenn dieser Hermann Wittorff viele Gemeinsamkeiten mit Peter hatte – dieser Mann war verheiratet. Er lebte mit seiner Frau Katrin und seinem Sohn Johann in einem gelb geklinkerten Reihenhaus in Hamburg-Eidelstedt. Doch das war nicht alles, was Gisela von ihm wusste. Über seine weiche Haut, sein Haar und seine Lippen wollte sie jetzt nicht nachdenken. Aber sie wusste auch, dass Hermann Wittorff ein gesuchter Bankräuber war.

Gisela stand auf. Auch wenn die Welt ein wenig schwankte, wusste sie jetzt, was sie zu tun hatte.

Am Polizeipräsidium drosselte sie die Geschwindigkeit ihres Autos und fuhr rechts ran. Sie starrte so lange auf das Gebäude, bis es vor ihren Augen verschwamm.

Mit einem Ruck riss sich Gisela aus ihren Gedanken und stieg aus. Schwere Wolken standen am Himmel. Gleich würde es wieder zu regnen anfangen.

Vorsichtshalber holte Gisela die Visitenkarte des Kommissars aus der Tasche, die sie auf ihrem Couchtisch gefunden hatte. *Polizeikommissar Konstantin Fischer*, las sie, nicht zum ersten Mal.

Niemand hielt sie auf.

Ein Pförtner saß behäbig in seinem Glashäuschen und rauchte. »Kann ich Ihnen helfen?« Er lächelte Gisela freundlich an.

Gisela schüttelte den Kopf.

Niemand konnte das.

An der Wand entdeckte sie eine Tafel, auf der die Namen und Bürozimmernummern der Mitarbeiter des Präsidiums vermerkt waren. Gisela brauchte eine Weile, ehe sie darunter den Namen Fischer fand.

Mit klopfendem Herzen wandte Gisela sich um und lief durch das Foyer zur Treppe. Das Haus kam ihr wie ein Bienenstock vor. Angestellte, Polizisten und Bürger rannten eilig treppauf und treppab, von Zimmer zu Zimmer.

Im Flur der zweiten Etage roch es nach Bohnerwachs. Die Wände waren mit Fahndungsplakaten beklebt. In Glasvitrinen standen alte, sichergestellte Waffen. Giselas Blick fiel auf eine große Maschinenpistole. Sie blieb stehen. Die Waffe sah schwer und Ehrfurcht gebietend aus. Alle anderen wirkten dagegen wie Spielzeugpistolen. *John T. Thompson entwickelte 1915 Selbstladegewehre, die an das FBI, Polizeieinheiten und Gefängnisse verkauft wurden. Im zivilen Markt gingen sie an Industrielle zur Streikbekämpfung und an Kriminelle wie Al Capone, John Dillinger und Baby Face Nelson,* las sie. Niemand, der in diesen Waffenlauf blickte, würde es wagen, nach einem Telefonhörer zu greifen.

Gisela riss sich los und ging noch eine weitere Treppe nach oben. Polizisten liefen an ihr vorbei.

Niemand beachtete sie.

Rechts neben der Zimmertür 481 stand ein unscheinbares Schild: Polizeikommissar Fischer. Jemand hatte mit Kuli ein Ausrufezeichen hinter seinen Namen gemalt.

Giselas Herz klopfte bis zum Hals. Sie hob eine Hand. Zögerte. Atmete. Klopfte. Wartete.

Niemand bat sie herein.

Sie legte eine Hand auf die Türklinke. Atmete tief durch. Öffnete die Tür.

Gisela sah in das Büro. Sie war überrascht, denn der Raum war leer.

Vorsichtig betrat Gisela das Zimmer und schaute sich um.

Sie war ganz allein.

Ganz allein mit sich. An allen Wänden sah Gisela sich selbst. Zimmer 381 war das Bankladyzimmer. Tatortfotos. Phantomzeichnungen. Karikaturen der Banklady. Es war, als hätte Kommissar Fischer Auszüge aus Gisela Werlers geheimem Tagebuch an eine Wandzeitung geheftet.

Die Luft war staubig. Es roch nach abgestandenem Zigarettenrauch und vergorener Milch. Das Einzige, auf das in diesem Zimmer, neben der Banklady, Zeit verwendet wurde, war eine riesige Monstera, die das halbe Fenster bedeckte. Jemand schien diese tropische Pflanze geradezu inbrünstig zu pflegen.

Gisela ging Station für Station der Banklady ab: 29. Juli 1965 Eidelstedt, Alte Elbgaustraße 10. Bilder schossen in ihr hoch: Peter in der Spiegelung des Schaufensters. Peter im weißen VW Käfer. Peters blutender Finger. Peter, wie er lächelt. Und dann: Peter in der Kreissparkasse Pinneberg in Schenefeld, Peter in Garlstorf.

Gisela hatte Mühe, sich von den Bildern loszureißen. Ihre Hand fuhr zärtlich über eine Phantomzeichnung von Peter mit Maske. Sie verbesserte sich: Hermann mit Maske.

Jeder hatte eine Maske. Auch sie. Hinter der Maske der Banklady versteckte sich Gisela Werler. Eine graue, unscheinbare Person, die mit über dreißig immer noch bei ihren Eltern wohnte und von Capri träumte.

Und hinter Hermann Wittorff versteckte sich Peter. Peter, den nur sie kannte. Peter, den sie liebte. Sollte seine Frau doch Hermann Wittorff haben. Peter gehörte ihr allein. Das hier, das waren Peter und sie. Und dieser Raum war das Museum ihrer Liebe. Der schmerzhafte Riss in ihr begann zu heilen.

Im selben Augenblick ahnte sie, dass dieser Raum unbezahlbare Informationen barg, die sie jetzt so schnell wie möglich entziffern musste.

Sie ließ ihren Blick noch einmal über alle Wände gleiten. Sie blieb neben Fischers Schreibtisch stehen. Hier hing eine große Karte von ganz Hamburg, in die blaue Fähnchen gesteckt waren. Gisela ging Fähnchen für Fähnchen mit den Augen ab. Fünfzehn Fähnchen. Ein paar Standorte kannte

Gisela. Das waren Bankfilialen. Aber was hatten die Fähnchen zu bedeuten? In Eidelstedt und auch in Schenefeld gab es kein Fähnchen. Aber eins in Garlstorf. Und in Garlstorf war die Polizei schneller als ihre berechneten zehn Minuten gewesen. Also gab es nur eine mögliche Erklärung: Die Fähnchen waren Alarmanlagen!

Zittrig vor Aufregung suchte Gisela auf Fischers chaotischem Schreibtisch einen Zettel. Endlich fand sie etwas und kritzelte die Namen der Bankfilialen auf den Zettel.

Plötzlich hatte es Gisela eilig. Sie musste hier raus. Sie umrundete den Schreibtisch und sah dabei aus dem Fenster. Draußen hatte es zu regnen begonnen. Wie im Spiel trieb der Wind ein paar Zeitungen vor sich her. Unten auf der Straße lief Kommissar Fischer. Er blickte in dem Moment, als Gisela ihn erspähte, nach oben. Fischer stutzte, dann sprintete er los.

Gisela stürzte zur Tür. Da hörte sie Schritte im Flur. Sie trat wieder in das Zimmer zurück und sah sich um. Aber bis auf den Schreibtisch gab es hier kaum Möbel. Sie würde sich nirgendwo verstecken können.

Die Schritte näherten sich der Tür. Konnte Fischer wirklich so schnell hier oben sein? Schon senkte sich die Türklinke.

Gisela richtete sich auf und versuchte ein Lächeln.

Die junge, hübsche Frau, die mit einer Gießkanne in der Hand Fischers Büro betrat, sah Gisela erstaunt an. »Kann ich Ihnen helfen?«

»Ich habe mich wohl im Zimmer geirrt.« Gisela versuchte ruhig zu bleiben, sah auf die Visitenkarte und stürmte an der Frau vorbei, hinaus in den Flur.

Während sie noch den Blick der Frau im Rücken spürte, dachte Gisela fieberhaft darüber nach, dass sie Fischer im

Treppenhaus unweigerlich in die Arme laufen würde. Während sie eilig weiterlief, lauschte sie. Von weit unten tönte ihr das rhythmische Klackern schneller Schritte entgegen. In der ersten Etage verließ Gisela das Treppenhaus und bog in den Flur ab. Hastig sah sie sich um. Irgendwo mussten hier doch Toiletten sein. An den beiden letzten Türen im Gang entdeckte sie dann endlich die ersehnten Zeichen.

Erleichtert zog Gisela die Toilettentür hinter sich zu, öffnete das Fenster aus Milchglas und sah auf die Straße. Der Regen hatte sie komplett leer gefegt.

Lange würde sie auch hier nicht in Sicherheit sein.

Vorsichtig öffnete Gisela die Toilettentür wieder und ging schnellen Schrittes die Treppe ins Foyer hinab.

Fischer war nicht zu sehen. Der Pförtner telefonierte und sah nicht auf. Erleichtert verließ Gisela das Polizeipräsidium und rannte, so schnell sie konnte, zu ihrem Auto.

Gisela parkte den VW am Hafen. Es hatte aufgehört zu regnen. Sie stieg aus dem Auto. Über ihr kreischten Möwen. Sie atmete den brackigen Geruch des Wassers ein. Dann nahm sie das Portemonnaie aus ihrer Tasche und warf es in die Elbe. Es war Zeit, sich von Hermann Wittorff, seiner Frau und seinem Sohn zu trennen.

Im Flug klappte das Portemonnaie auf und fiel flatternd, wie ein Vogel, ins dunkle Wasser. Gisela wartete, bis es vollständig versunken war. Als sie es nicht mehr sehen konnte, spürte sie, dass es einen Großteil ihres Schmerzes mit in die Tiefe genommen hatte.

Bevor Gisela zurück in das Auto stieg, fiel ihr Blick auf eine weiße Leuchttafel mit roter Schrift: Älteste Tätowierstube

Deutschlands. Auch die Hauswand lud dazu ein, das Geschäft zu betreten.

Drinnen war es schummrig. Ein bärtiger Mann mit freundlichen Augen saß in dem hohen stuckverzierten Raum an einer Art Bar und blickte ihr neugierig entgegen.

Gisela sah sich scheu um. Die Wände zierten unzählige Bilder. Viele Adler mit glutroten Sonnen, Anker, halb nackte Frauen vor Palmen und Herzen in allen Farben.

»Kann ich etwas für dich tun?«, fragte sie der Mann.

»Ich möchte mich tätowieren lassen«, antwortete Gisela leise.

Der Mann runzelte die Augenbrauen und sah sie prüfend an.

»Bist du sicher? Frauen haben wir hier nicht so oft.«

Gisela nickte und sah auf seine blau tätowierten Hände. Ihr Mund war trocken. »Auf den Oberarm bitte.«

»Gut. Dann setz dich mal.«

Als Gisela den Laden wieder verließ, hatte sie eine angebrochene Flasche Schnaps in der Tasche. Ihre Augen glänzten. Die Welt war wieder in Ordnung. Peter würde von nun an immer bei ihr sein.

Mit der Flasche in der Hand klopfte sie oben bei Traudel. Aber hinter der Tür blieb es ganz still. Wahrscheinlich kellnerte sie noch. Nur Maunz drückte sich vor der Tür herum. Sie hatte auf dem Fußabtreter geschlafen und wartete jetzt, dass sie ihr die Tür öffnete. Aber Gisela goss ihr lediglich ein bisschen Schnaps in ihre Schale, stellte die Flasche vor Traudels Tür und ging die Treppen wieder herunter.

Als Gisela ihr Zimmer betrat, traf sie fast der Schlag. Ihr Schrank stand weit offen. Ihre Mutter saß im Sessel und fragte sie vorwurfsvoll: »Was ist das?« Sie hielt Giselas Album mit den eingeklebten Banklady-Artikeln hoch.

Gisela sah vom Album zur Mutter und schnappte nach Luft. »Und was ist das?«, fragte sie schließlich und zeigte auf die blau-grün schimmernde Verfärbung über dem Auge ihrer Mutter.

»Was willst du denn hören?«, antwortete die Mutter leise. »Er hat so viel Schmerzen im Bein. Jeden Tag. Das halbe Leben schon«, fügte sie noch leiser hinzu. »Ich hab ihm heute beim Waschen wehgetan.«

»Das ist doch kein Grund.« Gisela starrte ihre Mutter an und wusste nicht, ob sie böse oder traurig sein sollte. »Und warum kramst du in meinen Sachen?«

»So was mach ich nicht. Das weißt du auch. Ich hab deine Wäsche einsortiert und das da obendrauf gefunden.«

Beide schwiegen.

Endlich brach die Mutter aufgeregt das Schweigen. »Die Banklady ist Abschaum, Gisela. Noch schlimmer als Reeperbahn. Wie kannst du diese Frau bewundern?«

Gisela zuckte mit den Schultern. »Abschaum. Und was sind wir? Wir sind nicht mal das. Sie ist wenigstens frei«, sagte sie trotzig.

»Frei?«, fragte die Mutter. »Von Freiheit träumst du also, Mädel?«

»Wovon träumst du denn?«

Die Mutter verstummte. Plötzlich tat sie Gisela leid. »Wenn du nicht glücklich werden kannst mit ihm …«

»Glücklich?« Die Mutter spuckte das Wort beinahe aus. »Glück ist doch nur was für Reiche.«

»Glück ist für alle da. Man muss es sich nur nehmen. Und

die Banken haben doch genug. Ist doch nur gerecht, was die Banklady macht.«

»So? Das findest du gerecht, wenn sich jeder einfach nimmt, was er will? Wenn jeder nur an sich denkt?« Die Mutter starrte sie an. »Und du, du nimmst dir das Glück?«

»Ja, ich nehm mir das Glück.« Gisela nahm der Mutter das Tagebuch aus der Hand. Die Mutter erwiderte nichts. Unverständnis spiegelte sich deutlich in ihren Augen. Welten lagen zwischen der Gisela, die sie zu kennen glaubte, und der, die vor ihr stand. »Wer sich in Gefahr begibt, der kommt darin um«, zitierte die Mutter noch leise einen Bibelspruch, bevor sie Giselas Zimmer verließ.

Gisela zuckte mit den Schultern. Ohne Gefahr lebt man im Käfig. Ob er golden ist oder aus Eisen. Es ist und bleibt ein Käfig. Aber sie sagte nichts, legte das Buch in den Schrank zurück und kontrollierte, ob noch alles an seinem Platz war. Dann schloss sie den Schrank ab und versteckte den Schlüssel.

In den Vorgärten blühten inzwischen die Rosen.

Gisela war heute früh dran. Jetzt stand sie schon eine Weile vor dem letzten Haus der Lampéstraße und wartete.

Die Fensterscheiben waren längst wieder eingesetzt. Aber Gisela war nicht hergekommen, um noch eine Fensterscheibe einzuwerfen.

Sie war nervös und rauchte eine Zigarette nach der anderen. Gisela hörte die S-Bahn rauschen, sie konnte es kaum erwarten, Peter von ihrem Plan zu erzählen. Dieser Plan würde sie wieder vereinen.

Die bevorstehende Hochzeit der niederländischen Kronprinzessin Beatrix mit dem deutschen Diplomaten Claus von Amsberg war seit Tagen das einzige Thema der Frauen auf der Arbeit. Fanny hatte also recht gehabt. Die Fotos der Paparazzi hatten die beiden gezwungen, ihre baldige Hochzeit anzukündigen. Am Donnerstag war es so weit.

»Sie werden mit einer goldenen Kutsche in die Kirche fahren.« Heide hatte das so stolz erzählt, als würde sie selbst in dieser Kutsche sitzen. »Und die ganze Welt wird ihnen dabei zusehen!«

Fanny hatte den Chef überredet, dass er im Speisesaal einen Fernsehapparat aufstellte. Wer nacharbeitete, würde die Hochzeit dort sehen dürfen.

Gisela trat ihre Zigarette aus. Irgendwann musste Peter doch das Haus verlassen. Aber noch war hier alles ganz still.

Endlich ging die Tür auf.

Auch wenn es nur Hermann Wittorff war, der seine Frau beim Abschied küsste, tat es Gisela weh. Sie sah weg und dachte an Capri und an ihre drei Trümpfe, die sie in der Tasche hatte. Heute würde sie alle ziehen.

Als Peters Frau die Tür zugezogen hatte, setzte sich Gisela ins Auto. Sie folgte Peter so lange im Schritttempo, bis er sich nach ihr umdrehte. Gisela fuhr direkt neben ihn, drehte die Autoscheibe herunter und fragte: »Soll ich dich mitnehmen?«

»Gisela? Was machst du denn hier?« Peter sah sich erschrocken zu seinem Haus um.

»Lass das Taxi stehen und steig ein.« Gisela strahlte Peter mit ihrem gewinnendsten Lächeln an.

Widerwillig stieg Peter in Giselas Auto. Er roch nach Rasierwasser und ein wenig nach Parfüm. »Spionierst du mir nach?«, fragte er immer noch ziemlich beunruhigt.

»Quatsch.« Gisela lächelte seine Bedenken weg und gab ihm einen Kuss. »Ich hab mich nach der Eidelstedter Luft gesehnt und war heute früh im Sola-Bona-Park spazieren. Du hast doch gesagt, dass es da so schön ist. Du hattest recht. Zurück hab ich mich ein bisschen verfahren und dich gesehen.«

Peter sah sie von der Seite an. Gisela konnte an seinem Ausdruck im Gesicht sehen, dass er ihr nicht glaubte, aber auch keine Lust hatte, darüber nachzudenken, was er dann glauben sollte.

Gisela gab Gas. Sie wollte die Reihenhaussiedlung und alles, was Peter damit verband, schnell hinter sich bringen. Auf der Schnellstraße zog sie ihren ersten Trumpf: »Ich hab rausgekriegt, wie viele Alarmanlagen die Polizei hat und wo sie sind.«

Peter sah sie überrascht von der Seite an.

Bevor er sie fragen konnte, wie sie das herausgekriegt hatte, fiel ihm Gisela schon ins Wort. »In Segeberg ist jedenfalls keine.«

Segeberg, Peters Traum, machte alle Fragen, die er ihr hatte stellen wollen, zunichte. »Segeberg ist aber nicht unsere Kragenweite«, sagte er wie jemand, der einem Kind einen schwierigen Sachverhalt wieder und wieder erklärt.

Aber Gisela gab noch nicht auf. »Deswegen rechnet da auch keiner mit uns.«

»Die sind da massiv gesichert. Und um so viele Leute in Schach zu halten, reicht meine Ausrüstung nicht. Da brauchst du ein ganz anderes Kaliber. Ein Maschinengewehr.« Peter runzelte ein bisschen ärgerlich die Stirn und steckte sich eine Zigarette an.

Gisela spielte ihren nächsten Trumpf aus. »Ich weiß auch, wo wir die richtige Ausrüstung dafür herkriegen.« Sie wartete und genoss Peters neugierigen Blick. »Im Polizeipräsidium hängt eine echte Thompson.«

»Im Polizeipräsidium?« Wieder sah Peter Gisela fragend von der Seite an. Er schwieg und wartete, ob Gisela ihm die Sache nun endlich erklären würde.

Aber auch sie schwieg. Sie hatte nicht vor, ihm zu sagen, was sie im Polizeipräsidium gemacht hatte.

»Und woher weißt du eigentlich, was ne Thompson ist?« Peters Ton war aggressiv.

»Hey«, sagte Gisela und gab ihm einen zärtlichen Klaps aufs Knie. »Ich bin die Banklady.«

»Stimmt.« Endlich lächelte Peter sie versöhnlich an. »Wir haben uns so lange nicht gesehen, da hätt ich das beinah vergessen …«

Sie schwiegen. Gisela dachte an die letzte Zeit. Es kam ihr vor, als wären Jahre vergangen. Aber jetzt würde alles gut werden.

»Ich hab auch was rausgekriegt.« Peter holte einen Katalog aus seiner Aktentasche und blätterte suchend darin herum. Dann hielt er den Katalog so, dass sie reingucken konnte. »Ein Bungalow. Am Meer.«

Jetzt war es an Gisela, Peter erstaunt anzusehen. »Capri?« Ihre Augen leuchteten.

Peter lachte. »Erst mal Büsum. Das letzte Wochenende im August ist da noch was frei.«

Gisela schwieg. Derartiges zu träumen hatte sie sich nie gestattet. Nicht vor Monaten und erst recht nicht in den vergangenen Wochen.

Peter wusste nicht, wie er ihr Schweigen deuten sollte. »Also, was meinst du? Kommst du mit?«

»Wir fahren ans Meer?« Gisela konnte es immer noch nicht fassen. »Nur du und ich?«

»Wen hättest du denn sonst noch gern dabei?« Peter grinste spöttisch. »Den Uwe vielleicht?«

Gisela bremste das Auto ab und blieb am Standstreifen stehen. Sie sah Peter ernst an. Seine Augen, seine Lippen, seine Hände. Dabei wuchs und wuchs etwas in ihr, sie musste schlucken, damit es nicht aus ihr rausplatzte.

Auch Peter schluckte. »Ich hab von dir geträumt. Das ist mir noch nie passiert.« Er grinste vor Verlegenheit.

Plötzlich konnte Gisela die Distanz zwischen ihnen nicht mehr aushalten. Sie schnellte zu ihm herüber und küsste ihn leidenschaftlich.

Peter schlang die Arme um sie und küsste zurück.

Nichts wird uns trennen, dachte Gisela. Nichts und niemand. Auch sein anderer Name, seine Frau, sein Kind und sein Reihenhaus nicht.

»Wirklich schön, dich wiederzusehen«, sagte Gisela, als sei Peter eben erst zu ihr in den Wagen gestiegen, und fuhr wieder los.

»Schön, dass du dich so freust.«

Als sie Peters Taxigarage erreicht hatten, holte Gisela eine Illustrierte aus dem Handschuhfach. »Was hältst du von einer Hochzeit?«

Peter sah sie erschrocken an und rückte wieder ein bisschen von ihr ab.

Gisela lachte künstlich, öffnete die Zeitung und tippte auf die Schlagzeile: *DIE JAHRHUNDERTHOCHZEIT.* »Donnerstag sitzt ganz Deutschland vor der Glotze und guckt sich die goldene Kutsche und das Ringetauschen an. Beatrix heiratet schließlich einen von uns.«

Peter nahm die Zeitung und starrte auf das Titelblatt. Dann sah er Gisela voller Respekt an. »Das ist genial. Du bist wirklich genial. Auf so eine Gelegenheit habe ich schon lange gewartet.«

Gisela sah ihn glücklich an. »Welche Bank nehmen wir?«

»Du weißt doch, wo die Alarmanlagen sind.«

Gisela nickte und lächelte. »Kreissparkasse Spormarn in Billstedt. Ich war schon da.«

Peter öffnete die Tür und stieg aus. »Dann sehen wir uns am Donnerstag auf dem Parkplatz in der Süntelstraße.«

Gisela sah Peter nach, bis er im Betrieb verschwand.

Vor ihr spielten Kinder mit einem Ball, den sie abwechselnd immer und immer wieder an eine Litfaßsäule warfen. Erst jetzt sah Gisela, dass sie den Ball einer riesigen Zeichnung der Banklady an den Kopf knallten. *16 000 Mark Belohnung für die Ergreifung der Banklady. Gesucht wird eine etwa 30-jährige Frau, 1,75 m groß, hochtoupierte, blonde Perücke, elegant gekleidet. Vorsicht! Schusswaffe!*

Heute war sie die Letzte, die am Band stand. Fanny schickte ihr einen vorwurfsvollen Blick. Gisela war sonst immer pünktlich, deshalb sagte sie wohl nichts.

Gisela schwebte. Am liebsten wäre sie in Fannys Glaskasten gerannt und hätte sie umarmt. Für sie schien endlich wieder die Sonne. Sollte Fanny doch auch einen Strahl davon abbekommen. Aber sie konzentrierte sich besser auf ihre Arbeit.

In den vergangenen Wochen hatte Gisela versucht, Uwe aus dem Weg zu gehen. Er war seit dem letzten Überfall nicht besonders gut auf sie zu sprechen gewesen. Aber so, wie er sie ansah, und bei dem, was er wusste, war es nicht gut, ihn mit seiner Wut und Enttäuschung allein zu lassen.

Uwe unterbrach seine Arbeit, als er Gisela sah, und zündete sich eine Zigarette an. Seine zitternde Hand verriet Gisela, wie aufgeregt er war. Er bot ihr keine Zigarette an und ließ seinen Blick über sie hinweggleiten, als taxiere er eine Ware. »Ah, die Lady kommt mich mal besuchen.«

Sein Ton gefiel Gisela überhaupt nicht. Um seinen Mund lag ein bitterer Zug. Seit ein paar Tagen vernachlässigte er auch seine Hygiene.

Aber sie blieb und wartete ab, dass er noch etwas sagte.

Uwe kam schnell zur Sache: »Ich will wieder dabei sein. Außerdem brauch ich Geld.« Er grinste sie schief an und blies ihr den Rauch ins Gesicht.

Sie nickte und schüttelte dann den Kopf. »Der Peter würde eher Ray Charles ans Steuer lassen.«

»Ray Charles?« Uwe überlegte. Als er verstand, zuckte er zusammen, als hätte sie ihn geschlagen. »Macht dir das Spaß, so hundsgemein zu sein?«

Gisela schwieg und schob ein Paket Tapeten in den Wagen. Sie spürte, dass Uwe sie weiter beobachtete. Spürte, dass sein Blick an ihrer Halskette und dem Korallenanhänger festfror. Automatisch steckte sie die Kette unter ihren Kittel.

»Wann steigt denn das nächste Ding? Wieder was im Umland?« Er hüstelte.

Gisela sah sich um und musterte ihn skeptisch.

Uwe senkte die Augen.

Gisela wusste jetzt, dass sie mit ihrer Vermutung recht hatte. Und wenn das so war, dann war alles ganz einfach. Sie ging auf Uwe zu. Sie wich seinem Blick nicht aus, sie suchte ihn. Sie verachtete ihn nicht. Sie verstand ihn sogar. Aber Uwe war jetzt eine Bedrohung für Peter und sie. Das konnte Gisela nicht zulassen. Als er endlich zu ihr aufsah, sagte sie ihm, was sie wusste: »Sechzehntausend Belohnung. Das sind wie viel? Drei Jahre Urlaub?«

Uwe sah wieder weg. So, wie er vor ihr stand, mit seinen

traurigen Augen, den fettigen Haaren und der abgeschabten Jacke, tat er ihr leid. Ihr Blick wurde weicher. »Du kriegst noch zehn Prozent von meinem Anteil. Jedes Mal ab jetzt. In Ordnung?«

Uwe überlegte. Die Macht, die er plötzlich spürte, ließ ihn munter werden. »Ein Viertel?«

Gisela zuckte mit den Schultern. Geld war ihr egal. Sie würde Uwe auch die gesamte Beute geben, wenn er sie und Peter nicht gefährdete. Zum Glück wusste er das nicht. »Also gut. Ein Viertel.« Sie drehte sich um und wollte wieder in die Fabrik gehen.

Doch Uwe hielt sie fest. In seinen Augen lag die gesamte Qual der letzten Wochen. Vielleicht war auch ihm das Geld gar nicht so wichtig. »Gisela, noch hast du die Wahl. Mit mir nach Capri oder mit Peter in den Knast. Wach doch endlich auf! Der Peter lässt dich eiskalt fallen, der ist fix und weg, das hat er dir doch von Anfang an gesagt. Warum vertraust du ihm und nicht mir?«

Am liebsten hätte Gisela Uwe geohrfeigt. Zornig riss sie sich von ihm los. »Lass mich in Ruhe.« Sie scheuchte ihn weg wie eine lästige Fliege und ging wieder rein. Sie hatte so ihre Zweifel, wie lange Uwe noch dichthalten würde.

Schon am frühen Donnerstagmorgen begann die Liveübertragung der Hochzeit.

»Zehntausende Menschen haben sich am Straßenrand versammelt, um einen Blick auf das Brautpaar zu werfen«, sagte der Reporter.

Giselas Mutter hatte – obwohl es mitten in der Woche war – ihr Sonntagskleid angezogen, saß vor dem Radio und lauschte. Ihr Kaffee war längst kalt.

Der Hochzeitsmarsch ertönte. Der Blick ihrer Mutter

wurde verklärt. Und du, Gisela?, schienen ihre Augen zu fragen. Wann heiratest du?

Gisela zuckte mit den Schultern und ging.

Heute lag sogar der Friedhof am Heiligengeistfeld ganz verlassen da. Es hatte wohl niemand Lust, die Toten zu besuchen, wenn eine Prinzessin heiratete.

Gisela zog sich auf der Toilette um. Als sie wieder auf den Friedhof trat, war sie rothaarig. Außerdem trug sie über dem hellen Kleid einen ganz zart rosé schimmernden Sommermantel und eine große getönte Sonnenbrille. Sie hatte selbst den winzigen Ausschnitt, den sie von sich im Spiegel gesehen hatte, schön gefunden. Fast wie eine Braut.

Die Kollegtasche unter dem Arm und die Reisetasche in der Hand, traf sie auf dem Parkplatz in der Süntelstraße ein. Peter wartete schon auf sie.

Ein leichter Parfümgeruch umwehte ihn und erinnerte sie an einen Mann, dessen Namen sie lieber nie erfahren hätte. Uwes Worte dröhnten wie der Klang einer schweren Bronzeglocke in ihrem Kopf.

Bis zur Bank schwiegen sie. Auch Peter schien etwas zu beschäftigen.

»Ich komm heut mit rein«, sagte er.

Um 9:38 Uhr betraten Gisela und Peter die Bank. Hier lief ebenfalls ein Fernseher, um den sich alle Angestellten versammelt hatten. Niemand schaute auf. »Ich heiße alle Neuzugeschalteten zur Liveübertragung der Traumhochzeit in Amsterdams Westerkerk herzlich willkommen!«, sagte ein Reporter gerade zum wiederholten Male. Dabei tat er so, als würde er heute die Prinzessin der Niederlande heiraten. Jetzt schwenkte die Kamera auf die Prinzessin. »Sehen Sie sich dieses Kleid an, diese Schleppe … Fünf Meter lang. Pariser Chic. Aber auch unser Landsmann, der Freiherr von Amsberg, kann sich sehen lassen. Und bald wird es ernst. In wenigen Minuten wird der Pfarrer die alles entscheidende …«

»Packen Sie mir bitte alles Geld ein!«, sagte Gisela laut in den Raum hinein. Sie hatte ihre Pistole aus ihrer Manteltasche geholt und zielte auf den Rücken eines Kassierers. Völlig verdattert schaute sich der Kassierer um und blickte in Giselas Pistole. Er schien nicht zu begreifen.

»Dalli, dalli«, half Peter nach. Als er immer noch nicht reagierte, riss Peter das Telefonkabel aus der Wand und zeigte den Anwesenden seine beeindruckende Pistole.

Jetzt drehten sich alle vom Fernseher weg und sahen die beiden Bankräuber entsetzt an.

»Ruhig bleiben. Hinlegen und Kopf auf den Boden. Wir wollen doch den Herrn Pfarrer nicht bei seiner schönen Rede unterbrechen.«

Gisela hielt dem Kassierer die Kollegtasche hin.

Endlich schien der Kassierer aus seiner Starre zu erwachen, raffte hektisch Geld zusammen und packte Bündel mit grünen, braunen und blauen Scheinen hinein. Auf dem Bildschirm war das Brautpaar inzwischen kurz vor der Ringübergabe.

»Das Kleingeld kann hierbleiben«, sagte Gisela, als sie sah, dass der Kassierer auch die Münzen in die Tasche kippen wollte. Peter fasste in seine Jackentasche. Erschrocken wich der Kassierer einen Schritt zurück. Was hatte er vor?

Aber als Peter die Hand wieder hervorholte, war lediglich eine kleine Schmuckschatulle darin, die er Gisela hinhielt.

Sie sah ihn verwirrt an. Dann legte sie kurzerhand ihre Kollegtasche auf dem Zahltisch ab, nahm die Schatulle und öffnete sie. Ein schmaler goldener Ring mit einem kleinen Rubin blitzte ihr entgegen.

Gisela starrte auf den Ring. Es war nicht der Ring, der Gisela Tränen in die Augen trieb, es war das Versprechen, das in diesem Augenblick damit verbunden war. Dieses Versprechen war alles, was sie sich jemals von Peter gewünscht hatte. Und trotzdem zögerte sie.

Der Kassierer bemerkte, dass er nicht mehr im Zentrum ihrer Aufmerksamkeit stand, und hörte auf, die Geldbündel in die Tasche zu packen. Erstaunt beobachtete er Gisela, die immer noch wie erstarrt den Ring ansah.

Peter bemerkte sein Zögern und fuhr ihn an: »Was gibt's denn da zu glotzen … Hopphopp, weitermachen!«

Der Kassierer wandte seinen Blick von Gisela ab. Aus dem Fernseher hörten sie den Pfarrer sagen: »Beatrix Wilhelmina Armgard von Oranien-Nassau, Prinzessin zur Lippe-Biesterfeld, möchtest du Klaus-Georg Wilhelm Otto Friedrich Gerd von Amsberg ehelichen und ihm in guten wie in schlechten Tagen treu zur Seite stehen, bis dass der Tod euch scheidet?«

Feierlich nahm Peter den Ring aus der Schachtel, griff nach Giselas Hand und streifte ihr den Ring über den Finger.

Gisela sah Peter in die Augen.

Die Prinzessin von Niederlande sagte laut: »Ja.«

Gisela sah Peter immer noch an.

»Und nun, nach dem Jawort Ihrer königlichen Hoheit, ist der Freiherr an der Reihe.«

Gisela erwachte aus ihrer Versunkenheit. Sie hatte Peter ihr Jawort gegeben.

Aber als Peter seinen Mund öffnete, legte ihm Gisela den Finger auf den Mund. »Vergisst du nicht was? Du bist schon verheiratet, Peter. Oder soll ich lieber Hermann zu dir sagen?« Den letzten Satz hatte sie beinahe unhörbar geflüstert.

Auch wenn Peter geahnt haben musste, dass Gisela mehr über ihn wusste, als ihm lieb war, traf ihn ihre plötzliche Offenbarung wie ein Schlag. Geschockt ließ er die Waffe sinken.

Wortlos standen sie sich gegenüber.

Da sah Gisela aus dem Augenwinkel, dass der Kassierer etwas unter dem Zahltisch hervorholte. Eine Sekunde später blitzte es. Peter schüttelte seine Erstarrung ab und sprang wie ein Raubtier auf den Kassierer zu.

»Her mit dem Ding!«

Der Kassierer regte sich nicht. Wie gebannt sah er auf Peters Waffe, die ihm bedrohlich nahe gekommen war. Dann drehte er sich um und warf den Fotoapparat auf einen hohen Schrank, der hinter ihm an der Wand stand. Nur noch das Band hing ein Stück herunter. Damit war er für alle unerreichbar.

Rot vor Zorn sah Peter den Mann an. »Scheiße«, sagte er und holte aus, um dem Kassierer eine runterzuhauen.

Gisela bremste ihn und zeigte auf die Stoppuhr. »Lass!«

»Gib mir den Schlüssel.«

Der Kassierer verstand nicht.

»Ich will den Bankschlüssel!«, schrie Peter.

Im Fernseher brandete Applaus auf. Alle Glocken Amsterdams läuteten. Der Kassierer reichte Peter zitternd den Bankschlüssel über den Zahltisch.

Gisela schnappte sich die prallvolle Tasche und eilte mit großen Schritten aus der Bank. Peter folgte ihr und schloss die Bank hektisch hinter ihnen ab. Mit dem Kolben seiner Pistole schlug er auf den Schlüssel – so lange, bis er abbrach. Dann rannten sie zu dem blauen VW Käfer.

Peter riss sich die Karnevalsmaske vom Gesicht und gab Gas. Während sich Gisela in der Enge des Wagens umzog, spürte sie Peters Blicke auf sich ruhen. Auf ihren nackten Beinen, ihrer Brust. Doch während die Bäume an ihnen vorbeirasten, bauschte sich das Schweigen zwischen ihnen immer mehr auf, legte sich wie Blei über ihre Körper.

Plötzlich kam der Verkehr ins Stocken. Ein Unfall.

Gisela rutschte vor Aufregung auf ihrem Sitz weit nach vorn und umklammerte die Reisetasche wie ein Baby. Peters Kiefer knirschten.

Ein älterer Polizist mit einem müden Gesicht regelte den Verkehr um den kaputten Wagen herum. Zwei Sanitäter trugen einen Schwerverletzten an ihrem Auto vorbei.

Gisela sah nach vorn. Das Blut am Kopf des Mannes verursachte ein mulmiges Gefühl in ihrem Magen. Sie versuchte ruhig zu atmen. Gleich musste sie aussteigen und sich übergeben.

Der ältere Polizist kam zielstrebig auf sie zu. Beim Näherkommen sah er immer wieder auf ihr Kennzeichen. Peter atmete schwer. Die Tasche lag wie ein brennendes Scheit auf Giselas Schoß.

Über ihnen kreiste ein Hubschrauber. Sirenen ertönten. Noch ein Polizeiwagen hielt in ihrer Nähe.

Peter klopfte nervös mit den Füßen auf den Boden des Taxis. »Gleich ist er da«, sagte er und krallte seine Hände voller Anspannung um das Lenkrad.

Gisela sah in den Himmel. Was hatte ihre Mutter prophezeit? Wer sich in Gefahr begab, kam darin um. Vielleicht war es jetzt so weit.

Der Polizist hatte inzwischen ihr Auto erreicht und bedeutete Peter, dass er das Fenster runterkurbeln sollte.

Peter ließ sich Zeit. Das Fenster quietschte. Der Polizist sah ungeduldig auf die beiden Insassen.

Da schrie Gisela, so laut, dass Peter und der Polizist zusammenzuckten. Peter sah erstaunt auf Giselas dicken Bauch, dann wendete er sich wieder dem Polizist zu.

»Tag, Herr Wachtmeister.«

Gisela sagte nichts. Sie wimmerte nur noch leise vor sich hin.

»Ihre Zulassung bitte.« Der Polizist schien fest entschlossen, sich von Giselas Wimmern nicht ablenken zu lassen.

»Wir haben es eilig. Wirklich eilig.« Peter nestelte in seiner Jackentasche nach der Zulassung.

»Ja, eilig haben's alle. Das ist die neue Zeit.«

Wieder schrie Gisela. Leiser als das erste Mal, aber nicht weniger schmerzvoll. Der Polizist steckte seinen Kopf in den VW und sah Gisela genauer an. Sie hatte die Hände auf ihren Bauch gelegt und verzog das Gesicht. Als sie seinen Blick bemerkte, beugte sie sich zusammengekrümmt nach vorn. So wimmernd und schreiend hatte Gisela Anneliese vor sieben Jahren ins Krankenhaus nach Altona gebracht. Sie versuchte sich jede Bewegung, jeden Laut ihrer Schwester ins Gedächtnis zu rufen, denn wenn der Polizist nur eine Sekunde an der Echtheit ihrer Darbietung zweifelte, dann waren sie verloren. Wieder schrie Gisela auf. Dann hechelte sie. Einen winzigen Moment sah sie sich bereits aussteigen und die Reisetasche mit der Verkleidung aus ihrem Bauch auf die Straße fallen.

Aber der Polizist schien ihr zu glauben. »Dann aber mal los. Und schön anstrengen, junge Frau, dass es ein Junge wird!«

Peter winkte zum Dank und gab Gas. Langsam fuhren sie an der Unfallstelle vorbei. Nur noch hundert Meter, dann hatten sie es geschafft. Beide lächelten sich erleichtert an.

Auf der gegenüberliegenden Fahrbahnseite kam ihnen ein Wagen entgegen. Gisela wollte sich gerade die Reisetasche unter dem Bauch hervorziehen, da sah sie noch einmal genauer hin. Auf dem Fenster des Zivil-Autos prangte ein Schild: Raubdezernat.

Gisela rutschte tiefer in ihren Sitz. »Dort drüben im Auto, das ist Kommissar Fischer. Der war bei mir zu Hause. Wegen der Perücke.«

Peter holte tief Luft. Ausgerechnet jetzt schaltete die Ampel vor ihnen auf Rot. Peter bremste. Fischer bremste auch. Beide Wagen standen sich direkt gegenüber.

Fischer starrte angestrengt geradeaus.

Peter sah immer wieder kurz zu ihm hinüber und trommelte nervös mit den Fingern auf das Lenkrad. Gisela betete leise.

Da schaltete die Ampel auf Grün. Fischer gab Gas. Die Blicke der Männer trafen sich, als die Autos nur einen Meter voneinander entfernt aneinander vorbeifuhren.

»Kannst wieder hochkommen.«

Dann schwiegen sie. In Gisela war nichts: kein Schmerz, keine Wut, keine Trauer. Sie berührte ihren Oberarm, dann den Ring an ihrem Finger, und versuchte ihre Liebe wieder zu erfühlen. Das Leben mit Peter zu erahnen, was sie hätte haben können, wenn Peter nur Peter gewesen wäre. Sie sah hinaus in den Himmel und träumte von Capri. Einem kleinen Haus, dem Brot, das sie aßen. Sie würden ein Kind haben, vielleicht sogar wirklich einen Jungen. »Gibst du mir eine Zigarette?«

Peter steckte Gisela die Zigarette, die er eben aus der Jacketttasche geklaubt hatte, in den Mund. Dann suchte er sein Feuerzeug und zündete sie ihr an. »Schwangere sollten nicht so viel rauchen«, versuchte er einen Witz.

Gisela sog den Rauch tief ein. Langsam kam sie wieder zur Ruhe. Es hatte eben nicht viel gefehlt und sie wären aufgeflogen. Sie zog die Tasche unter ihrem Mantel hervor und starrte sie an. Ihr Bauch, ihre Haare, ihre Liebe: alles war falsch. So wie sie die Tasche hervorgezogen hatte, würde auch alles andere bald ans Licht kommen. Sie stellte sich ihre Mutter vor, die dann nicht mehr zu beten aufhören würde, ihren Vater, ihre Schwester. Die Steger würde zischeln, dass sie das schon immer geahnt hatte. Ihre eigenen Gedanken gefielen Gisela nicht. In ihr köchelte schon wieder Wut.

»Ist es vorbei mit uns?«

»Die haben jetzt ein Foto von mir.«

»Du weißt, was ich meine.«

Gisela nickte und antwortete nicht. Sie öffnete die Reisetasche und zählte das Geld. »33 285 Mark. Für lebenslang Capri reicht das nicht …«, sagte sie mehr zu sich als zu Peter.

»Kommst du trotzdem mit an die Nordsee? Von mir aus hat sich nichts geändert.«

Gisela sah Peter an. Sie roch seinen Schweiß und das Parfüm seiner Frau. Plötzlich fühlte es sich für sie nicht mehr richtig an. »Halt an. Ich glaub, ich kann das nicht mehr.«

Peter tat so, als hätte er sie nicht gehört. Er fuhr einfach weiter.

»Halt an«, schrie Gisela.

Peter bremste.

Gisela nahm sich die Hälfte der Beute und stieg aus. Sie schlug die Tür zu.

Vor Gisela lag eine trostlose Gegend.

»Komm doch zur Vernunft«, rief Peter aus der halb geöffneten Fensterscheibe.

Ohne sich umzudrehen, lief Gisela einfach geradeaus die Straße weiter.

Peter folgte ihr im Auto. »Den Bungalow lass ich jedenfalls nicht verfallen«, schrie er ihr wütend hinterher.

Gisela verschwand in einer Laubenkolonie, in die er ihr mit dem Auto nicht folgen konnte.

Der August war schon beinahe vorbei. Doch die Sonne kämpfte so beharrlich, als wolle sie den Sommer mit aller Macht zurückhalten. Wellen rauschten. Unter Giselas Füßen knirschte der helle Sand. Jeder, der genug Zeit und Geld hatte, war hergekommen, um sich in der Sonne zu aalen, zu baden oder am Strand zu flanieren. Kinder und Erwachsene schippten und schaufelten und bauten vergängliche Gebilde. Gisela stand braun gebrannt im Bikini und rosa Strandjäckchen, das die Tätowierung auf ihrem Oberarm bedeckte, am Wasser und sah aufs Meer hinaus. Seit drei Wochen war sie in Büsum. Allein. Sie hatte ihren Jahresurlaub genommen, die Reisetasche mit Sommerkleidern und Badesachen vollgepackt und einen Bungalow gemietet. Tagsüber hatte sie mit einer Illustrierten am Strand gelegen, am Abend war sie mit einer Flasche Wein in ihrem Bungalow verschwunden. Sie ging nur mit den Füßen ins Wasser. Manchmal war sie versucht, etwas tiefer hineinzugehen, aber besonders weit wagte sie sich nicht. Sie konnte nicht schwimmen.

An der rechten Hand trug sie Peters Ring. Ihr viel beschäftigter Verlobter hatte keine Zeit für Urlaub, erzählte sie Leuten, die sie neugierig fragten. Am Ende glaubte sie sich das selbst. Die meiste Zeit versuchte sie, gar nichts zu denken. Hier in der Sonne, am Meer und im Sand fiel ihr das leichter als an jedem anderen Ort, den sie kannte.

In die Lornsenstraße hatte sie eine Ansichtskarte geschickt: *Ihr Lieben, schade, dass Ihr nicht einen solchen Urlaub verbringen könnt. Ich habe viel zu erzählen. Das kann man gar nicht alles schreiben. Viele Grüße an alle! Eure Gisela*

Der letzte Augusttag hatte begonnen. Heute fügte sich die Vergangenheit wieder mit der Gegenwart zusammen. Schon beim Aufstehen schlug ihr das Herz bis zum Hals. Gisela lief den Strand so lange ab, bis sie die Frau in dem dezenten schwarzen Badeanzug entdeckt hatte. Jetzt stellte sie sich ans Wasser und sah weit hinaus über die glatte Oberfläche, bis an den Horizont. Das hier fühlte sich noch besser an, als Fenster einzuwerfen.

Die Frau kam aus dem Wasser und schüttelte sich.

»Ist es nicht zu kalt?«

Die Frau im Badeanzug sah erstaunt zu Gisela hoch. Dann lächelte sie freundlich, schüttelte den Kopf und ging ohne ein weiteres Wort zu ihrem Strandkorb.

Aber so leicht ließ sich Gisela nicht abschütteln. »Sie hatten wohl noch Glück mit einem Strandkorb?« Gisela folgte ihr.

»Mein Mann kann sehr hartnäckig sein«, sagte die Frau und trocknete sich die Haare.

»Ah, Ihr Mann?« Gisela sah sich um. Die Frau war allein.

»Er spielt mit unserem Sohn Räuber und Gendarm. Da sind sie ja schon.« Sie zeigte auf einen braun gebrannten Mann in Badehose, der mit seinem Sohn durch den Sand tollte.

Wenige Augenblicke später kamen die beiden außer Atem angerannt.

Giselas Haut begann zu kribbeln.

Als Peter Gisela neben seinem Strandkorb stehen sah, stoppte er abrupt.

»BAMM! BAMM!«, schrie sein Sohn und hielt ihm die Plastikpistole an den Bauch.

Peter schob die Pistole weg und starrte Gisela fassungslos an. Er trug eine goldene Kette mit Medaillon um den Hals.

»Guten Tag.« Gisela räusperte sich. »Nett Sie kennenzulernen. Genauso habe ich Sie mir vorgestellt.« Wieder taxierte sie Peter. »Aber leider muss ich jetzt los. Ich bin vorne in der Bungalowanlage, Haus sechs. Will noch ein bisschen aufräumen. Heute Abend kommt mein Verlobter.« Dabei sah sie direkt zu Peter.

»Hey Papa, du bist doch tot!« Sein Sohn schrie jetzt, um die Aufmerksamkeit seines Vaters wiederzuerlangen. Aber Peter rührte sich nicht. Er sah Gisela an.

Gisela nickte seiner Frau und Peter zu. Dann drehte sie sich um.

In Fischers Büro waren die Vorhänge zugezogen. Hitze und Zigarettenqualm standen im Raum und machten das Atmen schwer. Die Blätter der Monstera hingen vertrocknet nach unten.

Fischers Assistent Kruse stand wartend am Schreibtisch. Er sah müde und abgearbeitet aus. Fischer lief, eine Zigarette im Mundwinkel, auf und ab. »Irgendwelche Anrufe wegen der Belohnung?« Er sah erwartungsvoll zu Kruse und drückte seine Zigarette aus.

»Mindestens hundert. Alles Fehlanzeige.«

Fischer zündete sich eine neue Zigarette an und wühlte nebenbei in Papieren. »Dann müssen wir das klarer formulieren. Schicken Sie mir Fräulein Monika zum Diktat.«

Kruse schwieg und sah Fischer an. »Davon abgesehen,

dass Wochenende ist …«, antwortete er schließlich leise, »hat man Ihnen nichts gesagt?«

Fischer sah ihn fragend an.

Sein Assistent schluckte. »Fräulein Monika hat gekündigt.«

Fischer sah verlegen zu Boden und kratzte sich nervös die Hand.

»Vielleicht brauchen Sie auch mal ein Wochenende?« Kruse lächelte ihn aufmunternd an.

»Gehen Sie ruhig nach Hause.«

Kruse wirkte dankbar und ging zur Tür, da klingelte das Telefon. Fischer nahm ab und hörte mit wachsender Spannung zu. Er winkte Kruse zurück und suchte hektisch einen leeren Zettel auf seinem Schreibtisch. Dann schrieb er hastig ein Autokennzeichen auf einen Zettel und schob ihn Kruse hin.

Kruse griff seufzend zu einem zweiten Telefon und telefonierte.

»In einem Bungalow sagen Sie? Und die Beschreibung passt?« Während Fischer telefonierte, schaute er fragend zu seinem Assistenten, der am anderen Apparat noch auf eine Antwort wartete.

»Volltreffer«, sagte Kruse schließlich. »Als gestohlen gemeldet.«

Fischer war wie elektrisiert. Endlich hatte er eine heiße Spur. Er sprang auf und bellte ins Telefon: »Wenn Sie Ihre Belohnung wollen, halten Sie sie auf. Aber seien Sie vorsichtig, die sind bewaffnet. Wir kommen so schnell wir können!«

Gisela stand in der offenen Bungalowtür und sah in die untergehende Sonne. Das rosa Strandjäckchen hatte sie ausgezogen und fröstelte jetzt leicht. Sie wollte eben wieder hineingehen, als ein Geräusch sie aufsehen ließ.

Wie aus dem Boden gewachsen stand Peter vor ihr. Unter seiner Jacke leuchtete das Hawaiihemd hervor, das er bei ihrer ersten Begegnung getragen hatte. Er sah ziemlich zornig aus. »Näher dich nie wieder meiner Familie!«

Gisela ging rückwärts in den Bungalow und Peter folgte ihr mit schnellen Schritten. Als er dicht vor Gisela stand, schlug er ihr mit voller Wucht ins Gesicht.

Gisela fasste sich an die Nase. Ein dünner Faden Blut lief ihr über die Lippen. Wütend schlug sie mit ihrer gesamten Kraft auf Peter ein. »Und du, lüg mich nie wieder an!« Ihr schossen Tränen in die Augen.

Peter hielt ihre Hände fest. »Du hast doch mit dem scheiß Gefühlskram angefangen. Warum hast du nicht auf mich gehört?« Er sah auf ihren Arm, las, was sie darauf tätowiert hatte.

Gisela sagte nichts. Sie sah ihn einfach nur an. Ihre Blicke trafen sich. Plötzlich war die Luft wie mit Elektrizität aufgeladen. Er küsste ihr blut-, rotz- und tränenverschmiertes Gesicht.

Gisela versuchte, ihn von sich wegzustoßen. Aber Peter war viel stärker als sie.

Als sie wieder sprechen konnte, brüllte sie: »Du hast die ganze Zeit auf Zampano gemacht. Die große Freiheit. Und in Wahrheit bist du angekettet. Wie ein räudiger Hund.«

Peter ließ sie los. Gisela riss ihm die goldene Kette vom Hals und öffnete das Medaillon.

»Hübsch, oder? Ist meine Mutter.«

Gisela blieben die Worte im Hals stecken.

»Ich trag's auch nicht aus Liebe. Ich hab's, damit ich nicht auf so eine mit Gefühlen reinfalle.« Peter schwieg. Aber er hatte schon zu viel gesagt. Jetzt konnte er nicht mehr zurück. »Meine Eltern haben sich kennengelernt, bisschen poussiert und flutsch, hatte meine Mutter einen dicken Bauch. Mein Vater erschrak, meine Mutter war verzweifelt. Aber geheiratet haben sie doch. Und so kam ich im März 28 in Pinneberg als Sohn einer beinah ordentlichen Familie auf die Welt. Später hat sich meine Mutter unsterblich in einen anderen verknallt. Fand ich nicht gut. Mein Vater noch weniger. Er war Schlachtergeselle. Jeden Tag zwei Kühe wegmachen. Dafür hatte er so 'n Bolzenschussgerät. Für meine Mutter hat er die Pistole genommen.« Peter zog seine Pistole aus der Jackentasche und zielte auf Gisela.

Gisela sah ihn unverwandt an.

»Bamm! Bamm!«, machte Peter mit dem Mund und bewegte die Pistole leicht, als würde er schießen. »Als Mutter in ihrem Blut vor ihm lag, wollte er noch sich und auch mich erschießen. Aber da war's dann vorbei mit der Treffsicherheit. Er hat danebengeschossen. Zum ersten Mal in seinem Leben. Mit so viel Liebe im Herzen fuhr Mutter in den Himmel. Und mein Vater für fünf Jahre ins Zuchthaus. Und ich zu den Großeltern. Da war ich fünf. Als mein Vater wieder aus dem Bau kam, war Krieg. Er wurde eingezogen. Und dann fiel er irgendwo. Als eine Bombe unser Haus traf, hatten wir wenigstens noch das Gartenhäuschen. Und in der Laubenpiepersiedlung, zwischen Himbeerranken und Brennnesseln, hockte Katrin und heulte. Ihr Haus und ihr Bruder waren gefallen. Als ich 20 wurde, haben wir geheiratet.«

Peter ging zur Tür. »Ich muss gehen. Meine Frau wartet.«

Gisela stand unbeweglich da. Ihr Herz krampfte sich zusammen. Peter drehte sich noch einmal um, ihm schien noch etwas auf der Seele zu brennen.

»Ihr Vater hat mir seine Münchner Taxikonzessionen verkauft. Die sind da unten viel wert. Er rückt sie aber erst raus, wenn ich sie voll bezahlt habe. Also stottere ich ab. Jeden Tag auf Maloche.« Peter schwieg und schluckte. »Und im Schlafzimmer.« Er sah Gisela an. »Jetzt weißte alles.« Er öffnete die Tür.

Wie, als wäre sie eben aus einem langen Schlaf aufgewacht, lief Gisela zu Peter, packte seine Schultern, riss ihn herum und küsste ihn. Sie drängte ihn zum Bett. Beide fielen übereinander her, wie Tiere, die hungrig aufeinander losgelassen werden.

Ein Geräusch störte die abendliche Stille. Peter hielt misstrauisch inne und lauschte. Gisela versuchte, ihn zu sich zurückzuziehen. Doch wie ein aufgescheuchtes Raubtier stand Peter auf, ging zum Fenster, lauschte und sah in die Abenddämmerung hinaus.

»Komm her«, sagte Gisela und schlang sich das weiße Bettlaken um die Schulter.

Peter schien sie gar nicht zu hören. »Da war ein Mann, der hat mich beobachtet, als ich herkam.«

»Was für ein Mann? Hier gibt's eine Menge Männer. Komm her.«

Peter kam zum Bett zurück. Aber statt sich wieder zu Gisela zu legen, nahm er seine Pistole aus der Jackentasche.

Fischer raste wie ein Wahnsinniger durch die idyllische Sommerlandschaft. In ihm war alles ganz leer. Er konnte nichts denken, nichts wahrnehmen, nichts fühlen. Er konnte nur Auto fahren, obwohl er froh sein musste, wenn er nicht in eine Polizeikontrolle kam. Ich bin die Polizei, dachte er.

Dass sein Assistent neben ihm saß, bemerkte er erst, als Kruse etwas sagte. »Nützt ja nichts, wenn wir da als Erste sind. Für den Zugriff müssen wir ja doch auf die Einheit warten.«

Jetzt erst nahm Fischer Kruses schweres Atmen wahr. Er hielt wohl nichts von seinem Fahrstil. Fischer drosselte die Geschwindigkeit etwas und wartete, dass die anderen Blaulichtwagen aufschlossen. Kurz vor der Bungalowanlage machten sie die Martinshörner aus.

Der Vermieter erwartete sie und zeigte auf einen Bungalow.

Aufgeregt und konzentriert, mit seinem Gewehr im Anschlag, schlich Fischer zu dem Bungalow. »Polizei! Sie sind umzingelt!«, brüllte er.

Hinter ihm stolperte ein junger Polizist. Im Fallen riss er sein Gewehr hoch, ein Schuss löste sich und brach schallend durch die Stille.

Fischer fluchte.

Im Bungalow klirrte es. Jemand zerschlug die Fensterscheiben von innen. Schüsse aus einem schweren Kaliber krachten ihnen entgegen.

Fischer warf sich auf den Boden und eröffnete das Feuer. Auch die anderen Polizisten schossen jetzt. In einer kurzen Schusspause sprang Fischer auf und robbte zum Bungalow. Er presste sich an die Wand und rutschte Zentimeter für Zentimeter Richtung Fenster. Eine neue Schusssalve ließ den Putz abspritzen und streifte Fischer an der Stirn. Blut lief ihm in die Augen. Er wischte es mit seinem Jackenärmel ab und robbte weiter. Gleich hatte er das Fenster erreicht.

Wieder fielen Schüsse. Der Putz spritzte durch die Luft und vernebelte ihm die Sicht.

Fischer hob die Hand. Die Polizisten stellten das Feuer ein. Fischer zählte innerlich bis drei, wirbelte vor, steckte das Gewehr ins Fenster und drückte ab.

Das Gegenlicht blendete. Ein Schatten taumelte. Fischer schoss noch einmal.

Stille. Fischer wartete. Nichts geschah. Vorsichtig sah er durch das Fenster ins Innere des Bungalows.

Im Haus war es dunkel. Federn flogen sanft schaukelnd durch die Luft. An den Wänden klebte Blut. Es war ganz still.

Fischer zögerte einen Moment, dann sprang er durch das Fenster ins Zimmer. Scherben knirschten unter seinen Füßen. Vorsichtig näherte sich Fischer einem still daliegenden Mann, der von dem umgekippten Bett halb verdeckt wurde. Seine blutige Hand umklammerte die Pistole. Fischer stieß die Hand mit seiner Schuhspitze an. Keine Bewegung.

Da, hinter ihm, ein Geräusch. Fischer wirbelte herum, brachte die Pistole in Anschlag und drückte ab. Nichts. Lediglich ein Klicken war zu hören. Sein Magazin war leer.

Fischer atmete jetzt stoßweise. Wie eine Raubkatze ging er hinter dem Bett in Deckung. Fieberhaft holte er Patronen aus seiner Hosentasche, drückte sie in den Schacht. Mit gespanntem Abzug stand er wieder auf. Sich im Halbkreis deckend, durchkämmte er das Zimmer. Niemand hier. Nicht hinterm Schrank, nirgendwo. An die Wand gepresst, öffnete Fischer die Tür zum Flur. Auch hier war niemand. Die Außentür stand offen. Der Perlenvorhang sang eine leise Melodie im Wind.

Er hörte, wie hinter ihm das Einsatzkommando den Raum in Beschlag nahm. Kruse rief nach einem Notarzt.

Fischer stürzte aus dem Haus. Zwischen zwei Bungalows schimmerte etwas Weißes: Die Banklady war auf der Flucht! Ein wehendes Laken bedeckte ihre Schultern.

Bevor die Gestalt hinter einer Ecke verschwand, schaute sich Fischer nach Kruse um. Aber die anderen zu rufen, machte keinen Sinn – ihm blieb keine Zeit. Er sprintete los.

Als Fischer die Frau wieder vor sich sah, rannte sie wie ein weißer Engel in die Dämmerung. Fischer brüllte: »Stehen bleiben.« Sie rannte weiter. Er zielte und schoss ihr hinterher. Die Kugel zerfetzte einen jungen Baum dicht neben ihr.

Vor Schreck stolperte sie und fiel hin.

Als Fischer sie erreichte, drehte sich die Frau um. Sie sahen einander an. Kruse kam dazu und legte ihr eine Decke um. Erst jetzt bemerkte Fischer, dass sie nackt war. Das Laken lag auf dem Boden. Inzwischen trampelte das gesamte Einsatzkommando darüber.

Fischer nickte ihr zu, wie man einer alten Bekannten zunickt. Aber die Frau wendete sich angewidert von ihm ab. Ihre gesamte Aufmerksamkeit richtete sich auf den Notarztwagen, der gerade ankam.

»Sie haben auf Polizisten geschossen!«, sagte Kruse eher erklärend als vorwurfsvoll zu ihr. Das war heute einfach nicht sein Tag. Aus seinem Gesicht war alle Farbe gewichen.

»Daneben, leider«, sagte die Frau rotzig und betrachtete mit zusammengekniffenen Augen Fischers blutige Stirn.

Als wenig später die zwei Sanitäter den Mann mit einem Laken bedeckt aus dem Bungalow hinaustrugen, sank sie kurz in sich zusammen. Aber sie weinte nicht, sondern nahm das Geschehene klaglos zur Kenntnis.

Fischer hatte sie die ganze Zeit beobachtet. Sie war klein

und dünn. Am auffälligsten waren ihre lockigen, feuerroten Haare. Bestimmt gefärbt. Er legte ihr Handschellen an und führte sie zum Polizeiwagen.

»Wie heißen Sie?«, fragte Fischer.

»Heidi Senger. Warum fragen Sie, wenn Sie's sowieso schon längst wissen?«, sagte die Frau trotzig und spuckte ihm vor die Füße.

»Und Ihr Partner?«, fragte Fischer ruhig weiter.

»Das ist mein Mann, Manfred. Was haben Sie denn gedacht?«

Fischer knallte die Autotür und nickte dem Fahrer zu. Der Wagen fuhr davon.

Erst als er nicht mehr zu sehen war, tupfte er sich mit einer Mullbinde das Blut von der Stirn.

Gisela lag noch im Bett, während Peter bereits angezogen auf der Bettkante saß. Seine Uhr war stehen geblieben. Also schaltete er das Radio ein. Gerade lief eine Sondermeldung.

»... hat der Komplize der sogenannten Banklady den Schusswechsel mit der Polizei nicht überlebt ...«, sagte der Radiosprecher.

Gisela fuhr aus dem Bett hoch und sah Peter schockiert an. Ausgerechnet jetzt war die Sendung beendet. Peter drehte am Radioknopf, aber auf keinem anderen Sender wurde diese Meldung wiederholt.

»Einfach abgeknallt«, sagte Peter tonlos und umklammerte seine Pistole.

»Das dürfen die doch nicht.« Gisela versuchte sich zu sammeln. Sie sah Peter an, der inzwischen käseweiß geworden war.

Er schloss die Augen. »So ein billiges Ende.«

»Peter.«

Er hörte sie nicht. »Auf Schicht im Taxi, damals vor meiner ersten Bank … Ich hab immer die Zeitung gelesen und mich über die Idioten amüsiert, und die Fehler, die sie machen. Der größte Fehler ist, wenn man nicht weiß, wann Schluss ist.«

Gisela nickte stumm. Sie wusste, dass er recht hatte.

Peter stand auf und ging zur Tür. Ohne sich umzudrehen, sagte er in die Abenddämmerung hinaus: »Hattest recht, Gisela. Es geht nicht mehr. So schön's auch war.«

Gisela starrte ihn an. Würde er jetzt einfach gehen? Jetzt, wo sie sich gerade wieder gefunden hatten? Jetzt, wo sie sich mehr denn je sicher war, dass sie ihn liebte? Jetzt, wo sie wusste, dass dieser Mann ihr Capri war?

Peter blieb, ihr immer noch den Rücken zugekehrt, im Türrahmen stehen. Dann drehte er sich langsam um, kam zurück und strich ihr übers Haar. Gisela lehnte ihren Kopf an ihn. Beide schwiegen.

Fischer beschäftigte die gesamte Rückfahrt von Schleswig nach Hamburg die Frage, warum Heidi Senger so sicher war, dass er ihren Namen kannte. Er hatte diese Frau noch nie gesehen und auch ihren Namen noch nicht gehört. Kruse wollte er nicht fragen. Der saß mit geschlossenen Augen neben ihm. Vielleicht schlief er. Vielleicht war aber auch Manfred Senger sein erster Toter. Dabei ging es Fischer nicht anders. Wenn er die Augen schloss, war die leblose Hand mit der Pistole tief in seine Netzhaut eingebrannt. Das verzerrte Gesicht, das Blut an den Wänden und der Vorhang, der im Wind wehte. Aber Fischer beruhigte sich. Er hatte einen gefährlichen Bankräuber erschossen. Er hatte geschossen, weil sonst er oder jemand aus der Einheit erschossen worden wäre. Fischer verbot sich jeden weiteren Gedanken.

»Ich weiß es, Chef.« Kruse sprach mit geschlossenen Augen in die Stille hinein.

Fischer sah ihn erstaunt von der Seite an.

»Ich hab die Suchmeldung für Heidi und Manfred Senger auf dem Schreibtisch gehabt. Sie müssen Sie auch bekommen haben.« Er ließ die Augen geschlossen und sprach auch nicht weiter. Nur sein linkes Augenlid zuckte leicht.

Fischer trat auf die Bremse, sodass Kruse mit voller Wucht nach vorn krachte.

»Red schon«, sagte Fischer, als der Wagen stand.

»Das wird Ihnen nicht gefallen, Chef. Und Kaminsky noch weniger. Der hat uns ja eh schon auf dem Kieker«, sagte Kruse leise.

»Jetzt sag's endlich!«

»Die Sengers werden wegen Diebstahl und Einbruch gesucht. Banken waren keine dabei.«

»Woher wollen die anderen Dienststellen das wissen? Die sind doch nicht weiter als wir«, sagte Fischer aggressiv.

Kruse nickte. »Hab ich mich auch gefragt. Aber es gibt was, was die ganz genau wissen: Der Senger saß nämlich noch bis letzte Woche im Bau. Wir haben den Falschen erschossen.«

Kruse schloss die Augen wieder und schwieg. Auch Fischer sagte nichts mehr. Er fingerte nach seiner Zigarettenschachtel, holte mit zitternden Händen eine Zigarette heraus und steckte sie in den Mund. Aber statt sie anzuzünden, ließ er sie im Mund hängen und starrte hinaus.

Der Abendhimmel färbte sich glutrot.

»Sind Sie sicher?«

Kruse zuckte mit den Schultern. »Wir vernehmen die Senger und dann wissen wir's genau.«

»Und dann?« Im selben Augenblick hätte er den Satz gerne zurückgeholt. Er kam ihm kindisch und hilflos vor. So wie er sich jetzt fühlte.

Das Kreuzverhör mit Heidi Senger lieferte keine weiteren Anhaltspunkte dafür, dass sie die Banklady war. Ihre Geschichte war schnell erzählt. Sie stammte aus Hamburg-Billstedt und der Maurer Manfred Senger war ihre große Liebe. Sie hatte ihn mit 16 Jahren kennengelernt, mit 18 hatten sie geheiratet. Seither schlugen sie sich mit kleinen Diebstählen durch. Ehe sie auffliegen konnten, verschwanden sie. Kaum war Senger aus dem Gefängnis gekommen, hatten sie so weitergemacht wie zuvor. Die Fahndung nach ihnen lief schon seit Ende August. Fischer würde sich die Frage gefallen lassen müssen, wie er die Suchmeldung hatte übersehen können.

Nachdem Heidi Senger abgeführt worden war, schickte Fischer Kruse zum Ausschlafen nach Hause.

Fischer starrte schon seit einiger Zeit auf eine Notiz, die besagte, dass Kaminsky auf einen Rückruf wartete. Seine Hand hatte er inzwischen blutig gekratzt.

Im Präsidium war es ganz still. Widerwillig nahm Fischer den Hörer auf.

»Kruse hat schon angerufen und Bericht erstattet«, bellte Kaminsky, ehe Fischer überhaupt etwas sagen konnte.

Fischer schwieg. Er überlegte, was das bedeutete. Wollte ihm Kruse helfen oder wollte er seinen Job?

»Beim ersten Mal tut's noch weh«, sagte Kaminsky in die Stille hinein.

Wie eine giftige Schlange riss sich Fischer den Telefonhörer vom Ohr und knallte ihn auf den Apparat. Ihm war übel vor Wut, Abscheu und Müdigkeit.

Einen Moment lag der Kiez seltsam ruhig da.

Tauben flogen auf, und die Tür des Blauen Papagei krachte lärmend in den Angeln. Zwei starke, tätowierte Männer stießen den schwer betrunkenen Fischer vor sich her und warfen ihn auf die Straße. Er hatte eine halb leere Weinflasche in der Hand, die auf dem Pflaster zerschellte. Blut lief Fischer über die Hand. Er beachtete es gar nicht und rappelte sich auf. Mit blutunterlaufenen Augen stürzte er sich auf die beiden Männer und schlug auf sie ein. Einen Augenblick waren sie verblüfft, dann schlugen sie zurück. Fischer kämpfte wie ein Berserker. Obwohl die beiden Männer stärker waren als er, flößte ihnen seine irre Wut Angst ein. Mit vereinten Kräften stießen sie ihn aufs Pflaster und schlugen die Tür des Blauen Papagei wieder zu.

Eine Weile lag Fischer mit dem Gesicht auf dem Boden. Dann drehte er sich auf den Rücken und sah in den dunklen Himmel. Nicht nur seine Hand blutete, sondern auch sein Gesicht. Er schien nichts davon zu spüren.

Ein Pärchen blieb stehen. Die Frau beugte sich sorgenvoll zu Fischer herunter. »Soll ich die Polizei rufen?«

Fischer schüttelte den Kopf. »Die ist schon da.«

Das Pärchen lief kopfschüttelnd weiter. Als ihre Schritte verklungen waren, schrie er. Fischer schrie einen irren martialischen Schrei, der die Straße entlangrollte und kurze Zeit später wieder zu ihm zurückschlug.

3.

Als Gisela aus dem Urlaub nach Hause gekommen war, hatte sie in Hamburg alles unverändert vorgefunden. Nur Traudels Katze war verschwunden. Aber ihre Eltern, Katja, die Wohnung, das Haus und die Arbeit – alles war wie immer.

Dabei war alles anders.

Gisela atmete, sie lebte, aber sie war von allem, was man Leben nennen konnte wie durch eine dicke Betonschicht getrennt. Sie lag lebendig in einem Grab. Doch sie funktionierte. Sie tat die Dinge, die zu tun waren. Sie weinte nicht. Sie lachte nicht. Sie war wie erstarrt.

Sie verstand jetzt, was ihre Mutter mit Umkommen gemeint hatte. Es musste sich genauso anfühlen. Es war ein langsames Sterben.

Im Schlaf wuchsen ihr Kräfte, die gerade reichten, den nächsten Tag zu überstehen. Am Abend waren diese Kräfte vollständig aufgebraucht. Sie fiel traumlos ins Bett. War es vor ihrer Begegnung mit Peter immer so gewesen?

Der Gedanke an Peter löste eine Weile geradezu unerträgliche Schmerzen in ihr aus. Dann redete sie sich ein, dass mit Manfred Senger auch Peter und die Banklady gestorben waren. Gisela hatte sich jeden Zeitungsartikel über Sengers Tod und die Verhaftung seiner Frau durchgelesen. Sie war nicht erstaunt, dass Kommissar Fischer den tödlichen Einsatz geleitet hatte. Sie war sogar sicher, dass er der Todesschütze gewesen war – auch wenn dazu in keiner Zeitung etwas stand.

Sie befahl sich, daran zu glauben, dass Peter, genauso wie Manfred Senger, durch Fischers Hand gestorben war.

Gisela sah Peter im Bungalow von Kugeln zersiebt vor sich liegen, seine Waffe noch in der Hand. An der Wand klebte Blut. Ein Vorhang wehte im Wind. Die Sommerluft war lau. Draußen zwitscherten die Vögel.

Ende September hatte sich Peter noch immer nicht aus ihrem Kopf vertreiben lassen. Vor Sehnsucht fast irre, war sie mitten in der Nacht wieder aufgestanden und durch die schlafende Stadt, bis zur Elbe gegangen. Das brackige Wasser lag wie ein schwarzes Band vor ihr. Sie suchte sich zwei schwere Steine und legte sie wie Schätze in ihre Manteltaschen. Dann schloss sie die Augen und ließ sich fallen. Sie versuchte, sich genauso wie Peters Portemonnaie in die Tiefe sinken zu lassen. Aber so einfach, wie sie sich das vorgestellt hatte, ertrank es sich nicht. Auch wenn man nicht schwimmen konnte. Hustend, keuchend und wie ein Hund paddelnd, hatte sie wieder aus dem Wasser ans Ufer gefunden.

Triefend vor Nässe und Selbstmitleid war sie nach Hause geschlichen. Das Elbewasser hinterließ eine feuchte Spur auf ihrem Teppich. Dann war es ihr genug.

Hermann Wittorff würde irgendwann mit seiner Familie nach München ziehen, um dort die Taxikonzession seines Schwiegervaters zu übernehmen. Dieser Gedanke bekam mit der Zeit etwas Beiläufiges, Abgenutztes. Menschen zogen um, wechselten die Stadt und die Arbeitsstelle.

Nur sie, Gisela Werler, würde bei ihren Eltern wohnen bleiben. Sie würde die Stadt nicht wechseln, nicht die Arbeitsstelle, nicht ihre Gewohnheiten.

Sie kam jetzt nach der Arbeit pünktlich, mit einem sparsam gefüllten Einkaufsbeutel nach Hause, wusch wortlos das Bein ihres Vaters, der unverändert verbittert auf sie herabsah. Sie rechnete damit, dass sie das große Zimmer bald wieder abgeben musste, da sie ihren Eltern eröffnet hatte, dass sich ihre monatlichen Zahlungen wieder auf 40 Mark beschränken würden. Sogar Katja brachte jetzt mit ihren 150 Mark Kinderzuschuss mehr Geld in die Haushaltskasse ein als sie.

Nachdem das Bein ihres Vaters neu verbunden in der Prothese steckte, bereitete sie mit der Mutter das Abendessen zu.

Schweigend saßen sie vor den Brottellern. Nach wenigen Bissen ging Gisela in ihr Zimmer.

Dort tat sie nichts. Sie trank nicht, sie rauchte nicht, sie saß einfach da und wartete, dass die Müdigkeit sie abholte.

Am schlimmsten waren die Wochenenden. Sonntags wäre sie am liebsten mit ihrer Mutter und Katja in die Kirche gegangen. Aber sie fürchtete, dort nicht einmal mehr atmen zu können – gefangen zwischen engen Bankreihen, in den immer gleichen Liedern, den Gebeten, den strengen Augen des Pfarrers und seiner eifrigen Gemeindemitglieder, für die Giselas jahrelanges Fortbleiben ein steter Dorn im Auge war.

Am Tag des Verbleichens der allerletzten Urlaubsbräune verbrannte Gisela im Hof, zwischen den Mülltonnen, ihre teure Perücke. Blauer Rauch stieg in den Himmel, als wolle sie damit jemand um Hilfe rufen. Aber es antwortete niemand, außer der Steger, die ihren Kopf aus dem Fenster steckte und wie ein Bierkutscher über den Gestank fluchte. Gisela drehte sich gar nicht erst um.

Plötzlich stand Traudel neben ihr. »Was machst du denn da?« Sie nahm einen Stock und hob die zusammengeschmorte Perücke hoch.

»Das geht dich gar nichts an.« Gisela schlug ihr den Stock aus der Hand und die Perücke fiel wieder auf den Boden.

Traudel sprang zur Seite, damit sie ihr nicht auf die Füße fiel. Sie sah Gisela entsetzt an. »Was ist denn mit dir los?«

Gisela antwortete nicht. Sie nahm das, was von der Perücke übrig geblieben war, und warf es in eine der Mülltonnen.

Traudel wartete noch eine Weile auf eine Erklärung. Als sie schließlich einsah, dass von Gisela nichts mehr kam, ging sie grußlos ins Haus.

Gisela ging Katja mehr und mehr aus dem Weg, weil ihr forschender Blick sie verunsicherte. Manchmal fuhr Gisela ihre Nichte noch zur Sprachheilschule oder holte sie ab. Dann sah sie stur geradeaus und lächelte mechanisch, wenn Katja aus dem Wagen schlüpfte. »Mach's gut«, sagte sie. Es fühlte sich so an, als würden sie sich nie wiedersehen.

Ende Oktober entdeckte Katja in dem kleinen Schuppen im Hof drei Katzenjunge in einer rostigen Kohlenkiste. Die hatte Traudels räudige Katze geworfen, nachdem sie wochenlang verschwunden gewesen war. Seither verbrachte Katja jede freie Minute dort unten. Anfänglich hatte sie mit viel Energie versucht, Gisela in den Schuppen zu locken und sie dort mit ihrer Freude an den jungen Katzen anzustecken. Aber Gisela konnte nichts Süßes an den drei blinden, hilflosen Würmern finden.

Zehn Tage später öffneten sie die Augen und ihr Fell

glänzte seidig. Doch Katja bat Gisela nie mehr, mit ihr in den Schuppen zu gehen.

Traudel klingelte mehrfach am Abend. Gisela war meist schon in ihrem Zimmer. Beim ersten Mal hatte sie ihrer Mutter gesagt, dass sie nicht gestört werden wollte.

Leise flüsternd sagte die Mutter von nun an, dass bei Gisela alles immer noch unverändert war, sie wohl einfach Ruhe und Entspannung brauche.

Gisela wartete, bis die Tür wieder geschlossen wurde. Dann lehnte sie sich in ihrem Sessel zurück.

Gisela fand es seltsam, als sie hörte, dass die Kriminalpolizei die Fahndung nach der Banklady ausweitete. Es gab keine Banklady mehr. Sie hatte ein aufregendes Leben an der Seite ihres geliebten Mannes geführt – sie hatte geträumt, geliebt und gelebt. Aber die Banklady war mit Manfred Senger gestorben.

Es gab nur einen, der sie immer wieder daran erinnerte, dass sie vor einiger Zeit die Banklady gewesen war.

Uwe ließ die Augen nicht von ihr. Er bewachte sie wie ein Hund, dem die Kette Tag für Tag verlängert und schließlich ganz abgenommen worden war. Endlich frei, umkreiste er sie geduldig. Er schien zu wissen, dass seine Stunde bald gekommen war. Sein Gesicht hatte in der letzten Zeit immer greisenhaftere Züge angenommen. Es dauerte noch eine ganze Weile, bis er Gisela daran erinnerte, dass sie ihm ein Viertel ihres letzten Beutezuges versprochen hatte. Sie hatte es nicht vergessen, aber sie hatte das Geld und all die anderen Dinge, die sie an die Vergangenheit erinnerten, seit dem Sommer nicht angerührt. Es gehörte ihr nicht mehr.

Doch Uwe ließ nicht locker. Er wollte seinen Anteil.

Gisela hatte eine Flasche Schnaps und Zigaretten gekauft und wartete auf Uwe. Ihre Mutter betrachtete sie mit einem fragenden Blick, als sie sich nach dem Essen noch mal umzog. Sie hatte lange keines ihrer schönen Kleider mehr getragen. Aber die Mutter fragte nicht nach. Gisela hätte wohl auch nicht geantwortet.

Als Gisela Uwe schließlich in ihr Zimmer führte, sah er sich staunend um. »Biste unter die Millionäre gegangen?«

Gisela beobachtete seine Hand, die über ihre rote Schottendecke strich, und seinen Blick, der über die Schlafzimmermöbel, die Teppiche und die anderen Dinge glitt, die ihr langsam selbst fremd und märchenhaft vorkamen. Es war, als hinterließe er eine schleimige Spur, die sie nie wieder würde herauswaschen können.

Uwe ließ sich auf den samtigen Sessel fallen und Gisela goss ihm ein großes Glas Schnaps ein.

Er trank es, ohne abzusetzen. Aber selbst beim Trinken ließ er sie keine Sekunde aus den Augen, taxierte ihren Hals, ihren Ausschnitt, den Busen, die Beine. »Dürre biste geworden.«

Gisela zuckte mit den Schultern. Sie hatte das Geld bereits beiseitegelegt und reichte es ihm. »Das ist dein Anteil von unserem letzten Mal«, sagte sie leise. Es wäre ihr am liebsten, wenn er gleich, nachdem er es in Empfang genommen hatte, wieder ging.

Uwe öffnete den Umschlag und zählte. »Wenn das wirklich euer letztes Mal war, dann sind viertausend ganz schön wenig.«

Gisela zuckte mit den Schultern, stand auf, öffnete den Schrank und beugte sich zu ihrem Versteck. Sie spürte Uwes Blick auf ihrem Hintern.

Schnell drehte sie sich wieder um und reichte ihm noch einmal zehn Hundertmarkscheine.

Uwe hatte sich inzwischen das Glas wieder vollgegossen und trank. Das leere Glas knallte laut auf dem Tisch. Er griff nach Giselas Hand und zog sie zu sich auf den Schoß.

Widerwillig ließ Gisela es geschehen.

»Wir hätten's so schön haben können, wir beide.« Er sah sie herausfordernd an.

Gisela schwieg. Sie verkroch sich in die innere Kammer, in der sie in letzter Zeit viel hockte. Dort war es still und leer.

Uwe griff ihr zwischen die Beine. »Willste gar nicht wissen wie schön?« Gisela sah ihn angewidert an und riss sich los. Sie stand auf und sah ihn an. Er sollte einfach die Fünftausend nehmen und gehen.

Uwe stand ebenfalls auf. Aber er dachte nicht daran zu gehen. »Mit mir wär's auf jeden Fall schöner als im Knast.«

Gisela sah Uwe zum ersten Mal an diesem Abend in die Augen. Plötzlich wusste sie, dass, auch wenn Peter und die Banklady schon lange tot waren, Uwe immer noch da sein würde. Und sie war ihm ausgeliefert. Sie war der Anteil. Gisela fühlte Ekel und Hass in sich aufsteigen.

Uwe ruderte inzwischen wieder zurück. »Komm her. Ich lieb dich doch, du. Ich will dich. Wir beide, und dann Capri?«

Das Wort Capri ließ Gisela aus ihrer Starre erwachen. »Hau ab«, sagte sie tonlos.

Aber Uwe bemerkte ihre tiefe Erschütterung nicht. Er hatte jede Menge Asse im Ärmel und fühlte sich sicher. Gisela und ihr Geheimnis gehörten ihm. Er ging auf Gisela zu und küsste sie. Gierig, feucht und brutal.

Einen Augenblick ließ Gisela es zu, so als wolle sie sich testen, was ein Kuss in ihr auszulösen vermochte. Dann waren Hass und Ekel so übermächtig, dass sie Uwe wild von sich stieß. »HAU AB!«, schrie sie. Der Schrei war so laut und kraftvoll, dass Gisela selbst erstaunt war.

Uwe stand erschrocken vor ihr und wusste nicht, was er mit seinen Händen und seinem Gesicht, seinem ganzen gierigen Körper anfangen sollte. »Gisela, ich will dir nur …«

Gisela nahm das Glas und schmiss es mit voller Wucht an die Tür. Es zerschellte.

Uwes Augen irrten über ihr Gesicht und suchten nach einer Erklärung. Er fand keine, nahm den Umschlag mit dem Geld, steckte die 1000 Mark zu den anderen Scheinen und ging. Die Glasscherben knirschten unter seinen Füßen. An der Tür drehte er sich noch einmal um. »Peter hat übrigens schon die Umzugswagen bestellt.« Uwe wartete noch kurz auf eine Regung in Giselas Gesicht. Als er darin nichts entdeckte, was ihm Genugtuung hätte verschaffen können, knallte er die Tür hinter sich zu.

Gisela stand noch lange regungslos da und starrte auf die geschlossene Zimmertür. Sie öffnete das Fenster und atmete tief ein. Sie roch die Luft, die einen frühen Winter ankündigte. Noch lebte sie.

Die Schnapsflasche stand auf dem Tisch und schimmerte ihr verheißungsvoll entgegen. Gierig trank Gisela einen großen Schluck. Gleich aus der Flasche. Die Zigaretten hatte Uwe nicht angerührt. Gisela riss die Schachtel auf und steckte sich gleich zwei Zigaretten auf einmal an. Der Rauch fraß sich tief in sie hinein. Sie zitterte und ihr wurde schwindlig. Sie musste sich hinsetzen und hustete. So wie beim ersten Mal.

Draußen klopfte jemand an die Tür. »Alles in Ordnung, Gisela?«

Gisela stand auf und stellte sich auf die Glasscherben. »Ja«, sagte sie durch die Tür und schloss sie ab.

Die Mutter stand noch eine Weile davor und wartete, unschlüssig, wie sie sich verhalten sollte.

Auch Gisela blieb reglos stehen und wartete darauf, dass sie ging. Irgendwann hörte sie, wie sich Schritte von ihrem Zimmer entfernten.

Sie nahm noch einen großen Schluck von dem Schnaps, atmete tief ein und ging entschlossen zu ihrem Schrank.

Wenig später trug Gisela die Kette mit dem Korallenanhänger und den Ring. Außerdem hatte sie das ganze Zimmer fein säuberlich mit ihren Geldscheinen ausgelegt. Es waren 17 307 Mark, die einen beeindruckenden Geldscheinfliesenboden ergaben. An der Tür glitzerten die Glasscherben.

Auf dem Bett lagen die restlichen Geldscheine und ihre anderen Schätze: die Masken, die Perücke, die Kraftfahrzeugkennzeichen und ihr Banklady-Album. In der Mitte platzierte sie die Damenpistole, die ihr Peter aus dem Blauen Papagei besorgt hatte, und eine volle Packung Munition.

Gisela legte sich auf das Bett und wälzte sich darauf, als wolle sie sich mit ihrer Vergangenheit vereinigen. Sie nahm das Album und blätterte darin – die Phantombilder, Schlagzeilen, Karikaturen, alles über die Banklady. Ihr Blick fiel auf den Wirtschaftswunderartikel über Segeberg. Skizzen. Zeitpläne. Eine Karte …

Gisela drückte Patronen in die Trommel des Revolvers. Sie zielte auf die Capri-Tapete über ihrem Bett. Dann senkte sie die Pistole wieder.

Noch war ihr Traum nicht gestorben. Er atmete, genau wie sie. Sie beide lebten! Und solange Hermann Wittorff Hamburg noch nicht verlassen hatte, konnte ihm Gisela etwas schicken, das ihn an jemand erinnerte, der einmal einen Traum geträumt hatte und ihr Lebenselexier gewesen war.

Gisela schwebte durchs Zimmer. Die Geldscheine stoben unter ihren Füßen auf, wie aufgescheuchte Nachtfalter.

Außer Atem sammelte Gisela die Geldscheine und die anderen Dinge der Banklady ein und legte sie zärtlich in ihr Versteck zurück.

Sie warf sich einen Wintermantel über, nahm ihre Reisetasche, den Autoschlüssel, einen schweren Hammer aus ihrer Werkzeugkiste und schloss die Tür wieder auf. Im Flur war alles still.

Um niemanden aufzuwecken, schlich sie auf Zehenspitzen aus der Wohnung.

Draußen schlug Gisela die Kälte wie ein bösartiges Wesen entgegen. Aber das machte ihr nichts aus.

Der VW stand da wie im Winterschlaf, verborgen unter dem Blätterdach. Gisela versuchte wenigstens die Frontscheibe freizuwischen. Sie schob unzählige Blätter auf den Boden. Immer wieder fielen neue vom Dach. Als ein schwarzes Volvo-Taxi vorüberfuhr, hielt sie es an. Sie nannte eine Nebenstraße des Polizeipräsidiums. Der Fahrer starrte auf ihr schönes Kleid und gab Gas. Das Radio lief und Gisela hörte den aufgeregten Bericht eines Reporters von einem weißen Belugawal, der im Rhein schwamm.

»Schon seit Tagen versucht der Chef des Duisburger Zoos des Meeresriesen habhaft zu werden. Aber bisher konnten weder Tennisnetze noch Betäubungspistolen dem weißen Meister der Täuschung etwas anhaben.«

Bei dem nachfolgenden Beatles-Schlager wippte Gisela

im Takt. Wenn die Wale schon im Rhein schwammen, dann musste es doch möglich sein, einen Traum wahr werden zu lassen. Dieser weiße Wal war der Beweis, dass Wunder möglich waren.

Sie gab dem Taxifahrer Geld und bat ihn, auf sie zu warten.

Der Nachtpförtner im Polizeipräsidium sah Gisela erstaunt an.

»Fischer … Er heißt Fischer.«

»Jetzt arbeitet hier niemand mehr. Auch der Fischer ist schon weg.«

Aber so leicht ließ sich Gisela nicht abwimmeln. »Ich hab aber Licht bei ihm gesehen.«

Der Pförtner seufzte: »Er hockt schon seit Monaten Tag und Nacht da oben und jeder weiß, dass er auf keinen Fall gestört werden will.«

Gisela beugte sich über den Tresen und zeigte dem Pförtner ihren hübschen Ausschnitt. »Es ist ein Notfall. Seine Mutter schickt mich.« Der Pförtner sah sie fragend an.

»Sie musste ins Krankenhaus und erreicht ihn nicht.«

»Na dann.« Der Pförtner öffnete die Tür. »Wissen Sie, wo er sitzt? Vierte Etage.«

Gisela nickte und schlüpfte schnell durch die Tür zum Treppenhaus, die krachend hinter ihr ins Schloss fiel.

Fischer saß unrasiert und übermüdet in seinem chaotischen Büro. In der Ecke lief ein Fernseher. Auch hier kam gerade ein Bericht über den weißen Belugawal. Die Kamera schwenkte vom Wal im Rhein auf das Bonner Abgeordnetenhaus. Fischer schaute auf den Fernseher. Er traute seinen Augen nicht und rieb sich den Schlaf aus den Augen. Der Wal bäumte sich aus dem Wasser. Menschen am Ufer starrten wie gebannt auf das Jahrhundertereignis. Und als sei das nicht schon genug, fing der Wal auch noch an zu schreien.

In Fischers Ohren klang dieser Schrei wie der Schrei einer unendlich gequälten Kreatur.

Sein Telefon klingelte. Ohne die Augen von dem Wal zu lassen, nahm Fischer den Hörer ab. »Was?«, schrie er. »Meine Mutter ist seit fünf Jahren tot!«

Im selben Augenblick hörte er ein ohrenbetäubend lautes Klirren. Fischer warf den Hörer hin und rannte los.

Er nahm drei Stufen auf einmal. Auf der letzten Stufe stürzte er fast, fing sich wieder und rannte weiter.

Gisela rannte, nachdem die Tür des Polizeipräsidiums hinter ihr zugefallen war, nach oben in die zweite Etage. Sie wusste, dass ihr nicht viel Zeit blieb. Der Pförtner würde Fischer bestimmt anrufen und ihm mitteilen, dass ihn jemand mitten in der Nacht besuchen wollte. Während des Rennens riss sie den Reißverschluss ihrer Tasche auf und holte einen Hammer heraus. An der Vitrine angekommen, knallte sie ihn mit ganzer Kraft in das Glas. Das Klirren war ohrenbetäubend laut. Am liebsten hätte Gisela geschrien vor Freude.

Überall lagen Scherben auf dem Boden. Gisela riss die

Thompson-Maschinenpistole aus der zerschmetterten Glasvitrine und stopfte sie in ihre Tasche. Dann rannte sie wieder los.

Unten, an der Tür, stand der Pförtner. Er sah ihrer Wucht ängstlich entgegen. Trotzdem stellte er sich ihr in den Weg.

Gisela, die den schweren Hammer immer noch in der Hand trug, hob ihn in die Höhe und warf ihn nach ihm. Erschrocken duckte der Pförtner sich weg.

Der Weg war frei.

Hinter sich hörte sie jemanden die Treppenstufen hinunterpoltern. Gisela sah sich nicht um. Das konnte nur Fischer sein.

Sie rannte zu dem wartenden Taxi, als gehe es um ihr Leben. Die schwere Thompson schlug ihr an die Beine – Gisela spürte es nicht. Bevor sie in den Wagen sprang, drehte Gisela sich um. Hinter ihr war Fischer und er kam immer näher.

»Fahren Sie los.« Gisela versuchte, ihre Stimme beherrscht klingen zu lassen.

Der Taxifahrer schaute in den Rückspiegel. »Ärger mit nem Kerl?«

Zwischen Fischer und dem Auto lagen noch zehn Meter. »Fahren Sie!« Ihre Stimme klang erregt.

Der Taxifahrer sah immer noch in den Rückspiegel. Wenn er erkannte, dass Fischer ein Polizeibeamter war, war Gisela verloren. Aber die Situation schien dem Fahrer Spaß zu machen. »Keine Sorge, den mach ich fertig.«

Draußen schrie Fischer: »Stehen bleiben!«

Da sah der Taxifahrer die Pistole in Fischers Hand. Endlich gab er Gas.

Inzwischen hatte Fischer den Wagen erreicht und schlug auf das Blech, als wolle er das Dach zertrümmern. Er versuchte sich an dem Auto festzuhalten, aber das gewann schnell an Geschwindigkeit. Fischer taumelte, stürzte und blieb schließlich liegen.

Das Taxi brauste davon.

Gisela sah durch die Windschutzscheibe. Fischer war wieder aufgestanden. Noch leicht schwankend sah er dem Wagen hinterher.

Am nächsten Morgen schlich Gisela in den kleinen Schuppen im Hof. Mit der Thompson in einem Postpaket, ihrem marineblauen Kostüm und der roten Perücke schwang sie sich auf das Postfahrrad von Herrn Müller. Sie hatte ihn nicht gefragt, ob sie es haben durfte. Er benutzte es sowieso nur noch selten. In letzter Zeit fuhr er nur mit dem Auto aus.

Draußen war es noch dunkel und kalt. Gisela strampelte die ewig lange Kieler Straße hinunter. Dabei stellte sie sich vor, wie Hermann Wittorff das Paket bekam. Wie er es in Händen wog, wie er überlegte, was darin sein könnte, wie er es öffnete und sich an einen erinnerte, der er einmal gewesen war.

Als Gisela das Reihenhaus in der Lampéstraße 21a erreichte, stockte ihr der Atem. Sie bremste und stieg vom Fahrrad.

Uwe hatte sie nicht belogen. Vor dem Haus stand ein Umzugswagen. Männer trugen Kisten und Möbel aus dem Haus. Katrin Wittorff stand an der Tür. Gerade kamen zwei Träger mit einem großen, schweren Spiegel heraus. Katrin folgte ihnen gut gelaunt zum Umzugswagen.

Hermann Wittorff stand im Umzugswagen und nahm den Spiegel entgegen. Seine Frau drohte ihm mit dem Finger: »Wenn der runterfällt, gibt's sieben Jahre Pech.«

Einen kurzen Augenblick zögerte Hermann, dann zog er

den Spiegel in das Auto. Als der Spiegel zwischen den Kisten stand, ließ er sich auf einen herumstehenden Sessel sacken. Katrin zuckte mit den Schultern und ging zurück zum Haus.

Gisela stieg auf das Fahrrad und fuhr direkt auf sie zu. »Frau Wittorff?«

Katrin sah sie an.

»Ein Paket für Ihren Mann.«

Katrin Wittorff betrachtete neugierig das schwere Paket, dann rief sie: »Hermann, hier ist was für dich!«

Hermann sprang aus dem Umzugslaster. Gisela reichte Katrin Wittorff das Paket, nickte ihr zu und stieg wieder auf das Fahrrad. Sie spürte Hermanns Blick in ihrem Rücken und radelte los.

Als Gisela die Lornsenstraße erreichte, stand Hermanns Taxi bereits vor der Tür. Hermann sprang aus dem Auto. Die Wucht, mit der er auf Gisela mit erhobener Hand zugestürmt kam, ließ sie einen Moment zurückzucken. Dann hob sie den Kopf und erwartete herausfordernd seinen Schlag, stolz und ein wenig verrückt.

Doch Hermann schlug nicht zu. Er nahm sie in den Arm. »Du bist völlig wahnsinnig.«

»Vielleicht.«

Hermann wollte sie küssen.

»Ich denk, das ist vorbei mit uns?«

»Ich bin hier, oder?«

»Gut. Und die Thompson?«

»Die auch.«

»Dann machen wir unser letztes Ding. Segeberg. Dein Traum.« Gisela schwieg einen Moment. »Danach kannst du nach München ziehen. Oder mit mir nach Capri, Hermann.«

Hermann sah sie an. Gisela sah ihm ganz gerade in die

Augen. Beide musterten einander, als begegneten sie sich zum ersten Mal.

Schließlich nickte Hermann. »Wir fangen mit der Thompson an.«

Gisela schob das Fahrrad zurück in den Schuppen. Hermann folgte ihr und machte sich im Schuppen an der Werkbank zu schaffen. Mit einer schweren Feile aus seiner Werkzeugtasche feilte er an dem von der Polizei aufgeschweißten Sicherheitshebel, um die Waffe wieder schussfähig zu machen.

Die drei jungen Katzen lagen immer noch in der Kohlenkiste. Katja, die sich als Einzige um sie kümmerte, hatte die Kiste inzwischen sorgsam mit einem alten Pullover von Gisela ausgepolstert, damit sie nicht froren.

Gisela näherte sich den Katzen vorsichtig und streckte die Hand nach ihnen aus. Erst fauchten sie zaghaft, dann hoben sie die Köpfe und schmiegten sich ihrer Hand entgegen.

Plötzlich stand Katja im Schuppen. Sie starrte auf Hermann und die schwere Waffe. Aus ihrem Mund kam ein Ton, den Gisela noch nie zuvor gehört hatte. Ein schmerzhaftes Gurgeln und Röcheln.

Hermann starrte Katja ebenfalls an. Die Waffe zu verstecken, war zu spät. »Wer ist das?«, fragte er Gisela.

»Meine Nichte.«

Als Gisela aufstand und einen Schritt auf Katja zumachte, drehte sie sich um und rannte über den Hof ins Haus.

»Sie wird nichts sagen.«

»Woher willste das wissen?«

»Weil ich's weiß!«

Hermann nickte nachdenklich. »Red trotzdem mit ihr. Aber beeil dich und pack alles ein. Ich hol noch schnell Patronen aus dem Blauen Papagei.«

Katja hatte sich unter Giselas Bett versteckt. Gisela hockte sich hin und betrachtete sie.

Dann öffnete sie ihren Kleiderschrank, packte den Trommelrevolver, eine Perücke, graue Beinlinge, einen Nylonstrumpf, eine Brille mit Fensterglas und verschiedene Autokennzeichen in die Reisetasche. Zuletzt zählte sie 10 000 Mark ab und steckte sie ebenfalls dazu. Sie schloss den Kleiderschrank sorgfältig ab.

Katja lag immer noch unterm Bett und rührte sich nicht. Erst jetzt sah Gisela, dass Katja das Wort Tod in den Staub gemalt hatte. Gisela legte sich auf den Fußboden und rutschte dicht neben Katja. Sie sahen einander an. Vorsichtig hob Gisela die Hand und streichelte ihr über den Kopf. Katja ließ es geschehen. »Du dachtest, Hermann tötet deine Katzen? So einer ist er nicht! Deinen Katzen wird nichts passieren.« Sie sprach langsam, sodass Katja sie verstehen konnte. Dann lächelte Gisela ihr zu, zog ihren Ring mit dem blauen Stein aus und steckte ihn Katja an den Finger. Er war ihr viel zu groß. Katja sah sie mit großen Augen an. Gisela schob sich wieder unter dem Bett hervor und ging. Ihr Herz fühlte sich ganz leicht an.

Gisela sprang schnell die Treppen hinunter. Ihre rechte Hand berührte zärtlich den Handlauf. Im Schuppen hob sie die Katzen vorsichtig aus der Kohlenkiste und legte die 10 000 Mark unter ihren Pullover.

Hermann wartete bereits im Taxi auf sie. In seiner Sakkotasche klapperten Patronen. Gisela warf die Reisetasche auf den Rücksitz und nickte ihm zu. Es konnte losgehen.

Tief im winterlichen Wald, zwischen Hamburg und Segeberg, parkte Hermann das Taxi. Er packte die Thompson aus dem

Paket, nahm sie beinahe zärtlich in die Hand und musterte die Waffe, als sei sie ein lebendiges Wesen. Dann stapften sie noch tiefer in den Wald. Hermann lud die Thompson mit einer der Elf-Millimeter Stahlmantelgeschosse, hob sie hoch, zielte und schoss. Die Kugeln fetzten wie bösartige Bienen durch die Luft. Hermann imitierte die großen Gesten aus alten Gangsterfilmen und schob sich grinsend mit dem Lauf den Hut aus der Stirn. Er reichte Gisela die Waffe.

Ihr Herz schlug wie wild. Der Lauf der Thompson glänzte in der Wintersonne, die sich zwischen den kahlen Bäumen hindurchkämpfte.

Sie erinnerte sich an ihre ersten Schießübungen mit Hermann und betätigte den Abzug. Die Wucht der Kugel warf sie beinah um. Sie spreizte die Beine und stellte sich fester auf den Boden. Das Blut pulsierte in ihren Adern. Hermann sah sie an. Seine Augen glänzten. Gisela schoss noch einmal. Diesmal stand sie fest auf dem Boden. Das Gewehr wurde zur Verlängerung ihrer Hand. Niemand würde sich ihr widersetzen können.

Fischer saß mit geschlossenen Augen am Schreibtisch. Nur das Ticken eines Weckers unterbrach die Stille. Einen Moment lang sah es so aus, als ob er schliefe. Aber er war hellwach. So wach hatte er sich lange nicht mehr gefühlt. Er sammelte seine Kräfte. »Du hättest nicht hierherkommen sollen«, flüsterte er. »Du hast mich unterschätzt. Hast gedacht, du könntest mir auf der Nase rumtanzen. Aber da hast du dich getäuscht.«

Er war sich sicher, dass er jetzt endlich zum entscheidenden Schlag ausholen würde. Dafür brauchte er alles, was ihm noch an Kraft geblieben war. Plötzlich lachte er auf. Es war kein fröhliches Lachen. Außer dieser letzten Kraft war ihm nichts geblieben. Er hatte alles aufgegeben. Er hatte sein Leben aufgegeben. Aber er würde auch noch seinen letzten Atem hergeben, um die Banklady zu finden.

Die Tür ging auf. Kruse sah auf seinen Chef und wartete, dass er die Augen öffnete. Als Fischer ihm nicht den Gefallen tat, sagte er: »Kaminsky will Sie sprechen.«

Fischer richtete sich leicht auf. »Bin gleich da.« Schweißperlen standen ihm auf der Stirn.

Kruse stand immer noch in der Tür. »Sofort.«

Fischer öffnete die Augen und stand auf. Ihm war schwindelig. Er leckte seine ausgetrockneten Lippen. »Bleibst du an den Taxen dran?«

Kruse nickte.

Kaminsky sah nicht auf, als Fischer sein Büro betrat. Auch er sah müde aus.

Fischer straffte die Schultern. »Ich weiß jetzt, wie sie fliehen. Sie steigen in ein Taxi um. Das fällt nicht auf, die gibt's hundertfach.«

Kaminsky sah immer noch nicht auf. Er starrte auf einen Brief und zuckte mit den Schultern. »Dem Senator reicht's. Erst die falsche Banklady. Der falsche Tote. Jetzt auch noch der Einbruch hier bei uns. Er will Konsequenzen.«

»Wir sind ganz nah dran, das haben Sie ihm doch erklärt?«

Jetzt sah Kaminsky doch hoch. Er lächelte. Aber es war kein freundliches Lächeln. »Du bist raus, Fischer.«

Fischer starrte ihn an. Er hörte, was Kaminsky sagte, aber die Worte erreichten ihn nicht.

»Schmidt übernimmt. Und du rasierst dich mal.«

Als Kaminskys Worte Fischer wie der Rückstoß einer schweren Waffe erreichten, schnellte er nach vorn, ganz dicht an seinen Chef heran. Ihre Gesichter trennten nur wenige Zentimeter. Einen Moment hatten Fischers Züge etwas von einem Wahnsinnigen. Dann hatte er sich wieder unter Kontrolle. »Ich fordere Sie ganz höflich auf: Lassen Sie mir den Fall. Bitte.«

Kaminsky sah Fischer an. Allein Fischers Sommerhemd ließ Kaminsky frösteln. Es war bald Weihnachten. »Du bist raus.«

Fischer holte tief Luft. Er hatte noch einen einzigen Trumpf in der Hand. Es war zu früh, aber er musste ihn jetzt spielen. »Vierzehn selbstständige Taxifahrer haben im letzten Jahr neue Taxen gekauft.« Fischer machte eine Pause, um zu sehen, wie sein Trumpf wirkte.

Aber Kaminsky holte bereits den Dienstentlassungsbogen aus einer Schublade.

»Nur drei mit Bargeld.«

Jetzt sah Kaminsky ihn doch noch einmal an. Aber nur, um unbeeindruckt seine Hand zu öffnen. »Dienstausweis. Waffe und Unterschrift.« Er schob Fischer den Bogen hin und knallte einen Füller darauf.

Fischer kniff die Augen zusammen und drehte sich um. Er überlegte kurz, Kaminskys Tür laut zuzuschlagen, aber es kam ihm wie eine unnötige Kraftverschwendung vor. Er schloss sie und überhörte Kaminskys Brüllen. Schnell lief er den Flur herunter. Kruse kam ihm mit unsicherem Blick entgegen. Er deutete mit dem Kopf auf Kaminskys Zimmer.

Fischer zuckte mit den Schultern. Sollte der Alte doch brüllen. Jetzt war er an der Reihe. »Hast du die Adressen?«

Kruse nickte. Dann fuhren sie los.

Die beiden ersten Adressen waren Fehlanzeige. Beide Taxibesitzer hatten ihnen glaubhaft machen können, warum sie so eine Anschaffung mit Bargeld getätigt hatten. Aber beide konnten ihm auch das Blaue vom Himmel erzählen. Ohne hinreichenden Tatverdacht bekamen sie keinen Durchsuchungsbefehl und konnten gar nichts erreichen. Trotzdem vertraute Fischer seinem Gefühl.

Ihr Wagen näherte sich bereits der letzten Taxigarage auf ihrer Liste. Bisher hatten die beiden Männer nur das Nötigste gesprochen. Fischer hatte die Augen bereits wieder geschlossen und summte ein Lied.

Kruse überlegte, was für ein Lied es war. Er hatte seit Kurzem eine kleine Tochter und meinte, genau dieses Lied gerade erst von seiner Frau gehört zu haben. »Trara die Post ist da« hieß es. Kruse verzog sein Gesicht und versuchte seine Unsicherheit wegzuschieben. »Das kann man nicht übers Knie brechen. Wir sollten die Taxen beschatten lassen.«

Fischer reagierte nicht. Er öffnete bereits die Wagentür, sprang heraus, stürmte zur Garagentür und hämmerte dagegen.

Nichts passierte.

Fischer starrte eine Weile auf die Tür. Sein Bein zuckte. Kurz sah es so aus, als wolle er die Tür eintreten. Aber er beherrschte sich. Er durfte nicht auch noch Kruse verlieren. Nicht so kurz vor dem Ziel. Der Gedanke an sein Ziel half ihm, seine aufsteigende Panik zu zügeln.

Als er gerade wieder zurück zum Wagen gehen wollte, löste sich ein Schatten aus der engen Gasse nahe dem Garagentor. Fischer zog die Waffe und zielte auf den Schatten.

Sofort trat ein Mann mit erhobenen Händen aus der

Gasse. Er war groß und dünn. Seine Arme schlackerten wie Stöcke in den Jackenärmeln. »Suchen Sie die Banklady?«, fragte er.

Hermann parkte sein Taxi in einer stillen Seitenstraße am Rande von Bad Segeberg. Draußen war es beinahe dunkel. Auf dem Rücksitz lag wie immer die Reisetasche.

Schon bei der Fahrt in die Stadt hatte Gisela Hermanns Nervosität gespürt. Es war Freitag und bald Weihnachten. Bad Segeberg war voller Menschen, die durch die weihnachtlich beleuchteten Geschäfte bummelten.

Hermann setzte eine schwarze lockige Perücke unter den braunen Schlapphut und betrachtete sich im Spiegel. »Ich hab kein gutes Gefühl.« Aber er legte die Thompson trotzdem mit einem Bauchgurt um und knöpfte den schweren Kamelhaar-Wintermantel darüber zu.

Inzwischen hatte sich Gisela die grauen Höslinge und einen dunkelblauen Treviramantel von Hermann übergezogen. Sie setzte sich eine Bommelmütze und eine Brille auf, nahm den Trommelrevolver, den Nylonstrumpf, die Handschuhe und steckte alles in die Manteltasche.

Hermann schloss den Wagen sorgfältig ab und überprüfte, ob sie nicht im Halteverbot standen. Dann mischten sie sich unter die weihnachtlichen Einkäufer. Sie liefen Schulter an Schulter durch festlich beleuchtete Straßen. Durch den dünnen Mantel meinte Gisela, Hermanns Wärme zu spüren. Sie hätte am liebsten seine Hand genommen, aber dann erinnerte sie sich an ihre Verkleidung. Sie war jetzt ein Mann.

Sie stiegen dreizehn Stufen in den Hof hinter der Kreissparkasse nach unten. Dann liefen sie einmal um die Bank. Gisela spähte durch das Schaufenster. Die Schalterhalle war immer noch voll. Vor Weihnachten hoben anscheinend viele Leute Geld ab.

Gisela wollte sich gerade wieder entfernen, als zwei Sicherheitsbeamte die Bank verließen. Sie erschrak, ihr Atem stieg wie Dampf in die kalte Winterluft. Was machten die hier?

Verstohlen beobachtete Gisela die Männer. Wortlos standen sie vor der Bank und zündeten sich eine Zigarette an. Erst jetzt sah sie, dass der Jüngere zwei leere Jutesäcke in der Hand hielt. Offensichtlich hatten sie heute zum zweiten Mal Geld gebracht.

Hermann war nirgendwo zu sehen.

Endlich sprangen die Männer in einen Laster und fuhren davon. Als er um die Ecke bog, rief Gisela leise nach Hermann. Er tauchte aus einer dunklen Ecke auf. Auf seiner Stirn standen Schweißperlen.

Gisela lächelte. In der Bank war jetzt Geld aus zwei Jutesäcken. Wenn das kein gutes Zeichen war!

Wieder spazierten sie unter den Lichterketten entlang. Hermann war angespannt. Er war auf der Jagd. Auf dem Parkplatz eines Möbelhauses wurde er fündig. Hermann ging zielstrebig auf einen weißen VW Käfer zu. Geübt öffnete er die Autotür und knackte mit einem Ruck die Lenkradsicherung.

Sie parkten den VW auf der Straße vor den dreizehn Treppen, am Hintereingang der Bank. Das Autoradio dudelte leise. Gisela lächelte Hermann aufmunternd zu.

Eine Stimme unterbrach den Schlager. »Eine Sondermeldung. Die Polizei fahndet nach Gisela Werler, bekannt als die Banklady, und ihrem Komplizen Hermann Wittorff. Sachdienliche Hinweise über den Aufenthaltsort nimmt jede Polizeidienststelle …«

Hermann schaltete das Radio aus und sah schockiert zu Gisela. Gisela fasste nach seiner Hand. Draußen fiel Nieselregen.

Hermann schüttelte den Kopf, ließ den Motor an und legte den Gang ein.

»Du willst ohne Geld untertauchen? Da kannste dich gleich im Knast anmelden.« Gisela öffnete die Autotür. »Nach Capri geht's da lang.«

Auf einem Adventskranz brannten Kerzen. Ein alter Mann füllte an einem der Stehtische eine Überweisung aus.

Eine junge Sekretärin, Fräulein Todt, trug ihr Namensschild keck über dem hübschen Busen. Gerade räumte sie ihren Schreibtisch auf, sie summte *All you need is love* vor sich hin. Bald war Feierabend. Ihr Verlobter wollte sie von der Bank abholen und mit ihr in dem neu eröffneten italienischen Restaurant neben dem Rathaus essen gehen. Sie ahnte, dass er heute eine kleine Schmuckschachtel auf den Tisch mit der rot-weiß karierten Tischdecke stellen würde. Sie würde sie staunend öffnen und einen Ring mit einem blauen Saphir darin finden. Sie probte ihr Lächeln, das verbergen sollte, dass sie den Ring bereits gestern in seiner Jacketttasche gefunden hatte. Sie überlegte, wie lange sie zögern sollte, bis sie ihm ein Ja hinhauchte. Nach dem Essen würden sie in ihre hübsche kleine Wohnung gehen und Fräulein Todt hätte am Ende nichts mehr an als den Saphirring. Sie lächelte noch einmal.

Der Kassierer Knopf sortierte Belege. An der Kasse Nummer drei stand Hermann. »Ich will einen Scheck einlösen.« Er öffnete seinen Mantel. »Den hier.«

Knopf sah Hermanns schwere Waffe. Er schaute Hilfe suchend zu dem Kassierer Jarulski neben ihm. Zu spät. Vor ihm stand Gisela mit Herrenmantel, Brille und Hut und hielt ihm den Trommelrevolver ins Gesicht. »Einmal volltanken, bitte.« Sie stellte ihre Tasche auf den Tresen.

»Na, Sie haben ja Mumm.« Jarulski sah Gisela eher erstaunt als erschrocken an.

Knopf drückte unauffällig auf die Lichtschranke unter seinem Tisch. Auf dem Zahlbrett vor ihm lagen etwa sechzigtausend Mark in Bündeln. Er nahm es in die Hand und hielt es Hermann hin. Hermann wollte gerade zupacken, da zog Knopf das Zahlbrett zurück.

»Gib mir das verdammte Geld!«

Knopf machte einen Schritt zur Kasse vier und nahm dabei das Zahlbrett über den Tisch mit dorthin.

Hermann folgte Knopf zur Nachbarkasse und versuchte, ihm das Zahlbrett aus der Hand zu reißen. Knopf war schneller.

»Bist du irre?« Hermann sah fassungslos auf Knopf.

Knopf schob die Lade über den Tresen und zog sie, noch ehe Hermann zufassen konnte, wieder zurück.

Hermann schlug wütend mit der Faust nach dem Kassierer. Doch der wich aus und der Schlag ging ins Leere. Jetzt hatte Hermann genug. Er riss die Thompson hoch und zielte auf Knopfs Stirn. »Los jetzt!«

Knopf zuckte weder zusammen, noch tat er, was Hermann ihm befahl. »Ich hab in Stalingrad in eine Panzerkanone geguckt.«

Jetzt hatte Hermann genug. Er riss die Klapptür, die Besucher- und Kassenraum trennte, auf, sprang auf Knopf zu und schlug ihn mit dem Kolben der Thompson nieder.

Knopf ging in die Knie. Und grinste. Blutend.

»Bist du bescheuert?« Hermann starrte Knopf einen Moment an, dann schlug er wieder zu. Knopf ging zu Boden. Die Geldscheine flatterten durch die Luft. Hermann hob noch einmal den Kolben …

Gisela, die misstrauisch beobachtet hatte, wie Jarulski das Geld in die Tasche schaufelte und auch die zerrissenen Scheine und Münzen einpacken ließ, sah fassungslos zu den Männern. »Hermann!«

Hermann hielt inne und sah Gisela an.

Jarulski nutzte die kurze Ablenkung und löste Alarm aus. Die Alarmglocke schrillte ohrenbetäubend.

»Verdammt.« Panisch bückte sich Hermann, um das heruntergefallene Geld vom Boden aufzusammeln.

Gisela schnappte sich ihre Tasche. »Lass uns abhauen.«

Rückwärts mit vorgehaltenen Waffen bewegten sich Gisela und Hermann auf den Ausgang zu. Da griff die Sekretärin nach dem Adventskranz und warf ihn auf Hermann.

Hermann duckte sich. Zu spät. Der brennende Adventskranz berührte noch seine Schulter und der Kamelhaarmantel fing Feuer.

Noch ehe sie sich umdrehen und aus der Tür herausstürmen konnten, stellte sich ihnen der Kunde in den Weg. Hermann stieß ihn mit einem kräftigen Stoß weg. Er drehte sich noch mal um und drohte mit der Maschinenpistole. Draußen schallte ihnen Knopfs Verfolgungsruf hinterher.

Hermann und Gisela rannten über den Hof. Trotz des strömenden Regens flammte Hermanns Mantel immer noch. Das Feuer hatte sich inzwischen durch den Stoff gefressen. Hermann verzerrte schmerzvoll das Gesicht und versuchte im Rennen den Mantel auszuziehen. Aber er verhedderte sich nur im Gurt der Thompson.

Vor ihnen lagen die dreizehn Stufen. Oben stand das Fluchtauto.

Aber Gisela hatte die Treppen noch gar nicht erreicht, da taumelte sie und stolperte.

Die Bankangestellten kamen näher.

Hermann stand erhöht auf einer Treppenstufe und drehte sich mit vorgehaltener Waffe um. »Haut ab! Zurück!«

Doch die Angestellten ließen sich von seinem drohenden Ton nicht beirren und rannten weiter. Nur noch wenige Meter trennten sie von Gisela.

Da schoss Hermann in die Luft.

Erschrocken hielt Fräulein Todt inne. Knopf schrie: »Das sind doch nur Platzpatronen!«

Gisela, die den Schmerz vom Sturz nur ganz entfernt spürte, sprang panisch wieder auf.

Und Hermann zog durch. Die Thompson ratterte. Knopf ging zu Boden. Aus seinem Bein sickerte Blut. Auch Jarulski wurde getroffen und gegen die Backsteinwand der Treppe geschleudert. Ein weiteres Geschoss durchstieß die Brust der Sekretärin, kam am Rücken wieder heraus und jagte gegen den Backstein. Tonsplitter spritzten durch die Luft. Die junge Frau schrie.

Gisela drehte sich erschrocken um und sah die Sekretärin auf dem Asphalt liegen.

Panisch schaute sie zu Hermann, der das entstandene Chaos nutzte, um endlich seinen Mantel von den Schultern zu reißen. Dann rannte er die letzten Meter zum Auto. Gisela folgte ihm mit etwas Abstand.

»Du fährst, los!« Hermann kletterte auf den Beifahrersitz.

Aber da drehte sich Gisela um und rannte die Treppen

wieder herunter, zu der Sekretärin. Überall auf dem Boden war Blut. Gisela kniete sich neben sie. Der Regen rauschte auf sie nieder. Auf dem Namensschildchen zerlief die Tinte, vermischte sich mit Blut und Regen. Knopf zog das Bein nach und schleppte sich näher an Gisela heran.

Ungeduldig rief Hermann von oben ihren Namen.

Gisela schaute dem Mädchen in die Augen. Ihre Tränen mischten sich mit dem Regen. Fräulein Todt griff nach ihrer Hand.

»Verdammt, nun komm doch!« Hermann drehte sich um und ging zum Auto.

Gisela riss sich von Fräulein Todt los und rannte die Stufen hoch zum Wagen. Als sie anfuhr, stand die Fahrertür noch offen.

Der weiße VW Käfer raste über die regennasse Straße. In der Ferne jaulten Martinshörner. Giselas Augenlider zitterten. Durch die Fahrertür zog kalte Luft.

»Das war'n Durchschuss. Daran stirbt die nicht«, sagte Hermann beruhigend.

Gisela schreckte auf. Sie versuchte verzweifelt, sich auf die Straße vor ihr zu konzentrieren.

Plötzlich konnte Gisela nichts mehr sehen. Sie wischte mit einer Hand über die Frontscheibe. Es wurde nicht besser. Endlich begriff Gisela. Die Brille. Schnell riss sie sich das schwarze Monstrum von der Nase und schmiss es nach hinten in den Fond.

»Gib Gas, verdammt«, brüllte Hermann.

Der Käfer schlitterte in eine steile Kurve. Gisela stierte auf die kahlen Bäume, auf die sie zuschossen.

Hermann griff ins Lenkrad, riss es herum.

Gisela sah ihn an. In seinem Gesicht zuckte kein Muskel. Entschlossen umklammerte seine Rechte die Thompson-Maschinenpistole.

»Haste Angst?«, fragte er und streckte mit einer leichten Bewegung sein Kinn nach vorn.

Gisela schüttelte den Kopf und trat das Gaspedal wieder bis zum Anschlag. Etwas Giftiges drang zu ihr durch. »Du brennst.«

Hermanns Pulli qualmte. Die schwelende Synthetik fraß sich in seine Schulter. Er fluchte. Hektisch versuchte er, sich den Pullover über den Kopf zu zerren.

Gisela schaute in den Rückspiegel. Das Blaulicht schnitt die beginnende Nacht in kalte Streifen. Es kam näher.

»Fräulein Todt … So heißt man doch nicht.«

Hermann antwortete nicht.

Gisela starrte in die Dunkelheit. »Wo muss ich lang, Hermann? Wo ist jetzt Süden?«

Hinter ihnen wurden die Sirenen lauter.

Konstantin Fischer ist wie im Rausch.

Sein Polizeiwagen rast über die regennasse Landstraße, Bad Segeberg entgegen. Er lenkt einhändig, in der anderen Hand hält er das Funkgerät. »Wir suchen einen weißen Käfer, Kennzeichen gefälscht. Und Vorsicht: Die Flüchtenden sind bewaffnet! Ampeln auf Rot. Wer nicht hält, ist verdächtig. Alle Bahnschranken runterlassen!«

Aus dem Funkgerät schallt ihm Gelächter entgegen. »Für morgen Nachmittag?«

Fischer schmeißt genervt das Funkgerät auf die Rückbank und rast in eine Kurve. Kahle Bäume schießen auf ihn zu. Er legt beide Hände ans Lenkrad.

Vor ihm blinken Lichter auf. Ein Haus. Eine offene Bahnschranke.

Fischer stoppt den Wagen vor der Schranke, springt heraus und will sie runterkurbeln.

Ein Mann kommt aus dem Bahnwärterhaus gerannt und zerrt ihn zurück.

Sie ringen miteinander. Der Regen rauscht. Der Mann windet sich los. Doch Fischer verpasst ihm einen entscheidenden Schlag. Der Bahnwärter geht zu Boden.

Fischer kurbelt die Bahnschranke herunter. Wasser läuft ihm in die Augen und nimmt ihm die Sicht.

Am Ende der Allee tauchen Lichter auf. Drei Wagen rasen auf den Bahnübergang zu: die Banklady und ihre Verfolger.

Fischer dreht sich um. Die Bahnschranke hängt tief genug, um den Weg zu versperren.

Aber die Schranke wird sie nicht aufhalten. Fischer stellt sich mitten auf die Straße. Hagelkörner prasseln.

Plötzlich schlingert der weiße VW. Als das Auto wieder in der Spur ist, fehlen nur noch vierzig Meter bis zum Zusammenprall.

Fischer reißt sein Gewehr hoch und nimmt die Frau am Steuer ins Visier. Sein Finger zuckt am Abzug. In der Ferne hupt ein Zug. Einen Atemzug später lässt Fischer die Waffe sinken. Er kann die Banklady nicht töten.

Da fliegt der VW fast im rechten Winkel von der Landstraße. Kippt beinahe. Zwei Räder drehen sich in der Luft. Der Wagen fängt sich. Knallt zurück auf die Erde und rattert holpernd über das Feld.

Fischer reißt die Waffe wieder hoch und zielt auf die Räder. Sein erster Schuss zersplittert die Stille. Trifft nicht. Fischer schießt hinterher. Trifft. Die Heckscheibe des VW zerbirst. Wieder schlingert er, fährt aber weiter.

Dicht neben Fischer rast der erste Polizeiwagen in die Schranke. Fischer wendet nicht einmal den Blick. Er rennt dem VW aufs Feld hinterher.

Der zweite Polizeiwagen, ein dunkler Bus, folgt dem VW ebenfalls aufs Feld, der mit Vollgas zwischen zwei Bäumen hindurch auf die parallel verlaufende Straße zurast. Der VW bleibt stecken. Seine Räder drehen durch. Der Wagen kreiselt und knallt gegen einen Baum.

Einen Moment herrscht Stille.

Fischer rennt atemlos über das nasse Feld.

Der Polizeibus bleibt stehen. Zwei Polizisten steigen aus und schlagen laut die Autotüren zu.

»Raus aus dem Wagen!« Ihr Befehl schallt durch die Nacht. Als nichts passiert, brüllt ein massiger Polizist: »Raus, sonst knall ich euch ab!«

Fischer schreit von Weitem: »Nicht schießen!«

Da reißt Hermann Wittorff die Wagentür auf, hebt die Thompson und springt heraus. Die beiden Polizisten gehen in Deckung. Fischer rennt atemlos über das nasse Feld. Wittorff zieht den Abzug durch. Es klickt metallisch. Kein Schuss. Noch einmal. Kein Schuss.

Der massige Polizist kommt aus der Deckung, legt auf Wittorff an. Der stellt sich ihm entgegen. Der Polizist schlägt Wittorff die Thompson aus der Hand, drückt ihm die Pistole an die Stirn. Entsichert. Der andere zerrt einen Jungen mit Pudelmütze aus dem Wagen. Stößt ihn auf das nasse Feld. Legt an.

Der zweite Polizeiwagen folgt Fischer auf das Feld. Seine Motorhaube ist zerdellt und raucht.

In letzter Sekunde erreicht Fischer die Kollegen. »Waffen weg, verdammich.« Er erkennt seine eigene Stimme nicht.

Widerwillig gehorchen die Polizisten und lassen die Waffen sinken.

Fischer läuft um den Wagen herum. Der Junge liegt zitternd im Dreck.

Sie sehen sich in die Augen. Der Junge ist eine Frau.

Fischer erkennt die Frau wieder und lächelt. Er hält ihr die Hand hin.

Sie fixiert ihn abschätzig. Dann greift sie nach seiner Hand.

Fischer zieht sie hoch. Wirbelt sie herum und drückt sie mit dem Gesicht gegen den Käfer. Mit der einen Hand hält er ihren Nacken gepackt, mit der anderen fummelt er die Handschellen hervor. Das Klicken tönt laut durch die Nacht.

Fischer dreht sie zu sich. Er sieht ihr in die Augen. Endlich.

Sie wendet den Blick ab.

Er nimmt ihr Kinn in die Hand, dreht ihr Gesicht zu sich zurück. Fixiert sie. Ihre Augen. Ihre Lippen.

Alle Augen liegen auf Fischer.

Fischer unterbricht den Moment und drückt die Banklady in den Bus. Er steigt vorne ein und gibt Gas.

Niemand sagt etwas.

Der Bus fährt davon.

Am Himmel reißen die Wolken auf.

Gisela saß allein an einem Verhörtisch.

Vorhin war ein älterer Mann hier gewesen, der sich breitbeinig vor ihr auf den Stuhl gesetzt hatte. Er hatte sich als Kaminsky vorgestellt und sich Mühe gegeben, höflich zu ihr zu sein.

Er hatte Gisela Fragen gestellt. Mit Segeberg angefangen und dann all die anderen Banken aufgezählt. Immer wieder hatte er nach dem Geld gefragt.

Aber Gisela hatte nur mit den Schultern gezuckt. In ihrem Schrank lagen 7307 Mark. Mehr war dazu nicht zu sagen.

Sie sah zur Tür. Wartete auf Fischer. Auch wenn der bei ihrer Festnahme wie ein Haifisch gegrinst hatte und sie ansah, als wolle er sie verschlingen. Gisela wartete auf Fischer.

Irgendwann war Kaminsky gegangen. Seitdem war sie allein.

Gisela saß gerade. Sie ahnte, dass vor ihr ein Spiegel war, durch den man sie beobachten konnte. Sie wollte keine Schwäche zeigen. Aber die Müdigkeit, die sich wie ein Virus in sie fraß, ließ sie nachlässig werden. Doch die grelle Lampe blendete sie und machte das Einschlafen unmöglich. Trotzdem schloss sie die Augen und kippte wenige Sekunden später nach vorn. Die Lampe gab einen summenden Ton von sich. Das Licht brannte heiß auf ihrem Gesicht. Gisela nickte ein.

Sie wachte auf, als die Tür sich öffnete und Fischer mit einer Tasse in der Hand dastand. Er reichte sie Gisela über den Tisch. Es war Kaffee. Gisela umfasste die Tasse, als müsse sie sich daran wärmen. Doch der Kaffee war kalt.

»Lebt sie?« Ihre Stimme hatte einen Riss bekommen. Sie hatte sie lange nicht benutzt.

Fischer brauchte einen Moment, bis er wusste, wen sie meinte. »Fräulein Todt? Das war ein Querschläger. Kein inneres Organ ist verletzt. Sie wird durchkommen.«

Gisela schloss die Augen.

Fischer schaltete die Lampe aus und setzte sich. »Ich will dir helfen.«

Gisela öffnete die Augen und sah ihn an. Seine Stimme ließ sie wachsam sein. Sie hatte denselben Klang wie die des Pfarrers. Er lächelte sie auch an wie der Pfarrer.

»Du liebst Hermann. Und du denkst, er liebt dich auch?«

Gisela schwieg. Sie wollte nicht über Hermann sprechen. Sie wollte nicht.

Aber Fischer nahm keine Rücksicht auf das, was sie wollte. »Für Hermann war das ein Geschäft. Mehr nicht. Ein bisschen Spaß, Abenteuer, Nervenkitzel. Und wie geht's jetzt weiter? Getrennte Gefängnisse. Funkstille. Aber seine Frau …«

Gisela atmete schwer. »Die bleibt bei keinem Gangster. Da ist die sich viel zu fein für.«

»Die Zeit heilt viele Wunden. Der Junge wird immer wieder nach dem Papa fragen. Nach einer Weile kommt sie. Das garantier ich dir. Und dann immer wieder. Und wer kommt zu dir?«

Gisela versuchte Fischer nicht zu zeigen, dass er mit seinen Fragen ins Schwarze getroffen hatte. Wer würde sie besuchen? Ihr Vater? Ihre Mutter? Ihre Schwester? Vielleicht Katja. Aber wollte sie das? Wollte sie überhaupt, dass jemand kam und sie hier sah? Gisela sah Fischer nachdenklich an.

Fischer spürte ihren Blick und sprach weiter: »Und wenn du abgesessen hast … Hast du mal gesehen, was der Knast mit Frauen macht? Falten, Haarausfall. Aber Hermanns Frau, die wird sich pflegen. Wird duften wie eine Sommerwiese. Und dann, wenn du das hier irgendwie überstanden hast, ziehen die schön nach München.«

Fischer hatte leise gesprochen, aber jedes Wort war nichts anderes als ein gezielter Schuss in ihren Kopf. Das, was er am Bahnübergang nicht geschafft hatte, holte er hier nach. Jetzt, wo sie wehrlos vor ihm saß, wo sie nichts und niemand mehr hatte. Nur ihn und eine kalte Tasse Kaffee.

Und Fischer war noch nicht am Ende. »Wahre Liebe, die gibt's am Bahnhofskiosk für 'nen Groschen. Das hier ... das ist die Wahrheit.«

Jetzt kam Fischer ihr wieder ganz nah. So wie auf dem Feld. Gisela konnte ihn riechen. Seinen Schweiß, den Rauch, die Polizeikantine. »Wenn du wieder raus bist, setz ich mich für dich ein. Neue Identität, eine Stelle irgendwo im öffentlichen Dienst. Da lässt sich was regeln. Alles auf Anfang, verstehst du?«

Gisela zog ihren Kopf ein wenig zurück und sah ihn an. »Warum wollen Sie mir helfen?«

Fischer legte seine Hand auf ihre.

Sie ließ es zu. Sie spürte sich sowieso nicht mehr.

Er lächelte. »Weil ich weiß, dass du das gar nicht warst. Die Banklady, das war seine Erfindung. Und du, du hast das für ihn gemacht. Weil du alles für ihn gemacht hättest. Du warst wie im Rausch.«

Gisela sagte nichts. Sie sah ihn einfach weiter an. Und staunte dem schwärmerischen Klang seiner Stimme hinterher.

Irgendwann führte eine Polizistin Gisela in eine schmale Zelle. Sie blieb stehen und sah zu dem kleinen vergitterten Fenster, in das kein Licht fiel.

Hinter ihr schloss sich die schwere Eisentür.

Vor ihr stand eine Pritsche. Gisela kauerte sich darauf. Sie war so müde. Aber schlafen konnte sie nicht. Mit offenen Augen starrte sie noch lange in die Finsternis.

Als Gisela die Augen wieder öffnete, schien ein schmaler Sonnenstrahl in die Zelle. Sie wusch sich das Gesicht mit kaltem Wasser.

Die Polizistin kam, legte Gisela die Handschellen an und brachte sie in einen Verhörraum. Sie ließ sie allein. Kommissar Fischer sei auf dem Weg. Gisela sah sich um. Durch einen halb durchlässigen Spiegel konnte sie in den Raum nebenan sehen. Sie begriff. Heute saß sie auf der anderen Seite.

Wenig später öffnete sich ihr gegenüber die Tür und Kommissar Fischer führte Hermann herein. Gisela sprang auf und presste ihr Gesicht, so dicht sie konnte, an den Spiegel. Hermann sah müde aus. Schwerfällig setzte er sich auf den Stuhl.

»Hermann«, schrie Gisela durch den Spiegel, so laut sie konnte. Hermann hörte sie nicht. Er saß da und starrte auf die Tür. Gebannt und aufgerieben.

Plötzlich knackte der Lautsprecher. Dann hörte Gisela Kommissar Fischers Stimme. »Ihr Besuch sitzt schon draußen.« Dabei sah er direkt zu Gisela und lächelte sein Haifischlächeln.

Gisela rannte zur Tür, rüttelte an der Klinke. Die Tür war verschlossen. Sie stand da und wartete, dass Kommissar Fischer ihr öffnete.

Doch niemand kam, um Gisela zu Hermann zu führen. Stattdessen betrat seine Frau das Verhörzimmer nebenan.

Hermann stand erschrocken auf. »Es tut mir so leid.«

Seine Frau blieb an der Tür stehen. »Du Schwein.«

»Katrin, ich …« Hermann wusste offensichtlich nicht, was er sagen sollte.

»Du verdammtes Schwein.« Katrin weinte.

Hermann schien überrascht, seine Frau weinen zu sehen. Vorsichtig ging er auf sie zu und nahm sie in den Arm.

»Den Johann haben sie in der Schule verprügelt.«

»Ich wollt doch nur, dass wir unabhängig sind.« Hermann sprach so leise, dass Gisela ihn kaum verstehen konnte.

»Ich hab dich geliebt, Hermann. Auch ohne Geld.« Sie sah zu ihm auf. »Und wenn du sagst, dass sie dich angestiftet hat, dann kriegst du nicht halb so lange.«

Hermann betrachtete sie nachdenklich.

»Der Johann, der fragt dauernd nach dir.«

Als die Polizistin Gisela wieder aus dem Raum führen wollte, stand sie immer noch an der Scheibe. Der Raum ihr gegenüber war leer.

Den letzten der elf Verhandlungstage hatte Gisela gefürchtet und ersehnt. Jeden Tag, den sie mit Handschellen aus dem Polizeiwagen gestiegen war, hatte sie sich einen Moment Zeit genommen, den Himmel anzusehen. Keine Sonne. Es war Winter. Aber der Himmel war auch so schön.

Sie hatte sich von ihrer Schwester das grellgelbe Jerseykleid mit den Ledereinsätzen und ein schwarzes Kostüm mit silbergrauem Netzbesatz ins Untersuchungsgefängnis schicken lassen. Heute hatte sie das schwarze Kostüm angezogen und sich unter Aufsicht die Haare vor einem Spiegel hochgesteckt. Sie wollte bei der Urteilsverkündung den Kopf nicht senken.

Sie hatte ein Spiel gespielt. Verloren. Jetzt würde sie dafür bezahlen.

Tag für Tag wurden es mehr Menschen, die sich vor das altehrwürdige Gerichtsgebäude in Kiel drängten und am Banklady-Prozess teilnehmen wollten. Zwei Polizisten kontrollierten die Eintrittskarten.

Kommissar Fischer hatte es sich nicht nehmen lassen, Gisela jeden Tag persönlich vom Auto abzuholen. Dann führte er sie durch einen Seiteneingang zum Gerichtssaal. Gestern hatte er ihr erzählt, dass seiner Beförderung zum Hauptkommissar nun nichts mehr im Wege stand.

»Das ist gut«, hatte Gisela gesagt und ihn freundlich angelächelt.

Heute war er nicht allein vor dem Polizeiwagen. Neben ihm stand Anneliese. Sie war bleich und hatte die Lippen fest aufeinandergepresst.

»Sie haben eine Minute«, sagte Fischer gnädig.

Anneliese nickte, sagte aber nichts.

Auch Gisela senkte den Kopf. »Wie geht es Mutter?«, brachte sie schließlich heraus.

Anneliese zuckte mit den Schultern. »Sie braucht noch Zeit. Vater liegt seitdem im Bett.«

»Und Katja?«

»Sie hat dir was gemalt.« Anneliese öffnete ihre Handtasche. Fischer zuckte einen Moment, dann ließ er es geschehen.

Anneliese reichte Gisela ein Blatt. Katja hatte Giselas Wandtapete abgezeichnet. Die Palme, das Meer, den Strand. Doch die Blondine war eindeutig Gisela.

Gisela schluckte.

»Sie schläft jetzt in deinem Bett.«

»Das ist gut«, sagte Gisela und wischte sich eine Träne aus den Augen. »Das ist das Beste.«

Fischer nickte ihnen zu. Die Minute war um.

Gisela lächelte ihre Schwester an. »Mach's gut«, sagte sie.

Anneliese weinte jetzt.

»Wein nicht. Heute ist es zu Ende. Grüß Katja und die Eltern von mir.«

Fischer führte Gisela ins Gericht. Ihr war schwindlig. Gleich würde sie Hermann wiedersehen. Heute zum letzten Mal – vielleicht für immer. Es war wie in dem Märchen, das Susanne so sehr liebte, in dem das Reh sagte: »Jetzt komm ich noch einmal, dann nimmermehr.« Sie liebte es so sehr, dass sie Katja jedes einzelne Wort verständlich gemacht hatte.

Das Blitzlichtgewitter, das sie im Saal empfing, verwirrte Gisela nicht mehr. Jeder wollte ein Foto. Bisher gab es nicht viele Fotos von ihr. Nach dem Prozess würde sich das ändern. Die erregten Journalisten drängten sich dicht an sie und Kommissar Fischer.

Gisela lächelte kalt und distanziert.

Sie sah sich um. Hermann war bereits hier, hatte ihr Fischer gesagt. Aber wie auch in den vergangenen Tagen sah man nicht viel von ihm. Er saß auf der Anklagebank und hielt sich einen Aktendeckel vors Gesicht. Neben ihm Uwe. Schlotternd und tief gebeugt. Er hatte in den vergangenen elf Tagen viel geweint. Dabei war die Beweisaufnahme Tag für Tag schnell wie das Abhaken einer Bilanz in der Buchhaltung vor sich gegangen: Wann war wer wo gewesen? Wie hatten sie das Geld geteilt und wo war das viele Geld jetzt? Wirklich alles ausgegeben?

Zuletzt war Segeberg dran gewesen. Gisela hatte erfahren, dass sie fast 100 000 Mark in der Aktentasche gehabt hatten. So dicht waren sie also an Hermanns Traum gewesen.

Sie versuchte, einen Blick von Hermann zu ergattern. Aber Hermann sah nirgendwohin.

Im Publikum, gleich in der ersten Reihe, saß die gesamte Sonderkommission Banklady, der auch Kaminsky, Fischers Chef, wie Gisela inzwischen wusste, angehörte. Daneben Hermanns Frau und sein Sohn. Gisela hatte die beiden erwartet. Sie hatte nicht vor, ihren Blick vor Katrin Wittorff zu senken.

In der zweiten Reihe bemerkte Gisela die Frau, der sie in Fischers Büro begegnet war. Sie sah Fischer an. »Ist das die Frau, die ihre Blume im Büro gießt?«

Fischer runzelte fragend die Stirn. Dann schien auch er die junge Frau entdeckt zu haben. »Nicht mehr. Monika hat gekündigt.« Sein Haifischlächeln, das heute besonders stark war, bekam einen Riss. Aber nur für einen Moment. Dann drängte er sich dicht an Gisela, hob seine Hand, die mit ihrer Hand über die Handschellen verbunden war. Wieder zuckten Blitzlichter auf. Fischer lächelte wieder. Er genoss seinen Triumph.

Die Verhandlung begann. Fischer war in die erste Reihe gegangen, während Gisela wieder in der letzten Reihe der Anklagebank saß. Neben ihrem Anwalt. Auch Hermann saß neben seinem Anwalt, daneben Uwe. Hermann hatte sich nicht zu Gisela umgesehen. Aber das änderte nichts an ihrem Entschluss.

Das Publikum lauschte gespannt der richterlichen Zusammenfassung all ihrer Taten. Als alles gesagt war, nickte sie ihrem Anwalt zu. Er bat um das Wort und verkündete, dass seine Mandantin eine Erklärung abgeben wolle. Das Gericht gab dem Antrag statt.

Im Saal herrschte jetzt eine gespannte Stille. Gisela erhob sich. Fischer grinste sie von der ersten Reihe an.

Gisela sah noch einmal zu Hermann. Er drehte sich zum ersten Mal zu ihr um. Endlich trafen sich ihre Blicke. Das gab Gisela Kraft. Sie atmete tief durch, senkte die Augen und begann zu sprechen. »Weil ja nun alle wissen wollen, wer bei alldem der Anführer war …«

Hermann hatte sie beim Sprechen ganz genau beobachtet. Jetzt begriff er. Er überlegte nicht lange und stand ebenfalls auf. »Sehr geehrter Herr Richter.«

Der Richter sah ihn fragend an.

»Die Angeklagte scheint mir verwirrt. Sie sieht heute zwar damenhaft aus mit ihrem schwarzen Kostüm und dem hochgesteckten Haar, aber glauben Sie mir, sie sah schon mal viel besser aus.«

Ein paar Lacher aus dem Publikum ertönten.

»Ich bitte um das Wort.« Hermann sah den Richter an.

Fischer sprang auf. Er wusste nicht, was Hermann vorhatte, aber das, was er bis jetzt gehört hatte, schien ihm gar nicht zu gefallen.

Auch Gisela wurde nervös. Worauf wollte Hermann hinaus? »Ich wollte doch gerade etwas sagen!«, rief sie laut in den Saal.

Geraune ertönte im Publikum.

»Das Rederecht wurde Fräulein Werler erteilt. Ich bitte Sie also, sie nicht zu unterbrechen«, mahnte der Richter.

Aber Hermann wartete nicht darauf, dass ihm irgendjemand ein Rederecht erteilte. Er drehte sich zum Publikum und sprach einfach weiter. »Ihr habt Gisela die Banklady genannt, das klingt nett. Ist aber Blödsinn. Die

Überfälle, die hab ich ausbaldowert. Ich ganz alleine. Die Kleene da hinten, die war verknallt in mich. Die hätte für mich alles gemacht. Sie trägt keine Schuld. Und wie hier ja gestern alle schon gehört haben – in Segeberg hab ich ganz alleine geschossen. Also hören Sie besser nicht auf Fräulein Werler.«

Er drehte sich wieder zu Gisela um, die ihn überrascht ansah. Hermanns Frau sprang auf. Uwe auch. Die Frauen im Publikum klatschten.

»Ich hab auch nur gemacht, was er …« Uwe zeigte auf Hermann.

Der stieß ihn zurück auf die Bank. Polizisten stürmten auf ihn. Die Männer johlten.

Fischer sprang auf und brüllte: »Lüge! Er lügt!« Gisela sah ihn an. Er sah aus wie ein Wahnsinniger.

Hermanns Frau lief weinend aus dem Saal. Dabei zog sie Johann wie eine Puppe hinter sich her. Er drehte sich zu seinem Vater um. Hermann sah ihn ebenfalls an. Ehe ihn Katrin Wittorff aus der Tür zerrte, zog Hermann eine Grimasse, die ein winziges Lächeln auf Johanns kleines, angespanntes Gesicht zauberte.

Das Gedränge wurde schlimmer. Inzwischen war das gesamte Publikum aufgesprungen und debattierte. Hermann drehte sich vollständig um und sah Gisela an. Auch sie hatte nur Augen für ihn. Sie lächelten sich an.

Da verließ Hermann einfach die Anklagebank. Er wollte zu Gisela.

Fischer hielt es nicht mehr im Publikum. Er stürzte sich auf Hermann und brüllte: »Zurück!«

Hermann schüttelte ihn wie eine lästige Fliege ab. »Fass mich nicht an.«

Wütend holte Fischer aus und wollte Hermann ins Gesicht schlagen. Doch da war Kaminsky schon neben ihm und zerrte ihn zurück. Fischer stolperte, rutschte aus und stürzte zu Boden. Er lag auf dem Boden und sah sich Hilfe suchend um. Da tauchte Monika neben ihm auf und schaute schockiert auf ihn herab. »Soll ich noch den Fuß auf Sie stellen?«, fragte sie leise. Sie hatte Tränen in den Augen und eilte aus dem Saal, ehe Fischer antworten konnte.

Der Richter schlug mit der flachen Hand auf den Tisch. Durch das Mikrofon schallte sein Schlag laut durch den Saal. »RUHE! Die Verhandlung wird bis zur morgigen Urteilsverkündung unterbrochen!«

Inzwischen hielt ein junger Polizist, der aussah, als sei er eben erst aus der Polizeischule gekommen, Hermann fest. Gisela und Hermann schauten sich an. Gisela trat aus ihrer Bank. Wenn Hermann aufgehalten wurde, dann würde sie eben zu ihm gehen.

Doch Fischer war wieder aufgesprungen und riss Gisela zurück.

Der Polizist schob Hermann aus dem Gerichtssaal. Fischer folgte mit Gisela, die er unsanft vor sich herschubste.

Auch hier draußen herrschte ein großes Durcheinander. Viele Reporter hatten auf die Urteilsverkündung gewartet. Die Menschen, die zur Verhandlung keine Karten mehr bekommen hatten, standen immer noch hier und beobachteten neugierig, was passierte.

»Kommissar Fischer«, rief ein hübsches Mädchen, in einem kurzen Minirock.

Fischer suchte die Rufende. »Eva«, rief er und winkte ihr.

Den Augenblick nutzte Gisela. Sie riss sich von ihm los und versuchte sich zu Hermann durchzuschieben. Endlich stand sie dicht vor ihm.

Der junge Polizist wusste nicht, wie er sich verhalten

sollte. Er blieb einfach stehen und wartete, dass einer seiner Vorgesetzten sich einmischte.

»Wartest du auf mich?«, fragte Hermann Gisela.

Gisela sah ihn ernst an. »Weil ich weiß, wo das Geld ist?«

Hermann beugte sich nach vorn, um Gisela zu küssen. Aber da hatte sich auch Fischer wieder zu ihnen durchgekämpft und riss Gisela erneut zurück. Auch der junge Polizist sah sich nun genötigt, die Dinge wieder in die Hand zu nehmen. Er zerrte Hermann weg von Gisela.

Da rief Hermann laut. »Weil ich dich heiraten will!«

Plötzlich war es ganz still im Saal. Einige klatschten, während Gisela leise auflachte.

»Soll das ein ›Ja‹ sein?«

Fischer sah erst Hermann und dann Gisela an. Dann ließ er Gisela los, wandte sich um und ging. Niemand hielt ihn auf.

Als der junge Polizist das sah, ließ er Hermann ebenfalls los.

Hermann ging zu Gisela. Sie umarmten und küssten sich.

Die Frauen lächelten. Polizisten schrien, Reporter kreischten, hielten die Mikrofone zu Gisela und Hermann, die Blitzlichter blitzten.

In diesem Augenblick gab es nur sie beide.

Nachspann

In der Nacht vom 15. Dezember 1967, in der 2. Etage des Bad Segeberger Polizeigebäudes, bekam die Banklady einen bürgerlichen Namen: Gisela Werler. Sie war 33 Jahre alt.

Ihr Äußeres musste die Polizeibeamten enttäuscht haben. Es hatte wenig von dem Glamour der »Banklady«, den die Zeitungen in den vergangenen drei Jahren, seit ihrem ersten Banküberfall 1965 in Hamburg-Eidelstedt, heraufbeschworen hatten.

Ihr Komplize und Geliebter, der Mann, der an diesem Tag vor der Bad Segeberger Kreissparkasse mit einer amerikanischen Maschinenpistole aus Armeebeständen scharf geschossen und sich bis zuletzt seiner Verhaftung widersetzt hatte, heißt Hermann Peter Wittorff.[1] Er ist sechs Jahre älter als Gisela Werler und verheiratet.

---

1 Für Hermanns Nachnamen finden sich unterschiedliche Schreibweisen. In der Lichtbildmappe der Ermittlungssache der »Bankladybande« der Bezirkskriminalpolizeistelle 1. Kommissariat Kiel StA Kiel, Az. 5 Js 1814/67 Wittorff, in vielen Zeitungsartikeln Wittorf. Auch das Volkskunde Museum der Stiftung Schleswig-Holsteinische Landesmuseen Schloss Gottorf, die von 2007–2010 eine Sonderausstellung »Die Banklady – Würden Sie bitte alles Geld einpacken?« zeigte, hat die Schreibung von Hermanns Nachnamen nicht endgültig klären können. An dieser Stelle herzlichen Dank an den Museumsleiter Guntram Turkowski für seine Unterstützung bei der Recherche.

Während die vier von Wittorff verletzten Kassierer der Kreissparkasse, Gisela Todt (18), Jörg Kalkreuter (27), Dieter Kienke (22) und Ursula Krause (20), im Bad Segeberger Krankenhaus behandelt wurden, zählte die Polizei das geraubte Geld in der Kollegmappe. Es waren 99 834 Mark und 92 Pfennige – mehr Geld als Gisela Werler und Hermann Wittorff bei ihren gemeinsamen 19 Überfällen je erbeutet hatten.

Gegen 19 Uhr waren bereits drei Hamburger Kriminalpolizisten aus dem Raubdezernat nach Bad Segeberg unterwegs gewesen. Unter ihnen der Chef des Raubdezernates der Kripo Hamburg, Oberkommissar Karl August Fischer (45), der die Ermittlungen gegen die »Banklady« leitete.

Zwei Stunden später begannen die Verhöre. Sie dauerten über drei Stunden und lösten zwei weitere Verhaftungen in Hamburg aus: die des Taxiunternehmers Hugo Warncke (40), der sofort auf die Revierwache 23 in Hamburg gebracht wurde, und die des Taxiunternehmers Gerhard Jordan (46). Im Handschuhfach von Jordans Taxi entdeckten die Kriminalbeamten eine Gaspistole mit aufgebohrtem Lauf.

Gegen 1:30 Uhr nachts klingelten Polizeibeamte bei Familie Werler in der Lornsenstraße 31 in Hamburg-Altona. Sie weckten Giselas Eltern, Robert (61) und Margaretha Werler (62), sowie den Enkel Thomas, der bei den Großeltern lebte und eine Sonderschule besuchte. Die beiden jüngeren Schwestern Giselas, Anneliese (30, Mutter von Thomas) und Rena (28) lebten nicht mehr bei den Eltern.

In Giselas Kleiderschrank aus heller Birke fanden die Beamten die gesamte Ausrüstung der Bande: Faschingsmasken, Brillen mit getönten Gläsern, Hüte, Perücken, Pistolen, Dolche, Klappmesser, Dietriche, Taschenlampen, Munition, einen Totschläger, Autokennzeichen, Zeitungsartikel über die »Banklady« und eine Geldkassette mit 7307 Mark.

Die Ereignisse schockierten die unvorbereiteten Eltern. Sie gaben Hermann Wittorff die alleinige Schuld. Gisela sei ihm hörig gewesen.

Auch Wittorffs Reihenhaus in der Lampéstraße 21a in Hamburg-Eidelstedt wurde untersucht. Hier öffnete seine ahnungslose Frau, Irene Wittorff (37), den Beamten die Tür. Aber bis auf die Gaspistole waren alle belastenden Gegenstände in Gisela Werlers Schlafzimmerschrank versteckt.

Gisela Werler wurde ins Untersuchungsgefängnis nach Kiel, Hermann Peter Wittorff nach Neumünster[2] gebracht. Hugo Warncke kam nach Hamburg. Gerhard Jordan, der seit zwei Jahren an keinem Banküberfall mehr beteiligt gewesen war, wurde nach zwei Tagen aus der Untersuchungshaft entlassen.

Zur Ermittlung gegen die »gefährlichste Bankräuberbande der Nachkriegszeit«[3] bildete das Landeskriminalamt Kiel die Sonderkommission »Banklady«, der Beamte des Raubdezernates Hamburg und Beamte der niedersächsischen Kriminalpolizei angehörten. Ihr Leiter, Oberkommissar Karl August Fischer, nahm sich, nachdem ihn am 15. Dezember die Nachricht der Verhaftung der »Banklady« und ihres Komplizen erreichte, erst zwei Tage später Zeit für einen kurzen Erholungsschlaf. Zu diesem Zeitpunkt war er bereits 40 Stunden lang ohne Pause mit der Untersuchung

---

2 Ein weiterer berühmter Gefangener der JVA Neumünster ist Rudolf Ditzen, alias Hans Fallada, der seine Hafterfahrungen in dem 1934 erschienenen Roman *Wer einmal aus dem Blechnapf fraß* schildert.

3 Hamburger Abendblatt

der Strafsache »Banklady« beschäftigt. Auch in den darauffolgenden zwei Tagen gönnte er sich kaum einen Moment Ruhe. Am Vormittag des 19. Dezembers 1967 starb er in seinem Dienstzimmer im 4. Stock des Polizeipräsidiums an den Folgen eines Herzinfarktes. Im Februar 1968 hätte Fischer zum Hauptkommissar befördert werden sollen. Der Kriminalbeamte aus Bergedorf, der bereits mehrfach vom Polizeipräsidenten für seine Erfolge ausgezeichnet worden war, hinterließ eine Frau und vier Kinder im Alter von drei bis fünfzehn Jahren.

Mit der Festnahme der Bankladybande konnte die Aufklärungsquote für Raubüberfälle auf Geldinstitute in Schleswig-Holstein schlagartig auf 70 Prozent erhöht werden.

Am 27. Dezember 1968, während die Rückkehrkapsel der Apollo 8 nahe der Weihnachtsinseln im Pazifischen Ozean wasserte, begann das Gerichtsverfahren gegen die Bankladybande vor dem Kieler Schwurgericht.

Die Verteidigung von Gisela Werler übernahm der Kieler Rechtsanwalt Heinrich Happ, die von Hermann Wittorff der Hamburger Rechtsanwalt Dr. Wolfgang Witte.

Es wurden elf Verhandlungstage angesetzt. Im Februar 1969 sollte das Urteil gesprochen werden.

38 Presseleute und zwei Fernsehteams waren bei der Prozesseröffnung anwesend. Die Zuschauer mussten Eintrittskarten für jeden Prozesstag kaufen. Polizisten kontrollierten, dass sie nicht am Ende eines Prozesstages wieder mit nach draußen geschmuggelt wurden.

In den ersten Verhandlungstagen trug Gisela Werler ein gelbes Jerseykleid. Im Gegensatz zu ihren Komplizen betrat sie das Gericht erhobenen Hauptes. Sie schien die große

Aufmerksamkeit der Öffentlichkeit zu genießen. Zwar traten auch ihr während der Verhandlung immer wieder Tränen in die Augen, aber sie kämpfte erfolgreich gegen ihre Gefühle an. Hugo Warncke dagegen wurde von Weinkrämpfen geschüttelt und erlitt einen Schwächeanfall nach dem anderen. Zuletzt brach er entkräftet hinter der Anklagebank zusammen. Hermann Wittorff, der als Einziger der Bande zusätzlich wegen Mordversuchs in mehreren Fällen angeklagt war, hielt mit einem Aktendeckel sein Gesicht bedeckt, zeigte aber durch das Aneinanderreiben von Daumen und Zeigefinger, dass er sich gegen angemessene Zahlungen ebenfalls ablichten lassen würde. Durch seine anschließend anklagend hochgehaltenen Handschellen erreichte er, dass er seine Aussagen ungefesselt machen durfte.

In den folgenden zehn Verhandlungstagen sollten die Rollenverteilung bei den Überfällen und folgende Fragen geklärt werden:

Wer war der Chef der Bande? War es tatsächlich die ehemalige Packerin in einem Tapetengeschäft, Verkäuferin und Aushilfskassiererin Gisela Werler? Beging sie die Banküberfälle aus Habgier oder handelte sie, wie sie bereits in den ersten Vernehmungen behauptete, aus Liebe zu ihrem Komplizen Hermann Wittorf?

War es also kriminelle Energie, die sie die Taten ausführen ließ?

War ihr Ausspruch am 1. Dezember 1967 in der Volksbank Bad Segeberg: »Geld her! Keine Bewegung! Sonst gibt's ein Blutbad!«, mit der sie dem Kassierer drohte, ernst gemeint?

Oder war das bescheidene, hilfsbereite, stille und jederzeit pünktliche Mädchen aus einfachen Verhältnissen, das in Untersuchungshaft als Mustergefangene galt und für die verletzten Kassierer Pullover strickte, das Opfer ihres verheirateten Komplizen Hermann Wittorff, den sie bis zur Selbstaufgabe liebte?

Gisela Werler wurde am 18. August 1934 in Hamburg-Altona geboren, in der Lornsenstraße 36. Sie wohnte immer noch in derselben Straße, dem Haus mit dem Bauschlosserbetrieb ihrer Großeltern schräg gegenüber, das 1943 ausgebombt worden war. Ihr Vater war Bauschlossermeister und nach einem Herzmuskelriss Frühinvalide. Schon früh musste sie die Eltern, die von 348 Mark Rente und 150 Mark Kindergeld für Thomas lebten, unterstützen. Nach der Volksschule verdiente sie als Laden- und Hausmädchen bei einem Bäcker 20 Mark in der Woche. Später arbeitete sie in einem Tapetengeschäft auf den Hohen Bleichen. In ihrem letzten Beschäftigungsverhältnis verdiente sie 600 Mark im Monat – zusätzlich zu ihren Einnahmen als »Banklady«.

Hermann Wittorff wurde am 30. März 1928 in Pinneberg geboren. Sein Vater war Schlachtergeselle und erschoss am 29. März 1933 seine Frau aus Eifersucht. Danach richtete er die Pistole auf sich selbst, überlebte den Schuss aber. Hermanns Vater wurde wegen Totschlags zu fünf Jahren Gefängnis verurteilt, Hermann kam zu seinen Großeltern. Als der Vater aus der Haft entlassen wurde, musste er an die Front und fiel. Hermann Wittorff ging zur Volksschule, machte eine Ausbildung zum Maschinenbauer und absolvierte 1943 die Kriegsnotprüfung. Im selben Jahr wurde das Haus seiner Großeltern ausgebombt. Sie zogen in ein Gartenhäuschen in einer Laubenkolonie. Hier lernte er Irene kennen, die fünf Jahre später seine Frau wurde. 1949 wurde ihre Tochter geboren. Wittorff arbeitete anfangs im Taxibetrieb seines Schwiegervaters und machte sich 1950 selbstständig. Mit seinem ersten eigenen Taxi kamen auch die ersten Schulden, die er nie wieder loswurde.

Am 16. Januar 1964 begingen Wittorff und Warncke den ersten gemeinsamen Banküberfall in der Sparkasse Garlstorf. Sie erbeuteten 6525 Mark. In der Nacht klingelte Warncke Wittorff aus dem Bett – ihm war mulmig – er wollte die gesamte Beute (auch die von Wittorff) bei einer Freundin sicher unterbringen.

Diese Freundin war Gisela Werler, mit der er gemeinsam in einer Tapetenfabrik, für die er den Lieferwagen fuhr, gearbeitet hatte.

Bald darauf lernten sich Gisela Werler und Hermann Wittorff kennen. Sehr zu Warnckes Verdruss mochten sie sich und tranken schon am Abend ihrer ersten Begegnung Brüderschaft. Obwohl Gisela wusste, dass Hermann verheiratet war, verliebte sie sich in ihn.

Bei den vier Überfällen 1964 blieb Gisela noch im Hintergrund. Sie fuhr lediglich mit. Erst am 29. Juni 1965 beteiligte sich Gisela aktiv. Mit einem Sommermantel, einem lavendelfarbenen Kopftuch und einer auffallend großen Sonnenbrille, leichten Autohandschuhen und einer Kollegtasche unter dem Arm betrat sie die Volksbankfiliale in Hamburg-Eidelstedt und ließ sich 50 Mark wechseln. 40 Minuten später kam sie wieder und zog einen Revolver: »Raubüberfall. Würden Sie bitte alles Geld einpacken!« Zögernd packte der Kassenleiter Uwe Meyer (37) die offen herumliegenden Scheine ein.

Die Beute war mager – lediglich 3095 Mark, aber Wittorff war trotzdem zufrieden. Auf Gisela war weit mehr Verlass als auf Warncke und Jordan. Bei ihrem zweiten Banküberfall, am 20. Juni 1965 in Hamburg-Schenefeld, erbeutete Gisela bereits 21 000 Mark, beim dritten Überfall auf dieselbe Bank waren es dann schon 44 000 Mark.

Erst der Karikaturist Karl Heinz Schoenfeld machte aus der mysteriösen Bankräuberin die »Banklady«. Da es in den Banken keine Kameras und damit auch keine Fotos der Bankräuberin gab, schlug seine Stunde. Als sich die Meldungen über die wunderschöne blonde Bankräuberin mit den langen Beinen und der riesengroßen Sonnenbrille überschlugen, zeichnete er sie – frei nach seinen Vorstellungen – und erfand auch gleich noch das passende Pseudonym: Banklady.

Insgesamt erbeutete die Bankladybande rund 400 000 Mark. Zum Zeitpunkt ihrer Verhaftung war davon – bis auf die 7307 Mark in Giselas Geldkassette – nichts mehr übrig.

Gisela hatte ihr Geld in teure Kleidung, Einrichtung und in Urlaube investiert. Hermann dagegen hatte das meiste in sein Eidelstedter Reihenhaus gesteckt.

Am 7. Februar 1969 wurde Hermann Wittorff wegen schweren Raubes in 19 Fällen, eines Raubversuches und fahrlässiger Körperverletzung zu dreizehneinhalb Jahren Gefängnisstrafe verurteilt. Außerdem wurde ihm die Fahrerlaubnis lebenslang entzogen.

Gisela Werler, die das Urteil in einem damenhaften schwarzen Kostüm mit silbergrauer Nerzgarnierung erwartete, wurde wegen Raubes in acht und Beihilfe in zehn weiteren Fällen zu neuneinhalb Jahren Zuchthaus verurteilt.

Obwohl Hermann Wittorf noch verheiratet war, war schon während der Verhandlung von einer Verlobung zwischen ihm und Gisela Werler die Rede. Die Hochzeit des Bankräuberpaares fand dann tatsächlich am 21. März 1972 in der Gefängniskapelle des Hamburger Gefängnisses Santa Fu statt. Gisela Werler kam mit dem Gefangenentransport aus dem Gefängnis Lübeck-Lauerhof. Hermann Wittorff erwartete sie bereits in der Zelle. Getraut wurden sie vom Gefängnispfarrer Karl Lindemann. Das geschnitzte Altarbild in der Kapelle zitierte die Zehn Gebote.

Hermann Peter Wittorff nannte sich nach der Hochzeit Peter Werler.

Gisela Werler wurde bereits 1974 wegen guter Führung entlassen.

Nach seiner Haftentlassung überfiel Hermann Wittorff alias Peter Werler am 5. Dezember 1985 mit einem Komplizen die Elmshorner Bank für Gemeinwirtschaft. Vor Gericht sagte er aus, dass er damit seine Altersversorgung sichern wollte. Eine Beteiligung der »Banklady« an diesem erneuten Banküberfall konnte nie nachgewiesen werden.[4] Im November 2003 starb Gisela Werler mit 69 Jahren. Sie war 31 Jahre mit Hermann Peter Wittorff verheiratet gewesen. Hermann Wittorff überlebte seine Frau um sechs Jahre.[5]

Der Verbleib des Geldes konnte nie endgültig geklärt werden.

---

4 1999 gab Gisela Werler ihr einziges Fernsehinterview für den Dokumentarfilm »Die Banklady-Story« (Autor: Martin Niggeschmidt / Süddeutsche TV).

5 Viele Details über die Bankladybande lassen sich in der Reportage »Die Banklady« von Balthasar Berg, Jochen v. Lang, Daniel Haller und Sebastian Lorff, verteilt über mehrere Ausgaben des Stern im Jahr 1968, nachlesen.

Danke Kai und Christoph!